身是菩提树，心如明镜台。

时时勤拂拭，勿使惹尘埃。

闯非洲

一个上海人在南非

刘祖昂／著

中国青年出版社

（京）新登字 083 号
图书在版编目（CIP）数据
闯非洲——一个上海人在南非 / 刘祖昂著．—北京：
中国青年出版社，2017.6
ISBN 978-7-5153-4687-8

Ⅰ. ①闯…　Ⅱ．①刘…　Ⅲ．①长篇小说—中国—当代　Ⅳ．① I247.5

中国版本图书馆 CIP 数据核字（2017）第 062269 号

中国青年出版社　出版 发行
社址：北京东四 12 条 21 号　邮政编码：100708
网址：http://www.cyp.com.cn
责任编辑：刘霜 Liushuangcyp@163.com
编辑部电话：（010）57350508
发行部电话：（010）57350370
北京科信印刷有限公司印刷　新华书店经销
880×1230　1/32　10.25 印张　4 插页　260 千字
2017 年 6 月北京第 1 版　2017 年 6 月第 1 次印刷
定价：48.00 元

本图书如有任何印装质量问题，请与出版部联系调换
联系电话：（010）57350337

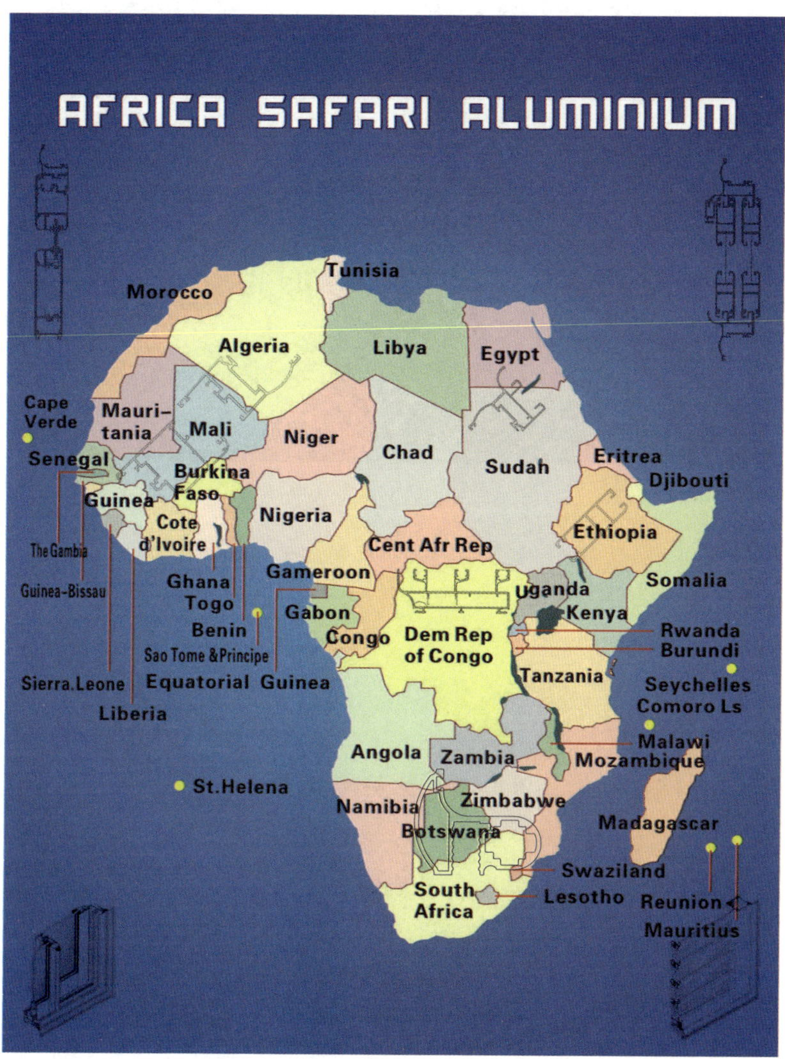
AFRICA SAFARI ALUMINIUM
Tunisia
Morocco
Algeria
Libya
Egypt
Cape Verde
Mauri-tania
Mali
Niger
Chad
Sudah
Eritrea
Djibouti
Senegal
Burkina Faso
Guinea
Cote d'Ivoire
Nigeria
Ethiopia
Cent Afr Rep
The Gambia
Guinea-Bissau
Ghana
Togo
Gameroon
Uganda
Somalia
Kenya
Gabon
Benin
Congo
Dem Rep of Congo
Rwanda
Burundi
Sao Tome &Principe
Tanzania
Seychelles
Sierra.Leone
Equatorial Guinea
Comoro Ls
Liberia
Malawi
Angola
Zambia
Mozambique
St.Helena
Namibia
Zimbabwe
Madagascar
Botswana
Swaziland
South Africa
Lesotho
Reunion
Mauritius

▲非洲地图

▲诺丽果

▼载歌载舞

▲鲍鱼

▼别墅

◀桌山

▼稻田

▲曼德拉雕像

▼曼德拉广场

▲约堡

▼开普敦

◀德班费尔蒙辛柏利酒店

◀皇宫大酒店

▼德班街市

—— 部分图片由完美旅行 Perfect travel 供稿，作者 topchina ——

目录

Chinese
in
South Arica

第一章

飞向彩虹国

来到南非，必须面对三道选择题。一是 alive or dead，生或死。二是 do it or not，做或是不做。三是 true or right，选真实的还是选对的。

去南非

1997 年，香港启德国际机场。

罗海平满头大汗，背着个小包，手里拎着硕大的灰“皇冠”行李箱，从机场巴士上踉踉跄跄走下来，急忙找了个手推车，把行李放好推进了候机厅。

进门不远挂着一排显示屏，罗海平迅速寻找自己乘坐的航班号，“SAA……SAA……S……A……A……”找到了，是在 K 区，赶紧把手推车右转，准备向 K 区冲刺。与此同时，两个身穿休闲装的中年男女正好挡在手推车的前面。推车前部几乎碰到了那位男子的休闲裤。

“Sorry, sir.”罗海平一边用力往回拉手推车的把手，一边继续右转。

“没事，你是要去哪里？这么赶。”男子温和地问道，话语里带着一丝柔绵的台湾口音。

“我去南非，对不起碰到您了。”罗海平惊慌失措地回答道。

男子好像根本不在意罗海平是否碰到自己，反而对眼前这个戴着大眼镜、推着一大车行李的大男孩的目的地更感兴趣。

“去那边喔，那边好乱的喔，你去那边工作吗？”

不得不佩服这个中年男子，看人蛮准的，而且还挺有亲和力，看上去也不像坏人。罗海平稍稍平定了心情，这才缓过神来仔细打量面前这对男女。

男的四五十岁的样子，鬓角有些发白，皮肤还算白净，格子衬衫，蓝色休闲裤，脚上一双黑皮鞋，衬衫的左口袋里还别着一支钢笔，腰间缠着一个黑色腰包。女的 40 岁左右，淡妆，齐肩的中分短发，一副“古奇”大墨镜夹在头上，一串黄色小花的项链恰到好处地围在白净的脖子上，长裙，粉红色平底休闲鞋。她推着个小号的手推车，底层是一个小旅行箱，上层有一个背包和一个女式手袋，看上去也很有亲和力。

“是的，有个亲戚在那边做生意，过去帮忙。”罗海平羞涩地应付道。

“是去约堡吗？那边真的很乱喔，我有个朋友的儿子就死在那里。”中年男子很诚恳地劝慰道。

临行前罗海平也听到过周围的人对约翰内斯堡的一些负面评价，但与其继续窝在那个昏暗潮湿的筒子楼里，他宁愿出去搏一搏。听到那么多身边人去南非闯荡发家的励志事例，就算是无知者无畏吧，反正他就是无惧。

“谢谢您的提醒，对我来说可能那边是唯一的选择。”

“唯一的选择？不是吧，你为什么不去台湾呢？那边机会不比南非少，也很发达，最重要的是很安全，毕竟中国人在人家黑人的地头上日子没那么好过耶。”

听到台湾这两个字眼时，罗海平感到脊背发凉，瞬间冒出一身冷汗，心想：妈呀，不会是被特务盯上了吧？自己受党和祖国教育培养这么多年，这点政治立场还是有的。要知道在香港刚刚回归那个年代，大陆居民赴台湾自由行尚未启动，中国台湾是大陆游客最不可能去到的地方之一。

“南非那边有亲戚照应，不会有什么事情。去台湾我也不认识谁，也没有签证，去不了的。”出于礼貌，罗海平顺嘴找了些名正言顺的理由来搪塞。

“去台湾没那么难，香港这边有办事处，买张机票办个签注就可以去了，两个小时就到。”

话说到这个分上，罗海平再也不能往下接了，要想个办法尽快离开。

“谢谢您的建议，等我去了南非后若有机会再去台湾。我要换登机牌了，再见。”

罗海平说完，头也没回，绕过二人朝 K 区推去。

一路近乎小跑。到了 K 区，一眼就看到南非航空的标志，找到经济舱的队伍排了上去。办理完手续，托运完行李，罗海平左手拎着随身小包，右手拿着护照和登机牌，径直朝安检口走过去。经过一番折腾最终进入候机区，看了下手表，距离起飞还有两个多小时，索性在机场里的商业区逛逛。航班的起飞时间接近午夜，机场里的客人依然很多，各个商店里都熙熙攘攘。

罗海平来到一家卖电子产品的柜台前，突然一款蓝色的快译通出现在眼前，繁体字的包装上清晰地写着“EC5900HV OXFORD”（牛津精细版电脑词典），看到这个罗海平真是太激动了。一直以来它都是自己魂牵梦绕的宝贝。回想在大学时每天靠那个文曲星来背单词，到晚上手指僵硬得连解衣服扣子都哆嗦，要是有这个宝贝，用光笔一写就解决问题了，效率不知道要提高多少倍，没准 GMAT

也能考个 600 多分。

兴奋之余看了下价格，HK$ 1590，这个价格比在内地新华书店便宜很多，毕竟香港是个免税港，电子产品怎么都不会买贵，而且在机场这样的地方质量也有保证，不会是水货。

下定决心后，罗海平委婉地问了下价格，在被告知人民币也可以付款后，拿出钱包数了 1800 元人民币递给收银员，收银员仔细点完后找了 4 张面值 20 的港币和几个钢镚。钱包一下就瘦了下来，一路上省吃俭用省下来的钱都用来买这个神器了，大票就剩两张 100 的了，还有两张为南非海关准备的 10 美元“小费”。

把盒子放进背包，罗海平打开快译通，快速熟悉着所有功能，到了南非后若有听不懂或不认识的词，也许这个可以帮上大忙。

时间过得飞快，一转眼罗海平已经检完票坐上飞机。看着周围的一切，他觉得很新奇，尤其是飞机起飞前黑人空姐双手拿着空气清新剂从前到后走了一圈，那个味道实在不怎么好闻。

就这样，罗海平带着对未来生活的憧憬和对自己美好生活的规划飞向彩虹国度。13 个小时的飞行对他是种煎熬和考验，不过这是他第一次出远门，新奇的感觉压过了疲惫。

过海关

飞机终于在约翰内斯堡国际机场[①]降落了。

南非地处非洲大陆最南部，有“彩虹之国”之美誉，陆地面积为1219090平方公里，其东、南、西三面被印度洋和大西洋环抱，陆地上西北与纳米比亚接壤，北部与博茨瓦纳、津巴布韦接壤，东北与莫桑比克和斯威士兰接壤，里面还包含一个国中国——莱索托。东面隔印度洋和澳大利亚相望，西面隔大西洋和巴西、阿根廷相望。

南非是非洲第二大经济体，国民拥有很高的生活水平。南非拥有三个首都：行政首都（中央政府所在地）为比勒陀利亚（Pretoria，现已更名为茨瓦内），司法首都（最高法院所在地）为布隆方丹（Bloemfontein），立法首都（议会所在地）为开普敦（Cape Town）。

伊丽莎白港（Port of Elizabeth）是座和底特律一样的汽车城（世界右舵奔驰C系列和BMW3系列都是在这里制造的），整个南非90%的集装箱则是从德班（Durban）的港口进出港。

---

① 2006年10月27日更名为O·R·坦博国际机场。——编者注

约翰内斯堡（Johannesburg）简称约堡，是南非经济中心，好比南非的纽约，中国移民更习惯称它为南非的上海。

约翰内斯堡有六百多万人口，是南非最大的城市，地处东二区，比北京晚6个小时。随着城市化建设和现代化高速公路网的发展，加之后来世界十大金融市场之一的约翰内斯堡股票交易所建立，使得这座城市每当夜幕降临时灯火通明，就像非洲的“大上海”。

约堡位于南非东北部法尔河上游高地，海拔1754米，是德兰士瓦州黄金矿脉的中心。1880年，这里只是一座以两条牛的价值换来的农场。1886年建有一座探矿站，随着金矿的发现和开采逐步发展成为城市。1928年建市，四周绵延240公里的地域内有几十个金矿，市区街道下有一英里多深的坑道。

约堡一度拥有非洲最高的摩天大楼卡统杉滕，以及非洲当时最高的塔楼休布罗。市政厅建于1915年，市内有博物馆和教堂等建筑。埃洛夫大街一带是闹市区，商店、银行和旅馆等多集中于此。公园和草地占城市面积1/10左右。著名的朱伯特公园在城中心的高地上，内有美术馆。此外还有密尔勒公园、唐纳德·麦凯公园、埃利斯公园等，市东北郊有开普敦公园。动物园位于史末兹大道，面积颇广，有花园和小湖。北郊有占地43英亩的植物园和占地26英亩的梅尔罗斯鸟类保护区。游客还可到市内的钻石加工厂去参观。

城内种族隔离和种族歧视严重，城西南25公里的索韦托，是南非黑人最集中的隔离区。1976年6月16日，南非政权在这里制造了骇人听闻的索韦托惨案，激起全世界人民的愤怒谴责。

罗海平拎着小包下了飞机，看了下手表，南非时间早上7点多，北京此时应经是下午1点多。来到出境大厅，放眼望去黑压压的一片，海关人员几乎全部是黑人，其中还有一些人身材偏胖，看样子是油水没少捞——来此之前，罗海平对非洲的通关潜规则是有所了解的，知道这里是出奇的“黑”，这个“黑”当然不是指机场的照明光线和人种肤色，而是指这块富饶丰盈土地上的生存法则和游戏规则。

10 个美金纸币塞到右脚皮鞋的侧帮里，10 个美金纸币放到衬衫左侧的胸兜里，罗海平拿着护照找到“Foreign Passport”排队。

等了一阵终于来到签证台前，礼貌地打了个招呼并随手把护照递了进去。负责盖章的海关工作人员是个 40 多岁的黑人男子，两个眉毛几乎都要连到一块了，在中国这个叫“一字眉”。常言道：言为心声，面为心相。两个眉心的距离小就代表此人心眼小，不知道这话在黑人这儿是否应验。仔细看对方的长相，应该说是普通脸，没什么特别的，厚厚的大嘴唇周围有一圈浅浅的卷胡。

“Where are you from?”黑人海关一脸严肃地问道。

“ShangHai city, China.”罗海平边回答边观察海关的动作。

海关把护照从头翻到尾，最后在工作签证页停留下来，两眼盯着仔细看着。

“Where are your vaccination? International certificate of vaccination.（国际检疫证明书）”

“真悬，多亏来之前准备好了这个。”罗海平边嘟囔着边把这个黄皮书递了过去。

黑人海关边看边指着上面的一些词问着。太专业了，罗海平几乎无法把海关口中的单词和脑海里的中文对接起来。看罗海平答不上来自己的问题，海关严肃的脸上露出了一丝狡黠的笑意。忙乱中罗海平从衣服里掏出在香港机场买的快译通，准备用这个神器来帮下自己。待其打开，还没有把“霍乱”的中文输完，海关便抢先发问了。

“What’s that? ”

“It’s a Chinese-English electronic dictionary.”

“Show me.”

罗海平无奈地把屏幕上还保留着“霍乱”字样的快译通递了进去。只见海关用他那粗壮的手指在上面按了几下，还煞有其事地按了下“ENTER”。看过后便把它随手放到旁边，拿过护照，翻到签证那页，盖下了印章，再合起来，连同黄皮书一起递了出来。

“Thank you sir.”边说罗海平边用右手接过两份证件。海关笑眯眯地看着罗海平，示意他可以走了。但罗海平并没有走，挑了下眉毛，用鼻子指了指仍然放在桌上的快译通，然后礼貌地点了下头。

“Would you organize something for me?”海关边说边拿着快译通假装查单词。

这句话着实让罗海平心头一惊：这人果真很狡黠，居然要我“organize”，不成难道还让我就地来段街舞给你募捐小费？应该还有别的意思。他一心想着尽快把快译通要回来，也不能和海关闹僵，对，要把这出戏继续演下去。

“Oh, sorry, I forget to show you the receipt.”罗海平边说边把胸兜里的 10 美元变戏法似的夹在发票里递了进去。

海关熟练地把钱攥在手里，煞有其事地看了看发票，然后把快译通和发票一起递了出来。

“See you, friend.”

“Thank you sir, bye-bye.”

抓过东西，罗海平头也不回地加速朝前面取行李的传送带走去。

由于通关花费了很长时间，行李已经被放在传送带上。罗海平眼疾手快一把拎下自己的灰“皇冠”，拉出拉杆，疾步朝出境口走去。

“Luggage tickets.”他被门口检查行李的海关再次拦下。

出示完行李票、护照并配合开箱检查完，合上皮箱，总算出来了。

南非生存法则

围栏外密密麻麻地站着很多接机者，罗海平用眼睛快速瞄着他们打出的牌子。就在离出口约十几米的地方，他看到一个中等身材的黑人女孩举着一个牌子，上面用记号笔写了“罗海平”三个中文大字，于是快速朝她走去。

黑人女孩并没有注意到罗海平，目光依然漫无目的地在出来的人群里逡巡。罗海平刚走到她跟前，“罗海平！”一个响亮的东北口音从旁边传来。他急忙转头看去，眼前是一个身高约187公分，略微有些驼背，体格健壮但略显清瘦的男子。长脸，鼻梁上架一副满清时期的金边圆片眼镜，一身深蓝色的西装，脚上一双铮亮的黑皮鞋。此人就是罗海平在当地的雇主，刘总。

“您怎么认出我的？”罗海平如负释重地跟老板打招呼。

“刚才海关翻你行李时我就猜出是你了，瘦干、驼背，还戴个眼镜，一看就是去美国读书不成到此曲线救国的。你出来看到写你名字的牌子后就一直死盯着牌子径直走过来，我就确认是你了。”简短几句话，看得出刘总是个很重细节的人。

刘总给了举牌女孩20兰特后，和罗海平一起朝地下停车场走去。

距离一辆黑色宝马745车的后备箱还有1米左右，刘总按了下车钥匙，尾箱盖缓缓升起。就在罗海平一手拎把一手托底要把灰“皇冠”放进里面的时候，刘总的身体挡在前面。

“小心里面的三角钉。”刘总提醒。

与此同时刘总的手也抓到箱子把手上，罗海平索性双手托底，两人把箱子小心地放进去。罗海平注意到，后备箱里有一捆包扎好的美国三角钉，如果拿放行李时不小心，很容易碰到它，那可就惨了。

关上尾箱门，罗海平朝前排左侧的副驾驶位走去。拉了下车门，没打开，刘总又按了下钥匙，车门才解锁。上了老板的宝马745V8，罗海平刚系好安全带，车子轰的一下蹿了出去。

“这边经常有歹徒埋伏在车旁，趁车主按下开门键，进入车内进行hijack（抢劫），所以这辆车需要两次解锁，以防车主在尾箱拿取行李时让歹徒有机可乘。路上一旦被歹徒的车跟上，实在甩不掉时，可以撒掉那些三角钉。公路上车速到时速120公里的时候，只要被扎爆胎，基本车里的人就挂了。”

解释完，刘总接着说：“来到南非，必须面对三道选择题。一是alive or dead，生或死。二是do it or not，做或是不做。三是true or right，选真实的还是选对的。”

刘总一边瞄着后视镜一边说着，左手以十点方向紧握着方向盘。这个简单的动作让罗海平猜测：老板可能是“练家子”出身，右手腾出来是应对突发事件的。

“您说的这三条真经典，我记下了，但您能解释下吗？”罗海平弱弱地说道。

“太极生阴阳，两仪成四象，四象为五行，八卦定大业，乾统三男，坤率三女，人道始成。所以我们要遵天道，透人道，悟商道。天道决定一切，顺承天道不一定能生，但违抗了天道就是死。而这个天道就是宇宙的自然法则和我们所生活的环境。

“比如说南非的治安很差，平时我们无论做什么事情都要谨慎、谨慎、再谨慎，如果哪天不幸被劫甚至挂了，不要怪外界，只能说明我们做事还不够谨慎，让歹徒有机可乘，也可能是我们前世今生业障深重，故遭此恶报。这边面对死亡的机会太多了，慢慢你就会体会到的。

“第二点就是做选择，这个选择指的是勘破生死后在具体问题上的决策。比如当歹徒用枪指着你的时候，你是反抗还是顺从，不同选择会带来不同的结果。身份可疑的客户拿着合同和支票找你，接这个单还是不接，这些都是选择。

“第三点就是做选择时尽力趋利避害。比如当你和歹徒搏斗的时候，是把对方杀死还是制服对方不再施暴就停止，法律法规是明确的，刀扎还是枪射，最终决定权还是在我们手上。不同情况处理方法会不同，相同情况不同人也会有不同的做法，但最起码要遵从自己的信仰和内心吧！”

仔细听着老板的讲解，一股对老板的敬意和对环境的“陌生”感，油然而生。罗海平读了这么多年书都不曾对事物有如此之深的领悟，今天被老板的几句话说得茅塞顿开，感概之余更多的是对老板说的话深深思忖。

车在 R24 高速上狂奔，扫了眼老板前面的仪表盘，最高时速都到 140 公里了，但坐在车里丝毫感觉不出来快。罗海平是汽车发烧友，心想，看来 I.S.I.S 整合台式智慧防护系统真不是徒有虚名，加之 245/50 R18 米其林公路胎，“我老婆”（Be my wife）的卓越性能表露得淋漓尽致。后来他又发现，在南非，选车除了发动机马力和急加速性能外，对轮毂的要求尽量要盘式的，要大，以使侧面轮胎裸露的面积尽可能小，这样即使被枪击爆胎也不会使车失控。就算以 120 公里的时速被单侧射爆后胎，只要驾驶技术好，车子再开个百十公里根本不成问题。

窗外一排排漂亮的欧式别墅不停在罗海平眼前飘过，混合着荷兰风车和法式巴洛克风格的建筑让他感觉像是到了欧洲。突然想起以前不知道在哪里看过的一句话：到了约堡，上了从机场到城区的公路，也就上了一条通往天堂和地狱的路。这里应该算是天堂之门，接下来可能遇到的就是地狱了。每座城市都有正反两面，上海南京西路的时尚和老城厢的里外咸瓜街的落伍反差鲜明，约堡海德公园的宁静与休布罗街区的混乱也是那么的刻骨真实。

“世界上最危险的地方是非洲，非洲最危险的地方是南非，南非最危险的地方是约翰内斯堡，约翰内斯堡最危险的地方是索韦托……”刘总边开车边尽可能给新来的罗海平介绍一些约堡市的情况。

车子在一个路口拐下高速，向西南部豪登省弗里尼欣（Vereeniging）工业区驶去。

Chinese
in
South Arica

第二章

别墅“寻宝”

虽然罗海平不确定这房子是否是刘总设计施工的，但单凭门窗能做到这个程度，就可以断定这个设计师绝非一般。

安全防范

“很快就到我们住的别墅了，这里在弗里尼欣算是最好的。”刘总说道。

不一会儿，汽车在拐进一个小路口后慢慢减速停下来。右侧前方是一幢三层的白色小别墅，一层的右侧是伸出来的车库，前面是浅色大口套小口图案的车库门，有 4 米多宽。左侧是一圈白色的围墙，上面拉着电网。（后来罗海平才知道，这里对防盗电网的电量有规定，只能把入侵歹徒电到麻，不能电死，否则要承担相应的刑事责任。）车库和围墙之间有扇 3 米多宽的黑色加重推拉门，透过大门上方钢筋的间隙，能看到里面是一块非常干净整齐的草坪。一个外形酷似俄罗斯方块“L”型的别墅就这样矗立在眼前。

刘总解下安全带，侧身按了下腰间带的遥控器，只见车库门缓缓升起。他看路上没车，把车头甩到前面一点，然后把车倒进了车库。随着车库门缓缓落下，里面顿时漆黑一片。熄火，打开尾箱和车内灯，两人下了车，再次默契地配合着，从尾箱拿出大行李箱。

“你在这等我一下。”

感觉刘总在最里边墙上按了一下什么开关，旁边的棚顶处有一块吊顶铝天花板像盒盖一样打开了，里面的折叠梯子缓缓落下来。待梯子腿落地，刘总双手把着两侧爬了上去，在大半个身子都进去后，双手打开一扇柜门，瞬间一束阳光照射下来，罗海平这才看清楚这个车库。

这是一个宽 4 米多，深近 8 米的长方形建筑，前面对着路口的是一个车库门，剩下三面都是白色的墙，墙上有几个插座，没有采光和透气的窗子。进门的棚顶上有一些悬挂件，是车库门开关时的滑轨，中间部位还有个接收器，形状很像国内配眼镜时检测瞳孔的仪器。两侧轨道的上面是电机，电路的隐藏安装做得真是 100 分。棚顶距门约 3 米处突然升高，所以用白色铝天花吊顶打平，和前面的白色棚顶齐平。光线暗的时候不注意根本看不出差异。

在靠近后墙角的地方，有一块天花板直通上面的暗室，里面有一个悬梯，折叠好时隐藏在吊顶天花板里面。这块天花板的左侧有个小挂钩，平时挂到上面的龙骨架上，右侧是两片合页，和上面的龙骨连着。

这个 30 多平米的大车库可容纳四辆宝马这样的小轿车，前后各两辆，但此时只有后面停的一台黑色的宝马 X3 和刘总刚开进来的 745。

刘总上去收好悬梯，合上天花板，车库里又恢复了黑暗。不大工夫，突然驾驶位车门右侧的墙开了一段，原来是一道隐藏门。从车库这面看上去，就是一整面墙，没有任何把手合页等痕迹，只能从另一面打开。对应的墙壁那面原来是个卫生间，靠墙有个落地衣柜，把挂的几件睡衣拨到一边，拉着一个假衣钩一扭，就把这个暗门打开了。里面的地面比车库地面高 20 厘米左右。

刘总从里头接过罗海平的皮箱，放到地上，把他带到大厅，自己去锁好车关好暗门再回到大厅。这个大厅也有 30 多平米，沿着院内草坪中的石头路也可以进来。

正门外侧是双扇外开的铁门，全封闭的。里面对应着双扇内开的白色铝合金门，中间有一条很宽的档板，下面横卧着一片片拼接的铝扣板，上面是 4+4 厘米厚的夹胶玻璃。外面铁门上安装了一把表面是不锈钢的指纹锁，用手向上拉开滑盖，露出了一个浅蓝色的显示屏，下面是包含“0~9”十个数字的 12 个按键，把手表面也全是不锈钢的。

屋里侧是铝合金门，右侧门扇上有一套白色分体执手锁，上面是一个多点联动的弧形把手，下面是一个“8”字型双面钥匙的锁芯。手一搭到门上就能感觉到一种扎实的厚重感，但开关都十分顺畅，一点也不费力，不像国内北方用的实木门，时间一长就开始嘎吱吱地叫唤。

门口背墙摆着一个鞋柜和塔式衣架，再往里的墙上挂了一个小壁柜，透过玻璃门，罗海平看到里面挂着带标签的各种钥匙。正门的侧面墙有两扇窗，都是四位一体窗，即最外层是白色的卷帘窗，通过连接到室内墙壁上挂着的摇杆来操控。接着是圆管型的防盗网，最里面是框料呈圆弧状的双扇铝合金推拉窗，外面的两条轨道上各有一个窗扇，右扇靠内，每扇上都有一个长条的自动提拉锁控制开关。这是按大多数右撇子人的使用习惯做的，而且采用的是整体安装，就是窗扇先放到窗框里，随框一起和墙体连接，这样以后窗扇在不被破坏的情况下是无法拿下来的，起到了安全性最大化的作用。最内侧是装在弧状纱轨上的半扇纱窗，纱网是铝网，脏了可以随时拿下来清洗，简洁、漂亮、实用，成本又不高。

虽然罗海平不确定这房子是否是刘总设计施工的，但单凭门窗能做到这个程度，就可以断定这个设计师绝非一般，能把材料力学、结构力学和设计美学做到这么完美统一，一定是大师级的。

对窗这面靠墙摆放着一圈真皮沙发，中间是个长方形的双层茶几，上面整齐地摆放着一沓报纸，旁边有个果盘，里面零散放着苹果、香蕉、葡萄等几样水果。茶几下层放着遥控器和一些书刊。

对面墙上挂着一个很大的液晶电视，下面的电视柜有三层，分别是电视盒、影碟机、录放机，旁边还有两个低音炮，两个四层四面体多功能插座上插满了插头和充电器之类的东西。

这个四层的插座让罗海平很感兴趣，每层东南西北四个面，各层有一个控制开关和指示灯，上面三层插口是兼容美式和英式插头的四孔多位，最底层是南非本地用的那种三角圆形的插座，基本上中国、英国、法国、美国和南非生产的各种电器插头都可以用，而且是 16A 电流强度。看着上面还连着一个诺基亚、一个摩托罗拉的手机充电器，罗海平忍不住问了句：“刘总，这个插座神器在哪里买的？”

“哈，你小子真有眼光，一眼就发现这个宝贝了。不是买的，是一个做电器的台湾朋友送的，你房间里也有一个。你饿不，需要吃点什么？”

“不饿，带我去房间吧。”

《南非一百问》

楼梯在大厅和厨房之间，直角拐弯通二楼。罗海平提着行李箱跟着刘总上了二楼。二楼有三个房间，一个卫生间，一个淋浴房。楼梯上来对着的就是罗海平住的这间，白色的铝合金门，上下都是铝扣板。

开门进去，这是一个有 20 多平米的大房间，浅色 1 米 ×1 米的地砖，白墙，吸顶灯。两个和楼下一样的四位一体窗，一个窗户对着房子的大铁门和马路，另一个窗户在侧面墙的中间位置，下面摆放着一张咖啡色的大木桌，右侧是一列带锁的三个抽屉，左侧是一个可放到桌下的木椅。桌上放着一盏台灯，以及水杯、笔筒等一些简单的文具。

木桌的两侧各有一把带靠背的木椅，木椅旁靠墙各摆放着一张木质的带上下铺的单人床。靠门的这张很明显已经有主人了，上铺放着行李箱和一些衣服被子，下铺收拾得干净整洁，一个毛毯和枕头整齐地摆在靠窗这面的床头，床下有几双鞋子。与之相对的这张床也收拾得干净整齐，白色的床单跟酒店里的一样。书桌背对着的这面墙摆放着一个衣柜一个书架，书架上除了书，还有一些光碟和药品之类的小东西。

“你就住这吧。”刘总说着，顺手把一个小袋子放到靠近罗海平床那边的桌子上。

“里面是手机、《南非一百问》和劳工合同，合同你看完后可签字按手印，之后你留一份，剩下给我。那本《南非一百问》你要在一个月内全部背下来，背完书还要还我，这是内部资料，注意保密。如果以后你有新的发现，能补充书里没有的经验，每条奖励 100 兰特。我有事先出去了，你饿了就自己弄些吃的，子良他们一会中午会回来，他们有钥匙，会自己开门。你待在家里，搞不明白的机关不要碰，等子良回来问他。”

罗海平一时消化不掉这么多的信息，只能安慰自己说时差没倒过来。刘总走后，他打开背包，拿出毛巾和洗漱用品，出门右转来到卫生间。卫生间的门没有关上，留着一条缝，所以很容易找到。推开门是一个洗漱柜，水龙头上方有一个椭圆形的镜子，镜子顶部还安有两个射灯。两折 360 度旋转的水龙头底座开关的两侧标注着红蓝两个小点。

调好水温，仔细洗漱一番，罗海平顿时感觉身体舒服了很多，这一路的疲惫似乎消除了一多半。带着强烈的新鲜感，他再次坐到床头的木桌旁，打开老板留下的袋子：最下面是同样内容的五份劳工合同，先拿出来仔细看，标准的合同格式，简单明了。条款有三部分，第一部分是对乙方的要求，也就是乙方的义务。第二部分是为乙方提供的条件，包括薪酬，这个在来之前已经大致知晓。第三部分是奖惩及处理争议的细节。

第一部分共八条，看到第一条时罗海平就陷入了沉思。“乙方自到达南非起，应自觉遵守中国的外事纪律、南非的法律法规和风俗习惯，在遭遇突发事件时要保持冷静、镇定，清楚自己的言行，并要为自己的言行承担相应责任，原则上以自身及同伴的生命安全为最重。”

“一命二运三风水，四积阴德五读书，六名七相八敬神，九交贵人十养生，十一择业与择偶，十二趋吉应避凶，十三逢苦要无怨，十四不固执善恶，十五荣光因缘来。”一段老话突然浮现在罗海平的脑海。来到南非是命运的安排，没什么可疑惑和抱怨的，命该如此。世人只会在意一个人的高度，至于他是裸足、高跟、站在巨人的肩膀还是站在垃圾堆上，根本不重要。

刚下飞机时，罗海平只是把手表的时差调了过来，总感觉差了点什么，现在才意识到，应该调整下思想，暂时放下孔孟之道，保持荀子的学习之道，深究孙子的韬略之道和鬼谷子的权谋之道，至于是否要用到管子的教练之道和韩非子的统驭之道，就看刘总的要求。来之前就听熟悉情况的朋友说，在非洲要重新思考佛家的五戒、儒家的五常、道家的五元，最起码五戒之首的“杀生”肯定是要破的。

接下来的几条没什么特别，要求做好相应岗位的工作，忠于自己的信仰和职业道德。其实罗海平大学毕业后决定出国，一个重要原因是自己适应不了体制内的深井。作为一只小青蛙，虽然当时只能看到巴掌大那块天，但狮子座的性格无法忍受一辈子就在那么一小块天下生活，毕竟体制外的世界还是很精彩的，经历一下也算没白在人世走一遭，如果不幸哪天挂了也只能说是点背，努力不够。

顺天道者悲，逆天道者死。和老一代创建新中国的革命家相比，自己真是太幸福了，是他们打下江山，才使后辈在和平的环境下生活，才能有机会到地球的另一端看到美丽的景色。吃水不忘打井人，罗海平脸上浮现出一丝满足的笑容。

再看合同的第二部分，也是八条。内容条款也都很合理，“公司负责在外的一切费用，第一年的年薪是一万元人民币，第二年是三万元人民币，第三年是六万元人民币。”“要是能干满三年，加上奖金能有差不多两万美元，去美国的二表学校读个研也差不多了。”

罗海平一边思忖着，一边在心中暗喜：在复旦读书这四年，学费加起来才三千元人民币，母亲靠每月一千多元的工资供自己读完大学很不容易，等自己赚钱了，一定要好好报答她。

合同的第三部分有四条，其中第三条额外显眼，“在合同期内如遇突发事件导致乙方丧命或失去劳动能力，甲方应尽力帮助和救助乙方或其家人，但不承担无限连带责任，乙方不得提出超出甲方能力范围外的要求。”

虽然只有短短的两行字，罗海平还是能感觉到当地环境的险峻，本来只是想在厂里打份工，搞得像加入帮会似的很紧张。拿笔准备在乙方落款处签名时，他瞥了一眼上面的两行字，即第三部分的第四条，“甲乙双方若产生纠纷，应协商解决，若仍无法达成一致，应听从公司所在地（约堡法院或布隆方丹高院）的判决。”当时，中国大陆和南非还没有建交，也没有大使馆。罗海平想，在这个金钱主宰一切的资本主义社会，一切都要顺势而为，老板就是我的依靠，我要在帮老板实现目标的同时，逐步实现自己的理想。

罗海平在几份合同上都签完名，拿过旁边的红色印泥，用右手食指使劲按了一下，在所有合同上按好手印。

来之前他收集了很多资料，知道像 Johannesburg Downtown、Hillbrow、Honeydew、Booysens、Pretoria、Naledi、Soweto、Soshanguve、Yeoville、Sophiatown、Midrand 等在豪登省算是比较

危险的区域，而自己所在的 Vanderbijlpark 和 Vereeniging 地区算是比较安全的，而且地处瓦尔河流域，风景秀美，有如天堂，只可惜是“地狱”里的天堂。

洗好手，罗海平再次坐到桌前，重新审视了一遍合同，突然有种杨白劳的感觉，只是卖的不是喜儿而是自己。

放下合同，拿过手机盒，打开一看，是一台黑色的摩托罗拉 Star TAC，配套还有耳机、充电器和别在皮带上的皮套。打开翻盖看了下，电量差一个格到满格，信号很强。打开通讯录，里面是刘总和三个中国员工的电话号码。

罗海平把手机套插进皮带放好，拿出袋子里最后剩的这本约 32 开大小的小册子，“南非一百问”五个大字呈现眼前。随手翻开第一页，一段前言后面是目录：

读万卷书不如读烂这本书。为学日增，为道日减，为业日增，为寿日减，万物归静，九九归一，清心归零，万物皆空，万法归宗，万道皆通。

1. 怎样理解爱滋病等非洲传染病

2. 南非的社会大环境及生存法则

3. 金钱与生命的取舍——谈在南非的人身安全

4. 种族歧视与种族偏见

5. 有效的安保技术及器械掌握

6. 如何应付真假警察和各级官员

7. 南非罪犯心理学

8. ……

108. 奇门遁甲之南非居住生活篇

翻过两页的目录，接下来就是相应的内容。奇怪的是书名是“100问”，目录却有108篇，多出的8篇应该是后来增补上去的，罗海平暗自琢磨着。

第一篇讲的是爱滋病等非洲传染类疾病。

艾滋病，人类违反天道而遭到惩罚的致命病毒。据说早期由于欧洲殖民者登陆非洲与灵长类动物性交而传染获得，后由于人类的猎奇心理和控欲不当，在人类中广泛传播而无法有效控制和治愈。最易感染途径：一是暴力事件中通过血液和体液传染；二是不当性行为；三是被蚊虫等动物蛰咬。危险指数五颗星，属绝症，死刑，但又比死刑更折磨人，死后下十八层地狱。

预防方法分为男人篇和女人篇。先是男人篇，分意念和身体两部分。首先要明白在意念上人的命运由过去的业（因）加上现在的心（缘）构成，它们共同导致了一个人未来要遇到的事（果）。男人天性在行淫之事中占主导地位，要通过精研白骨观忏悔业障，渐渐做到远离诱因。适当看些邪淫恶报的文章，修身，修心，修慧，布施，持戒，忍辱，遇连夜梦遗也不要慌，坚持修炼，慢慢做到精进。

而身体上要使体内气血通畅，精足则不思淫，每日通过静坐储气、倒立通血、内伸拉筋、呼吸代谢（例如龟息法）等方式，使身体顺应天体宇宙磁场的运行。神驭气，气留形，不须别药可长生，如此朝朝并暮暮，自然精满谷神存。

气储丹田，通走任督，人之一身，运用在于任督二脉。督为阳父，任为阴母。尾闾、夹脊为督脉之关；中脘、檀中为任脉之窍。任气聚于气海，督气聚于泥丸。故阴阳升降，吸即升也，起于脐；呼即降也，转于脑。其行气交会，行之至肛门，紧提则气会；行之至地户，紧闭则气交。真气一降，则天气入交于地根，得土则止；

真气一升，谷气出接于天根，逢土则息。此为阴阳大窍，其理最显最密。所谓性与命相守，神与气相依者此尔。血藏于肝，循环动静；彻底消除疼痛酸胀麻。

接着是女人篇：生活在南非的女人们无时无刻不处在危险之中。南非没有死刑，强奸案发案率是最高的，平均不到 20 秒就有一起案件，受害的不只是成年女性，还有儿童和老人。而且这种强奸是不分种族的，甚至跟性别没有关系。如果你正在被性侵，要知道，从开始到结束至少有 10 个人和你正遭遇相同的事情，只是发生在南非的不同地方而已。

意念上除了采取基本的防卫措施，还要冷静机智地随机应变。一般情况下，对本土罪犯只要积极配合他的要求，满足他的兽欲，多半是不会被杀死的，但其他人种的罪犯，作案动机可能就复杂些。要克服强奸恐惧综合症。遭受暴力侵犯最初的 3 到 6 个月，对受害者而言是最危险的自杀期，要注意情绪的疏导和心理安抚。

身体方面要做到有效预防，对女性而言除了最基本的在必要的地方隐藏放置像微型防狼喷雾剂之类的工具，还要穿戴“贞操裤”。常见的有两种特制女性贞操裤：

第一种是硅胶材质类似潜水服的内裤，在前面左右两侧各有一个压塑密封的小袋，里面装着安全套，此种内裤在罪犯施暴的时候可以被脱下来，但要很大力，还可撕破袋子取出安全套使用。重要的是这种内裤可以有效保存罪犯的指纹和体液信息，为事后的 AZT 检查和警方取证提供重要证据。

另一种是“强奸斧”式内裤。南非人苏尼特 · 埃勒丝发明了一种防止女性遭受强奸的套狼夹。它是用聚氨基甲酸乙酯做成的像避孕套一样的管状柔软装置，管内有一排排锯齿状塑胶钩子做成的牙齿，把它放置到女性的阴道中，这些牙齿平时就像鲨鱼牙齿一样向后弯曲，罪犯施暴时，它就会突然张开夹住施暴者的阴茎。

当罪犯试图逃脱抽出阴茎时，“强奸斧”会咬住不放，强行抽出会引起极大痛苦，但不会流血，只有在医院借助专业设备才能将其顺利取下，这样有助于警方在尽可能短的时间内破案。最重要的是给那些想犯罪的人以极大心理压力，有效遏制发案率。

与之配套的内裤和普通女式平角裤相似，罪犯在施暴时无法预先看出差异，腰带采用的是尼龙扎带那样的带子，每次褪下前都要剪断，下次再换一根……

南非常见的传染病还有埃博拉、疟疾、黄热病、天花、鼠疫等，不过这些大都发生在像索韦托那样的脏乱差地区，我们唯一可能被传染的途径就是和当地工人或客户的接触，但因此发生感染的概率几乎为零。

在南非，所谓的疫苗注射不过是人们的心理安慰，真正最有效的抗体是自身的免疫力，免疫力强则百毒不侵。具有纯阳之气的童身，这些病根本与之无缘，即便像被带有疟疾病毒的大蚊子咬出几个大包，过两天就好了，根本不需要吃什么青蒿素、奎宁、伯氨喹之类的药……

看到这里，罗海平突然想起在国内时看过一个香港影片《埃博拉病毒》，是黄秋生主演的，场面很血腥暴力，碎片式的场景接连浮现在脑海里，一时还很难跟现在所处的环境联系上，看来影视剧的描绘和现实生活差别是很大的。

第二篇介绍了南非的社会环境。

从 1961 年南非脱离英联邦建国一直讲到 1994 年 ANC（非国大）上台逐步掌权，期间穿插介绍了非国大的创始人曼德拉先生，以及沙佩维尔事件和索韦托事件。这些知识罗海平并不陌生，便一目十行地看着。

南非人口的构成分为黑人、白人、有色人和亚裔四大种族，分别占总人口的 79.6%、8.9%、9% 和 2.5%。黑人主要有祖鲁、科萨、斯威士、茨瓦纳、北索托、南索托、聪加、文达、恩德贝莱 9 个部族，主要使用班图语支的语言，其中使用人数最多、分布最广的当属祖鲁语。

白人主要为阿非利卡人（以荷兰裔为主，融合法德等欧洲移民形成的非洲白人民族）和英裔白人，语言为阿非利卡语和英式英语。有色人主要是白人同当地黑人所生的混血人种，主要使用阿非利卡语。亚裔人主要是印巴人和华人，而华人中以广东人、台湾人、福建人和上海人为最多。切记：老侨少接触，中侨不中肯，新侨少言语。老乡帮老乡，背后挨一枪……

在南非这样流动性弱的社会体制下，“朝为田舍郎，暮登天子堂”的情况基本只有靠暴力犯罪才能实现，社会阶层固化加之巨大的贫富差距，使得社会治安每况愈下。

兄弟初见

“吱……”听到车库门被升起所发出的声音，罗海平急忙放下手里的书走向窗边，侧身探看下面的情况。

在车库门缓缓开启的同时，一辆黑色的丰田 Land Cruiser 打着双闪一步一步倒进车库。不一会儿，接连的脚步声陆续从二楼卫生间旁边的暗格柜子方向传出来，经走廊进入罗海平的房间。他赶紧把手里的东西放在袋子里归拢好，站起来迎了上去。

“你好，海平，我是程庆军。”罗海平在与之握手的同时打量着眼前这个帅哥。对方大约 182 公分的身高，平头，方脸，浓眉小眼，鼻子上架着一副金属边的近视镜。上身穿着件短袖的 BOSS 衬衫，左侧口袋里别着只不锈钢表面的圆珠笔。下身是蓝色的休闲裤，脚上一双黑皮鞋。

“你好，海平，我是赵辉。”松开程庆军的手，罗海平又与赵辉握手。此人比罗海平略矮一点，大约 178 公分，平头，圆脸，也戴着一副近视镜。两人着装都是一个款的，只是颜色不同。礼节性地握了下罗海平的右手后，赵辉便抽出右手拍了两下罗海平的左肩，微笑着说：“蛮结实的嘛！”罗海平有点羞涩地笑了一下。

最后面的应该就是张子良了，罗海平暗自揣摩着。

“你好，小罗，我是张子良，你没来前就听刘总说过，说要来个复旦的高材生，给我们团队注入新鲜血液。”

“您好，良哥，我也听刘总说过您，让我多向您请教学习。”握着良哥的手时，罗海平明显能感觉到这双手很厚，粗壮有力，而且还密密麻麻布满了老茧。

良哥的个子和赵辉差不多，但要比他壮实很多，估计体重有八九十公斤，浑身像块石头，哪里都是硬邦邦的，连脸上的肉都绷得紧紧的。罗海平感觉好像在哪里见过，快速在脑海里搜索的结果是小时候看《三国演义》小人书里的张飞，只是没有那么夸张的横眉立眼。

良哥上身穿一件圆领红色 Reebok T 恤，两块胸大肌隔着衣服都非常明显，下身是一条宽松的牛仔裤，右屁股上面还别着把手枪，左手腕上戴了块有 3 圈指针的大盘运动手表。

古人结交唯结心，今人结交唯结面。结心可以同生死，结面哪堪共贫贱？遇到这帮兄弟后，罗海平瞬间有种羊左之交的感觉，具体原因说不上来，就是本能的在这种氛围下有这种心灵感应。加入好的团队，善于和他人合作，就会放大自己的个人价值。一个人的一生如同环环相套的锁链，如果其中一个锁链改变了位置，那么整个人生都会因此而改变。罗海平在这一刻突然意识到，人生走进这个岔路口，自己将会迎来一个崭新的未来。

简单寒暄后四人来到楼下，良哥带罗海平熟悉屋里的各种情况，赵辉和庆军去厨房做饭。

良哥首先带罗海平来到大厅的钥匙柜前，分别讲解各个钥匙的使用之处，并把家里必要的钥匙分别取下一个套在环上交给罗海平，罗海平拿着钥匙挨个试着。打开进入大厅的大门，拉开指纹锁的操作面板，良哥调出管理员指纹开锁的界面，让罗海平分别用拇指和食指录入了用户指纹。虽然是第一次使用这种高档指纹锁，但罗海平觉得没必要输入两个手指的信息。

“这个锁有什么特别的功能吗？”罗海平客气并疑惑地问。

“这个锁是德国产的，芯片级别和入欧签证的指纹录入系统是同等水平，识别率和敏感度很高，有三种解锁方式：指纹、密码、钥匙。陌生人的指纹也能暂存一周。如果连续三次输错，要等两分钟才能再次拉盖解锁，否则就会被钢珠击中。你看到院墙右角上面对着大门的监控器了吗，在监控头的下方就是‘笔枪’，它其实算是一个小型的毒弩，是我们根据飞针的原理自己加工的。其稳定性我们也不敢保证，所以一般不走这个门。外面院墙上的电网，也会对发射器有干扰，尤其在雷雨天极不稳定，晚上甚至会触发警报，慢慢熟悉就好了。南非这边的劫匪也不是吃素的，有些曾经做过特种兵，他们可不经过院墙直接空降到我们楼顶，从烟囱口都能进来，这点还是比较恐怖的，天兵天将，从天而降。”

这一问不白问，果真又长了些知识，最起码罗海平脑海中马上浮现出这样一幅画面：楼顶烟囱口有用一厘米粗的钢筋焊接的防护网，上面的防雨盖四周都被剪成针刺状。南非由于先后被荷兰和英国殖民，建筑风格和思维方式受其影响，加之天堂般的气候环境，居民楼楼顶多半是三角形的结构，歹徒就算不走烟囱也能在其他地方割开一块铁皮或者瓦进到室内。

再次锁好门，两人来到沙发前的茶几旁。良哥坐在沙发上，手从茶几底下摸出一把钨钢材质的飞刀，递给罗海平。接过飞刀放在手里掂量着，光秃秃的刀身和刀把，两侧是锋利的刀刃，中间一条刀骨，拿在手里寒气逼人。罗海平趴在地上，把飞刀放回到刀托上，确认归位后爬了起来。

“这刀隐藏得够好的，要不是您告诉我，根本发现不了。”

“来，跟我到卫生间。”拉开卫生间进门的衣柜，这个木质的浅色衣柜和墙紧密地贴着，右侧是个柜式的洗手盆，白色的陶瓷盆上面有一个水龙头，旁边放着一个香皂盒，上面摆着一块白色舒肤佳。洗手盆下面的柜子有两扇小门，打开门良哥把手伸进里面，从右侧掏出一只短小的雷明顿双管德林杰，子弹已经上膛，随时可以发射。

“小心，别碰扳机，看完把它原位放回。”

罗海平小心翼翼接过这个掌心雷，跪倒在地上寻找放枪的位置。没想到这种绝版的掌心雷在这里还能遇到，一股莫名的激动涌上心头。良哥用手确认枪放好后，关上柜门。

洗手盆再往右是一个用玻璃隔断围成的冲凉房。拉开拉门，除了淋浴头就是一个两层的玻璃托盘，下层离地约 160 公分，摆放着皂盒、洗发水、牙具盒等物品。打开柱状的塑料牙具盒，里面有两个牙刷，毛朝上，一个是普通的牙刷，另一个上面的牙刷头和正常的一样，只是下部是一个锥子尖状的铁器，这要是扎到脖子上的动脉，恐怕是没救了。

上层整齐叠放着小毛巾和搓澡巾。搓澡巾里隐藏着一段指套钢丝，拇指环藏在搓澡巾的拇指处，另一端的封口拉杆露在外面，平时用它洗澡也可以，若突然遇歹徒闯入进攻，只要左手能拉住拉杆缠到歹徒脖子上，就能有效制止对方的攻击。

打开衣柜门，良哥给罗海平仔细讲解这个暗门的使用细节。衣柜最里面左侧挂着一套浴衣，左边兜里有两个遥控器，一个是遥控车库门的，另一个是报警用的。这个报警器外形是一块黑橡胶的小方块，中间有一块圆形突起的地方，只要按住五秒钟，警察局和我们几个中国人的手机都会收到报警，提示我们同伴遇到危险，需要马上应战。厨房和其他房间也都有这个。衣柜下面零散地放了些袜子和内裤等物品，其中还有些女性用的长丝袜、T 字裤和卫生巾。

“我们这里还有女人吗？”罗海平疑惑地看着良哥。

“呵呵，当然没有了，不过也用得上。平时这些只是用来迷惑歹徒的，使其降低警惕性，也为我们一旦遇险找些骗他们的理由啊！你看这个单柄吸盘，知道干什么用的吗？”

“吸玻璃的呗，不过放在这里肯定是有特殊作用。”

“这屋里有块瓷砖里面有暗格，有空你慢慢找吧，找到用它把瓷砖拉开，里面有惊喜。”

遍布机关

“开饭喽……”外面传来陈庆军愉快的喊声。

两人应声来到厨房，负责做饭的两位帅哥已收拾好橱柜上面的台面，坐到了长方形的餐桌前。按照我们中国人的规矩，正对门的位置应该是刘总的座位，左侧两个座位留给良哥和罗海平，右侧坐着陈庆军和赵辉。

桌上三菜一汤，还有些小咸菜和火腿。罗海平先盛了碗汤，比尔通肉干[①]炖包菜，还有些玉米粒儿，味道还不错，只是肉干有些硬。他随手从盘子里拿个馒头吃了起来。

“电饭锅里有米饭。”

“好的，我吃馒头就行。”

“听你口音也不像上海人啊。”

“是的，怎么说呢，我爷爷是山东人，二十年代闯关东来到黑龙江，我爸是在黑龙江北安出生的，我妈是上海人，上山下乡时遇

① 比尔通肉干：南非著名的特制生牛肉干，外干内软，是南非人喝红酒时最喜欢吃的零食。——编者注

到我爸。我是土生土长的东北人，只是祖籍写着章丘，户口落在上海。”

说到这，几个人都笑了。

“看来我们真的是缘分不浅，无缘不聚啊！”良哥豪爽地边吃边解释道。

“我是山东济南的，庆军家是长春的，在郑州读的大学，祖籍山东临沂。赵辉是郑州大学毕业的，老家也在那里，看来以后不用做米饭了，顿顿馒头就大葱大酱就行了，呵呵……”

“好啊，我是从小吃苞米碴子长大的，一年不吃米饭没问题，煎饼卷大葱更是百吃不厌。”

“为了我们这些灾民的后代，也为了当年齐鲁大地饿殍遍野、易子而食却顽强拼搏，最后挺进那片白山黑水扎根的英勇前辈们干杯！”程庆军端起手中的半杯果汁，边说边激动地等着大家碰杯。

真是酒逢知己千杯少，话不投机半句多。

良哥介绍赵辉的时候，罗海平心情有些复杂，潜意识告诉他要好好珍惜这来之不易的缘分，毕竟自己要比他们幸运太多了。尤其是这个来自河南的哥们，他能考上郑州大学，背后不知付出了多少艰辛。

河南是高考大省，每年考生过百万，211 大学却只有一所，竞争的激烈程度可想而知。如果黑龙江的学生觉得自己考进 211 学校的概率是千分之一的话，那河南、山东的学生可能就是万分之一了。而自己以上海户籍参加高考，身份上很有优势，因为国内高校录取上海学生时分数非常低，最关键的是我们不用参加全国统考，这就是教育的地域差异。

“其实刘总也是山东人的后代，我们都是一群性情豪爽的梁山好汉！”良哥说。

吃过午饭，简单收拾完，沏了壶茶，三人给罗海平介绍厨房的布局和机关。

表面看上去它与国内厨房没什么不同，只是融合了些南非本土思维及生活方式的应用。门口摆放着西门子冰箱，最下层与冷冻室同层的半面靠里面有个用快递袋包裹的砖块状的东西，硬邦邦的，装的是面值一百兰特的纸币，有五万。里面新钱上的号码都是连着的，而且做了记号，每一万用纸包扎一圈，并列五沓，四周再用白色纸壳包扎一圈，再用保鲜膜包好，外面用宽面黑色胶带纸包扎两层，胶带纸外涂上猪油，再用方便袋系好，最外层是快递袋，沿粘口处封好。要是没有良哥他们介绍，罗海平打死也想不出放的居然是钱。因为旁边放的也是一袋切成方块的猪肉，用同样的快递袋装着，隐藏得够深的。

“这钱是给歹徒准备的，关键时刻告诉他们，最起码可以为我们争取时间。钱上有药水，手一旦碰到，短时间内洗不掉，所以几个意思你自己琢磨吧！”赵辉开玩笑似的讲解着。

冰箱上面的保鲜层，在右手侧拉门里面有一瓶辣椒水喷雾剂，瓶子的外部缠着番茄酱的包装，幸亏自己没乱动，罗海平暗自牢记每一处机关。

橱柜面板上有一套木质的刀架，两侧各有一个大槽口，左侧插的是一把斩骨刀，右侧插的是一把菜刀。中间上下各有两个槽口，上面两个略大些，插着切片刀和厨师刀，下面插的是餐果刀和水果刀，中间一个圆孔插的是磨刀棒。刀架的后面还插着把多功能剪刀。罗海平每把都拿出来看看，手感都不错，刀刃很锋利，这个八件套看着就很喜欢。

接着他又熟悉了柜子里的调料摆放位置。底层的各个玻璃瓶中，有一瓶透明的液体，商标贴的是白醋，实际装的是打火机气，旁边还有两个像固体胶水的气瓶。上面的抽屉打开是一些叠好的方便袋和保鲜膜，其中一盒印有星星的保鲜膜，打开后中间的纸筒其实是一个伪装的飞针发射器，里面已经装好飞针，只要一按底座就能发射。拨开上面的方便袋，底下贴着抽屉还有一把黑色的宽刃杀猪刀，很重，一刀就能把大棒骨砍成两节。

罗海平把茶壶从底座上拿起，放在饮水机下接满了水，再次放回到底座上加热。随手打开饮水机旁边的微波炉，却见里面放着一听可乐。在国内的时候都是放半杯水，这边放可乐，难道真像电影里那样用来做炸弹不成?

“你猜猜报警器在哪儿？”赵辉故弄玄虚地问道。

罗海平找了一遍没发现，只好求教。原来有一个报警器就藏在刚才吃饭的桌子面板下面，如果在吃饭时突遇歹徒袭击，用腿就可以碰到按钮。

Chinese in South Arica

第三章

工厂初体验

要先熟悉公司的整个流程，再加以创造性地改善和提高，结合团队的力量，使企业的产品达到更高的性价比，使客户和公司同步前进。

厂区印象

一晃就到了中午一点半，一行四人驾车朝工厂驶去。

从住地到工厂有两条路，不塞车的情况下不用二十分钟就可以到。沿途路况也很好，蓝天白云，罗海平不自觉地想要打开车窗贪婪呼吸外面的空气。

“不要把车窗全摇下来，马上进厂区了。”良哥看到坐在驾驶位后面的罗海平开车窗，特意嘱咐道。

汽车在一片工业区的大路上减速左拐，看路上没车便拐到门前。一条宽阔的马路被两个摇臂栏杆拦住，每侧都有一个保安亭，里面有两个穿着制服的挎枪保安。庆军从驾驶位旁的扶手箱里拿出一张磁卡，在立着的读卡器前一刷，栏杆自动升起。他把手收回车内，摇起车窗，车继续向前驶去。

这是一片很大的区域，分布了很多家工厂，估计在此工作的工人有上万人。道路两旁三三两两走着都是人。车在第三个岔路口继续左拐，罗海平一眼望到最里面一家工厂的大牌子，上面写着“AFRICA SAFARI ALUMINIUM”（非铝公司）。车在工厂的推拉门前有节奏地鸣了三声短笛，黑色的推拉门被一个黑人推开了，庆军把车停在车棚最里面的位置，四人下了车。

院墙和厂房之间约有一百多平米的场地，里面大门左侧有个保安亭，坐着两个穿着公司制服的黑人保安，制服外系的皮带右侧还挂着个橡胶棍。右侧墙角处是厕所。保安熟知公司内部的“车语”，可能时间久了连这几台车的马达声都能辨认得准确无误，所以庆军在门口几乎不需要停车等待，一气呵成将车开进停好。

大门斜对着的里面是一个六边形的尖顶阳光房。对着大门这个面最宽，底下是两扇推拉门，旁边转过来的两侧是平开门，但料型和款式不同，其中右侧的这扇欧式平开门上部还有一个平开窗，也就是门包窗，旁边的平开门上部是法式玻璃百叶窗，转过来一面是隔断和推拉窗，这里的部分产品和住宅楼里使用的一样。初次看到设计这么新颖的产品，罗海平相当震撼，尽管还不懂什么铝合金门窗，但直觉很亲切、美观，很想要了解。

阳光房的中间摆了两张小圆桌，周围三四把椅子，看得出这里既是展厅又是接待客户的门店，桌子上还放了些产品资料和样板撞角。阳光房和厂房衔接的部分是一扇约四米多宽的电动卷帘门，白色喷涂的双层铝叶片紧密地衔接着。

厂房是一个约30米宽、100多米长的长方形建筑。钢骨架结构，四周是空心砖砌的围墙，围墙的高度有3米左右，上面围着铁皮。中间最高处距离水泥地面有7米多，两侧的房沿离地也有近五米，是三角形桁架结构。阳光房前脸的左侧还有一个重型推拉门，由加重的钢板焊接而成，2.5米以上部分是密集的一排顶部像箭尖一样的钢筋，每根之间的间隙大约5厘米，钢筋的长度有60厘米。

这个重型推拉门上面的右侧还有一个小门，小门和大门的衔接处有一上一下两个锁盒，底下只露钥匙孔。只见庆军熟练地把钥匙插入，分别解下两把锁头，向里推开了小铁门。顺势三人也都跟了进去。原来这个推拉门在里面还有一上一下两个锁头，把门和埋进墙里的槽钢连在一起。打开里面的两个锁头，庆军又出来开外面的门和墙边钢槽锁着的两个锁盒，这两个锁盒是露在外面的。罗海平原本以为打开这两个锁盒就能把门拉开，没想到这个门的设计这么复杂，这么精细。

待庆军把所有“将军不下马”锁头都归位锁在相应的锁盒后，罗海平拉开了这个重型推拉门。门的正面用蓝色的油漆写着非铝公司的名字，下面是电话和电邮。这个大约三米乘三米的门有一吨半重，门扇下有四个铜轮，推起来很轻，连小孩子都能推动，而且没有杂音。

此时上班铃声响起，保安推开大门，工人们陆续走了进来。

“Good afternoon, sir.”一个黑大个走在最前面。

“这个工人叫 Hery，是切料小组的头，擅长制作平开门。”良哥挨个给罗海平介绍着，罗海平分别和每个工人握手打招呼。良哥在和工人们打招呼的同时也半开玩笑地和其中几个比较结实的工人比划了几下，看得出来他们还是比较畏惧良哥的，都有意识地躲闪着。看着工人们一个个都打完考勤卡，罗海平数了下，挂在墙上的插卡槽里共有 24 张卡。其中高管两人，一男一女；前台接待有四人，三女一男；收银是两个女工，其中一个在休产假；两个男司机；两个付货兼保洁的男工；十二个生产班组工人，其中两人兼职仓库出货员。

“有个收银女工 Fily 在休产假，其他的今天都上班了。”

良哥边走边介绍着，两人从大门沿顺时针方向在车间绕了一圈。

参观厂房

大门口的旁边是交货区，用红色油漆画的田字方格上分别写着“1”、“2”、“3”、“4”，每个方格是三米乘三米大小，上面摆放着长短不一打好包装切完的型材，包装外用记号笔写着一些客户信息，有的还搭配些纸箱包装的配件，都整齐摆放在格子内。

对面靠墙是一排椅子，有铁的也有不锈钢材质的，是客户等候区。之间有个长条的木桌，是工人和客户核对货物的交接台。刚上班就有两个客户在取货。交货区再往里走，有一段约两米高的隔断，下面一米是铝板，上面是透明的白玻，客户在外面大致能看到里面工人取料、加工的过程。在靠墙位置，平行摆放着四台双头切割机，每台之间的距离有四米，切割机的长度是五米六，宽度有一米七。

“靠墙那台是切割框料的，由于我们做的是法式罗克迪系统门窗，框料都是包边的，所以全部是外切 45 度角，前机头都是固定锁死的，通过移动后面的机头来切割出客户要求的长度。每次只能切割一支型材，主要以推拉系列为主。

“第二台锯和第一台差不多，只是有时在切割门框时工人要把后机头立起来调成 90 度，因为南非这边的门框都是三面，上、左、右，没有门槛，所以侧边的门框上边是45度，而下边是直角。推拉系列由于是四面拼接，都是45度，不存在调角度的问题。操控板在两个机头之间一定范围内滑动。

“第三台是我们定制的，表面看上去和前两台差不多，但没有手动操控台，只有一个脚控盒，里面有两个脚踩键，通过气管连接机头，像我们开的自动挡位汽车，左位压料，右位出刀。这台重型锯一次最多可以切割四支型材。我们的推拉系列扇料只有一种，勾企是外配一个小勾的组合料，所以两锯可以切完一个窗户，要是有成批量的同规格的订单，它的效率是相当高的。因此检修和维护工作要加重些。

“第四台主要用来切割平开门扇料，由于门扇料的腔体比较大，所以一次最多只能切割两支。我们所有的铝材中，只有门扇料是4.4米的长度，其他型材全部是5.88米。这台锯的电脑程序采用镜像原理，两个机头之间还有一个刀盒，里面是长度255厘米的锯片，只要输入门扇的高度，三个锯片同时切割，可以切好两支侧边料。前后两个锯片同时切割，可以切好门扇的上坎料，下坎料由于是直角边，在另外的轻型手动切铝机上切割。

“四台切割锯都是采用380伏三相电，总控和分控闸刀在靠近第一台切割机的墙上，上面有标注的代码，气管、网线和电线都是走地下。所有切割锯都不用冷却液，和国内的用法不同，所以你看每个机头上面都少了一根管，省去了不少麻烦。

“每个机头的吸尘管都紧密衔接一个特制的塑料桶，降低空气中的粉尘，也便于收集切割时产生的铝粉。45度切割产生的料头则有专门用来存放的方形塑料桶，每天下班清扫时被统一装入麻袋存放于墙角，大约每半个月有人来回收这些铝料头和铝粉，回收价格和国内采购成品型材的价格差不多。

“在第一台、第二台、第三台切割锯中间的两个空隙中还装有两台轻型手动的切铝机，底盘都被固定在一个方形的铁架上，两边是用大方管做的架托，右侧还有一个活动定位托。这两台平时主要用于直角切割的型材，调整机头也可以实现二维和三维的0~90度切割。这两台的日常用量很大，基本上用半年就要更换新的，好在用的都是220伏的交流电，在国内很好采购。用过的二手锯在这边也能卖到和国内采购新锯一样的价钱。”

随着良哥的讲解，罗海平仔细观察着机器的每个部分，尤其是良哥提到的地方。尽管对眼前的加工工艺还比较陌生，但凭借着在大学里加工过锤子的体验，他对厂内机器的设计和加工过程叹为观止，毕竟在国内没见过这么专业的设备。

“在第三台和第四台切割锯中间摆放着一大一小两台压具。大的是一台双层电动压具，下层整齐排列着需要冲孔的各种压头。由于我们是系统铝料，所用的连接件、角码都是统一规格的，所以冲的孔也是一样的，只是插放料的空间不同。有空你把我们现有型材的数据都输入数据库，编下程序看看在满足最小公倍数和最大公约数的条件下，数据能否进一步精简，只要我们能把一件很简单的事情做到极致，我们就是专家。

“上层压具只在中间有两套压头，是压窗锁的，一左一右，同时把两只切割完四十五度的窗扇料对称插进去，一踩脚控盒里的出刀键，窗料中间部位就被削出两个锁孔位，抽出来就可以直接上锁了。我们公司有几款锁，有单面和双面的，但都是同一个尺寸，所以加工过程比较简单。旁边那个小的手动压具底下只有三个压头，满足一般加工窗料时的框、扇和勾的压榫，而且很轻便，也就20斤重，很受客户欢迎，每个月都能卖十几台。旁边还摆有砂轮机和钻铣床等几台小型加工机械。”

罗海平心想，世界上有两种人的成功是必然的，第一种人是经历过生活严峻的考验，经过了成功与失败的反复交替，甚至是生死交替，最后活下来终成大器。国内比较推崇的多半是这种人。还有一种人是没有经过生活的大起大落，但在技术方面达到顶尖地步，也就是把一个领域的事情做到了极致。看来在南非做第二种人更实际些。

以前总听说“瑞士人卖的是智慧，美国人卖的是想法，日本人卖的是手工，中国人卖的是地里种出来的东西”，其实瑞士人并不聪明，只是把简单的事情做到了极致，例如钟表。而我们中国人卖的多半是“瓜”。看来你是哪里人并不重要，你所选择的道路和行走方式至关重要，此外还有个重要的因素就是和谁一起走。

突然罗海平想起以前在书中看到的一段话：

> 当我年轻的时候，我的想象力从没有受到过限制，我梦想改变这个世界。当我成熟以后，我发现我不能改变这个世界，我将目光缩短了些，决定只改变我的国家。当我进入暮年后，我发现我不能改变我的国家，我的最后愿望仅仅是改变一下我的家庭。但是，这也不可能。当我躺在床上，行将就木时，我突然意识到，如果一开始我仅仅去改变我自己，然后作为一个榜样，我或许可以改变我的家庭，在家人的帮助和鼓励下，我或许可以为国家做一些事情，然后谁知道呢，我甚至可能改变这个世界。转境要从转心开始做起。

把这段话和自己当前的状况结合起来，罗海平更加明确了自己该做的事情，以及步骤和方法——要先熟悉公司的整个流程，再加以创造性地改善和提高，结合团队的力量，使企业的产品达到更高的性价比，使客户和公司同步前进。

想到这里，他更坚定了自己的选择，心无旁骛地跟着良哥继续前行。

再往里，靠墙有两个房间，前面一个是配件库，里面的三层货架上整齐摆放着各种配件，门口挂在墙上的是一个登记本。货架每一层都贴有卡片，上面标注了代码、品名等信息，虽然是英文，但对罗海平来说不是障碍。

后面房间里的东西比较杂，靠墙一面的货架上是加工用的各种手动工具配件，包括各种规格的扳手、钻头、螺丝刀、卷尺、钳子等五大类（煸錾铲锉磨）上百个品种，对着的货架上摆放着切割机和使用机具的各种储备配件，另一面墙摆放的则是包括各种电线在内的电器件。虽然这个房内物品标注的都是中文标签，但还是让罗海平看得眼花缭乱。

厂房最里面靠墙搭的是铝料货架，主体框架都是工字钢焊接的，分三层，比较重的门窗料都在下面，上面多是些方管类的轻料。靠边还立着一个简易的航空梯。

大致看完料型，罗海平随着良哥往回走。厂门的右侧是一个二层楼的办公区，上下各有六个房间，后面有楼梯能上到二楼。

一楼进门口第一间是接待室，向外走十几米就是展厅，平时接待员多在展厅给客户讲解和演示产品。紧邻接待室的是女高管Laurence（劳伦斯）的办公室，她主要负责公司对外的一些事宜。

第三间是财务室，没有门，前面只有两个被防弹玻璃隔离后露出来的收银口，在玻璃前面还加装了用钢筋焊接的防护网。收银口和国内银行的差不多，只是台面要高些，差不多离地有一米四，里面的收银桌上有两台电脑和一些财务用的文具。每个收银口对着的桌子下面都隐藏安装着一个报警按钮，桌子下面在中间位置有一个斗式保险柜。

这个保险柜是典型非洲款式，在荷兰订购的，下面柜体长 56 厘米，宽 46 厘米，高度 100 厘米，在上面焊接了一个展开扇形的投钱口，高度有 30 多厘米，两侧各有一个像自行车脚蹬子似的手摇把，钱“只进不出”。桌面上有一个印有公司财务制度的镜框，它的后面正是这个投钱口对着的桌子位置。桌面上有一块小推拉木板，木榫工艺十分精致。轻轻拉开这个小木板，钱就能顺畅地掉进保险柜。靠近木门关闭时的一侧还摆有一台验钞机。整个桌面的布置美观、安全，外人丝毫察觉不出什么特别之处。

屋里放置保险柜的那块地面也是特别制作的。首先把一块 50 厘米见方、1 厘米厚的钢板埋进约 50 厘米深的地下，在靠近四个角的位置各焊接一根 1 厘米粗的螺纹钢，然后用水泥浇筑，地面上再用一块和保险柜底座同尺寸的钢板与四根钢筋紧密焊接。把保险柜和这块钢板焊接好以后再铺上地砖，表面看上去保险柜好像就是放在地上。

这个保险柜分两层，有上下两个门，上层其实就是个储钱罐，每天下班前打开，整理好并取走里面的钱。下层中间有一层托板，里面常年存放两捆包扎好并用收缩膜封好的钞票，一捆是美元，一捆是兰特，都是面值一百的大钞，只不过除了头尾两张中间的都是假币——这是为劫匪准备的。

收银员座椅后面是一排文件柜，两侧的墙壁上分别挂着一幅超大的非洲地图和南非地图。在文件柜和左侧墙壁之间有一扇门，宽约一米，但只是一个样板而已，打开看到的是白墙，而真正的通道隐藏在靠右侧的文件柜里。

打开这个柜门，里面是一条宽约一米的过道。在不起眼的墙角处有一个按钮，按下才会从上面的吊顶天花处吊下一个悬梯，只有登着悬梯才能爬上二楼。这个房间的四面墙壁里都夹有钢板，并且墙也是经过加厚处理的，坚固得像个碉堡。

第四间是程庆军的办公室，庆军主要负责对内的管理，并监控生产的各个过程。第五间是男高管 Peter（皮特）的办公室，皮特主要负责管理工人。最里面的一间是更衣和休息室。

在休息室旁边的楼梯入口处输入指纹打开铁门，上到二楼。在楼梯拐角的围墙上，是一个醒目的旋转摄像头，以不快不慢的速度把整个车间的景象收录下来。

挨着的第一间是监控室，按指纹开门进入，门左侧墙上挂着两个大液晶显示器，左侧这台显示屏被分割成五乘五的二十五幅小画面，从厂门口的马路，到工厂最里面的铝料架，都有相应的摄像头对着拍摄。其中财务室有三个监控头，和赌场台桌上面用的一样，都是高清的。右侧这台显示屏被分割成三乘三的九幅实时监控画面。

显示屏下的电视柜上摆放着一排电视盒，有大有小，后面密密麻麻接满了视频线和电源线。地面墙角处摆着一个发电机大小的稳压电源，从稳压电源接过来的插座和罗海平上午在别墅客厅看到的一样，是四层四面体多功能插座，共有四个。旁边摆着六个用保鲜膜缠好的遥控器。

靠墙的桌子上摆着两台台式电脑，旁边还有些 U 盘和方块状的移动硬盘。显示器的对面是一套“2+1”式欧式沙发，中间是一个玻璃茶几。靠墙还有一个玻璃门的柜子，里面放了很多塑料文件夹和录像带。

第二间是良哥的办公室，对应的是楼下皮特的办公室和财务室两间的格局。良哥的办公桌在里面的套间，外面是个接待厅，沙发旁摆着一个文件柜，其实只是一个文件柜的外形，里面放的是折叠起来的悬梯，也就是通往楼下财务室的唯一通道。

挨着的第三间就是刘总的办公室，也是有两个房间的套间。最后面的一间是赵辉的办公室，赵辉主要负责销售和财务。

这一圈转下来两个多小时就过去了，罗海平随良哥再次来到庆军的办公室，看着庆军把打印好的一张表格交给良哥。

“各个部门每天下班前都会把批发和零售数据输入电脑，切割锯切割的刀数也会通过网线把数据自动汇总到公司数据库里，我们下班前要核对，还要核对和收入是否一致，简单说就是庆军、赵辉和我三人手头的数据都对上了就 OK 了。你这周先在销售室熟悉流程，从销售开始，把整个过程都跟一遍，主要辅助下庆军。”

良哥说完，他的电话响了。原来是刘总打来的，告知一会下班后先回家，再开车去 MIMMOS（米猫斯）饭店吃晚饭。

距离下班时间还有 20 分钟，工人们已经停止生产，开始清点工具，打扫工作面的卫生，两个付货员工忙着帮客户把切割好的货物装上汽车，再把客户签字的付货单底联按序号编好，交到庆军那里。每个人都很忙碌。

待五点钟的下班铃响起后，工人们排队打卡，有说有笑地陆续出了大门。庆军把 Land Cruise 停在厂房的小铁门门口，赵辉拿着背包，在良哥和罗海平的护送下快速上车坐到后排，罗海平锁好大门，迅速坐上副驾驶的位置离开工厂。

关于私人持枪

传说南非有三快：一是道路好，车速快；二是爱滋病患者多，死得快；三是婚姻关系混乱，老婆和别的男人上床快。罗海平来到此地的第一天就体会到了第一点。此时正是晚高峰，路上的车明显比中午多很多。

车子一路飞奔到家，入库停好。刘总的宝马 X3 已经停在门口。罗海平坐上刘总车的副驾驶位，良哥和赵辉上去送钱，庆军也上去换衣服。

“有国内的驾驶证吗？”刘总问。

“没有，只是读书那阵学过，摸过几次 212。”

“来南非手里要有三证：身份证、驾驶证和持枪证。你先准备十张彩色相片给我，我尽快给你办。这个周末我们去靶场，正好庆军的持枪证也办下来了，看看有什么新货。”

“给你那本书看了吗？”刘总接着问。

“简单翻了一下，还没看完。”

“接触过枪吗，你对私人持枪有什么看法？”

“我小时候有邻居是警察，所以玩过老五四，后来军训时打过八一式。我觉得枪是男人最好的朋友，男人可以没有女朋友，但不能没有枪。当然枪绝不是用来施暴杀人的，它的主要用途就像美国宪法中写的那样：一是推翻暴政，抵抗侵略；二是免受不法侵害。随着时代的发展，我觉得它当今更重要的功能是调节经济领域内的社会资源合理配置。但有些美国的人权主义者居然要求政府禁枪，真是身在福中不知福，要是让他们去索马里或伊拉克工作一年，如果还能活着回来的话，我想他们的想法会大为转变。史泰龙主演的《第一滴血》系列电影里就曾表达过这层意思。”

“哈哈哈，没想到你也是一个持枪支持者，不过我们在这里持枪是用来博弈的，用枪这个杠杆提高我们的幸存率。就在你来之前的一个月，一家在约堡生活的上海同胞惨遭杀害。孩子刚出生两个多月，现场惨不忍睹。虽说生命就是要不断地受伤和不断地修复，但有些人却没有修复的机会了，我们拿起武器的目的就是让自己还有修复机会。”刘总若有所思地讲道。

“你现在还没有持枪证，不能配枪。首先要找家有 Sasseta 认证的训练中心学习，内容是枪支法和枪支操作注意事项。枪支教材按枪支种类分为四种：手枪、霰弹枪、步枪和半自动步枪，一起考证的话还有折扣，便宜很多。拿到训练证书后，还需要办一份无犯罪记录证明，然后找三个本地公民给你作证，医院那边再做份精神健康证明，把这些材料递交到警局 DFO（Designated firearm officer），花点钱，过段时间就能拿到审批下来的持枪证，然后你就可以去枪店选择自己想买的枪支了。但严格上说，南非法律禁止私人持有全自动的武器。你喜欢什么枪？”

“手枪中我最喜欢的是以色列的沙漠之鹰 0.357，还有意大利的贝莱塔 M92 和捷克 CZ75，当然我觉得最好用的应该是奥地利的格洛克 17。冲锋枪中我最喜欢的是德国 MP5 和以色列的乌兹。步枪中我最喜欢的是以色列的加利尔和美国的 M16A2。狙击用要数 M40A1 比较好，防守则要用加特林 M134……”

“没想到你还很懂嘛，我和你的观点差不多，我也很喜欢以色列的加利尔，尤其是加利尔 ARM7.62 口径那款，挂上五十发的弹夹，开火那叫一个爽。不过只能去射击场过过瘾。对了，一会回来先给你配把电击枪。”

这时，良哥他们三人都收拾完换好衣服下来了，锁好门上了车。

在“匪城”吃大餐

汽车在笔直的Voortrekker大街上行驶，不远处就是迷人的法尔河，罗海平真想跳下车跑到美丽的法尔河旁欣赏河景，关键是完全没有像上海黄浦江这个时间天空上方到处弥漫着的阴霾。他贪婪地呼吸着从车窗缝隙处吹来的新鲜空气，感觉就像置身于莱茵河畔的欧洲之境。

这条大街的道路两旁各式饭店和精品店林立，橱窗内的商品在射灯的照耀下格外炫目。巴洛克式的建筑、洛可可式的装修随处可见，沿街酒吧餐厅里坐着下班后来此就餐的白人，罗海平感觉这一点都不像自己想象中的非洲。

车子行驶到与Beaconsfield大道的交汇处，一个熟悉的KFC招牌映入眼帘，旁边就是他们要去的MIMMOS餐厅。停好车，罗海平随着刘总进入餐厅。

这是一家意大利口味的餐厅，落地的大玻璃橱窗擦得非常干净，要不是有横格的铝框隔断，不知道有多少人会不明就里地迎头撞上去。墙上的壁灯和棚顶的吊灯发出黄色的光芒，给人一种非常温暖的家的氛围，与之相比，刘总的别墅更像是一座城堡，一座到处布满机关的城堡。

华灯初上，夜幕刚刚降临，餐厅的食客并不多，但很多餐桌上都摆放了表示已预定的牌子。餐厅经理热情地迎上前来，“Buonasera，Good evening，sawubona,”分别用意大利语、英语、祖鲁语向他们问好。庆军走在前面，也用英语和经理问好，并开始调侃天气和女人，看来是老主顾了。经理和庆军用眼神跟刘总交流后，刘总示意坐在里面一张靠近墙角的方桌处。

落座后，经理递给每个人一份菜单，热情介绍着当天的特色菜和优惠套餐。庆军坐在最外面，靠近过道，离经理最近，他拿着手上的菜单，边听经理介绍边配合看着上面的图片和文字，最后在刘总的确认下点好了菜：一份椒盐螃蟹，一份焗龙虾，两大份沙拉，一份烤鸡翅，五份不同口味的意大利面，以及餐后水果拼盘。

经理刚拿走菜单，一位衣着干净整洁的黑人服务生送来五杯饮料。罗海平接过一杯颜色有点像鸡尾酒的饮料，把杯子里的吸管插入嘴里，鼻子闻了下，没有任何酒精的味道，有的只是混合了几种水果的香味。轻轻嘬上一小口，实在太好喝了，原来是由百香果、木瓜、香蕉和西瓜混合而成的水果汁。

罗海平又深深地吸了一大口，杯子里的液面瞬时下去了一半。这半杯果汁就像兴奋剂一样，迅速缓解了他旅途的辛劳和一天的疲惫，瞬间把他的情绪也调动起来。罗海平从小到大第一次喝这么美味的果汁，准确点儿说这是他喝过的屈指可数的饮料当中最好喝的。

对于这群骆驼般的男人来说，像今天这样奢侈地惬意享受美味真乃人生一大幸事。感谢刘总带给我这次视觉和味觉的盛宴，罗海平默默告诉自己，虽然大多数中国人在餐前不会像西方人那样有感恩仪式，感谢主赐予食物，但饮水思源，罗海平毕竟是受过高等教育的，他把对刘总的敬意和谢意默默放进心里。

庆军坐在罗海平对面，调皮地用杯子和罗海平碰了下，嘴上说着欢迎加入我们战队的客套话，一仰脖饮料见底了。罗海平也一口干了剩下的饮料。环顾其他三人，也都喝完了。

那位黑人服务生再次过来的时候，拿着一瓶 89 年的法国红酒和五个杯子，得到确认后他打开红酒倒了三杯。庆军和海平不喝酒，就又叫了两杯果汁。餐前小菜和沙拉陆续上桌，五人举起酒杯碰杯，由刘总带头发言，一致欢迎海平加入公司。罗海平很激动，感谢刘总和大家的帮助关照后，发誓要努力做好工作。这是罗海平人生中第二次感到这么快乐，第一次是考上复旦大学时。

酒过三旬后，良哥明显很开心，频频和刘总碰杯，感谢刘总给他这个机会，把他带到南非来发财。赵辉不胜酒力，只喝了开始倒的一杯，多数时候都是听刘总和良哥说话。

服务员把菜和五份不同的面条都端上来了，当罗海平看到桌上真正的意大利面条时，被眼前这色香味俱全的食物惊呆了。在这之前，罗海平对意大利面条的概念只是停留在空心粉上，大脑里也只有“pasta”“spachetti”两个词汇，而今天一下就遇到“linguine”（扁状面条）、“bucatini”（圆管状面条）、“ziti”（长条状的粗通心粉）等，真是大开眼界。

最让他吃惊的是面条里除了面粉还可以混入其他元素，比如将面粉和番茄混制而成番茄面条，混合猪肉又成了猪肉面条，这让第一次走出国门的罗海平觉得不可思议，他一边笨拙地用叉子卷起面条往嘴里送，一边用大脑快速记录相关信息。

罗海平吃的这份是混有香草味道的细面条，形状像我们中国的长寿面，里面可能拌有当地的特色香料和纯正咖喱，盘子一角还装饰着紫红色的玫瑰花瓣，赏心悦目，让人不忍心下口。

刘总提议，大家一人一块把那只不算大的龙虾分了。罗海平拿了块切好的新鲜柠檬片，用力一挤把汁浇到龙虾肉上，顺势把剩下的汁浇到盘子里的面条上，叉子顺势卷起面条放到嘴里，“真鲜啊，好美味！”他情不自禁地小声感慨。

在庆军的招呼下，几把螃蟹钳已经架到了盘子边，一并撤了龙虾的盘子，桌上便没那么拥挤了。这是罗海平第一次吃龙虾，突然有种高大上的感觉，仿佛这个良好的开端意味着通往一条光明大道的开始，不由想起郑和第一次下西洋前在宣誓誓言中的一句话，大意是：人如果不出去看看，永远无法知道将自己置身何处。虽然他没能到美国去刷盘子，但却在南非的高级餐厅里吃龙虾，人生的选择看来有很多命中注定的成分。

一番风卷残云的光盘行动后，桌上的狼藉被撤了下去，几人也趁机休整一下，各自拿着杯子，边喝水边看着餐厅里越来越多的客人。经理忙得团团转，不停地在各个餐桌间穿梭。罗海平听到良哥和刘总谈到他们战友的一些情况，虽然都不认识，但能感觉到他们是曾经在一起打过仗的亲密战友，决心日后有机会再向良哥问个明白。

服务员把“dessert”（餐后甜点）端上来了，是五盘切好的水果，分量不大，但品种多，卖相极好。有一片五角星状的杨桃，几块豆腐块状的凤梨、苹果、番石榴、木瓜，还有一粒红提子。按照西餐的习惯，餐后甜点通常上的是奶酪蛋糕和冰激凌，但经理考虑到他们都是中国胃，点餐时特地建议来点水果，这样既有助消化，又可以不用担心体重超标。其实五人中除了良哥体重稍微重些，其他人都偏瘦，尤其是刘总，所以减肥应该谈不上。

最后，还是那个黑人服务生把账单送过来，刘总打开看了看，让对方把刷卡机拿来，刷完卡签了名，再把单据递给赵辉，又从钱包里拿出 20 兰特夹在账单夹里递给那个服务生。服务生一边说着感谢的话一边把他们五人引向门口，在拉开门等待他们走出的时候，他用标准的英式英语说：“My name is Jim, I am glad to be at your service, welcome next time.”

深夜卧谈

带着对这顿大餐的美好回味，一行五人再次回到别墅。

罗海平跟着良哥回到他们的房间。进屋后，良哥立刻解下皮带和别在皮带上的手枪，伸了个懒腰，顺带把T恤也脱下扔在了床上。

“能看下您的枪吗？”罗海平饶有兴致地问道。

一连串熟练的动作后，良哥握着枪管，枪把朝罗海平递了过来。

“您用的就是格洛克17啊？不过您的枪怎么感觉跟资料上说的有点不一样呢？我最喜欢的是该枪大量采用聚甲醛成分的塑料零部件，重量上轻很多。还有它的精度很高，两米内射程偏差率几乎为零，远高于瑞士的SIG-SAUER之类的手枪。最关键的是它采用国际通用的帕拉贝鲁姆手枪弹，属于系统配置，这点我非常认同。”

良哥显然被罗海平的这一番话惊到了，上扬的眉毛和放大的瞳孔都表露出对这个刚出校门的小伙子知识广博的敬佩。他左手把刚才卸下的弹匣也递给了罗海平，右手握拳做拳击状朝罗海平伸过来。罗海平也腾出右手做握拳状回击良哥，两个拳头轻轻撞击了一下，两人都笑了。笑容里包含了太多的含义，比如两人对这个典型的非洲手势都有一定的理解和认同，都来对了地方。

“你刚才说我的枪和资料上介绍的有点不一样，事实上我这把是经过改装的。”良哥边说边把弹夹里的第一发子弹退下，剩下子弹的弹头确实和退下来的这发帕拉贝鲁姆手枪弹弹头有些差别。

这是罗海平第一次见到特氟龙弹头，真想找个靶场试下效果。

“聊得这么开心啊！”刘总推开门走了进来。

“这个给你先用着，你在这里签个字。”刘总把一个带着枪套的电击枪递给罗海平，同时用手指指着一个本子，让罗海平签名。

签好名，罗海平打开枪套，握着这把黑色的电击枪仔细观察。

“泰瑟枪 M26，最大射程为 7 米，初速为每秒 60 米。它可以隔着 5 厘米厚的衣服放电，并在 5 秒钟内多次放电，每次持续时间为百万分之一秒。虽说它不会致人于死地，但一旦被击中要害部位，生存的机会也是微乎其微。你知道枪神、枪圣和枪王的区别吗？”刘总一边解释一边不经意地问道。

这么高深的技术问题把罗海平给弄懵了，但他知道铁砂掌、金沙掌和柳絮绵丝掌的区别，也深谙王国维论人生之三大境界，就照这个模式生搬硬套。

“枪神就是只要一开枪，不管打几发子弹都是十环；枪圣就是一枪十环，两枪二十环，以此类推直到把靶盘打烂；枪王就是十发子弹打九十九环。”

没等罗海平说完刘总就乐了，很显然罗海平是把学生考试分数那套理论套用过来：九十九分和一百分的区别在试卷，因为试卷的满分只有一百分，而如果试卷满分是二百分，那就是九十九分和二百分的区别。

“你说的也对，小伙子悟性很高嘛。我说的枪神意思是首先保护好自己，同时使歹徒失去继续施暴的机会和能力，更重要的是也不会给自己和同伴带来不良影响和后续麻烦。而枪圣只能做到前两点，枪王就只能做到第一点，所以先从枪王做起，保护好自己。你有喜欢的格斗刀、刺刀之类的冷兵器吗？”

“我比较喜欢三菱军刺。”

“正巧我那就有把全钢黑三菱军刺，你先拿着，但只能在家里用，不能带出门。”说着刘总便出去取回一把外形像铁棍的仿联合棍刺。

这个铁棒有近40厘米长，握把处有增大摩擦的麻点环带，握住时有保护虎口的实芯双耳护柄，从铁裤拔出军刺，三面槭的刀锋边缘经过磷化处理，在灯光下反射着惨白的光，刀锋已经开刃。再次把军刺插入铁裤里，铁裤被插在一个黑色的尼龙棍套带上，不仔细看很容易认为是一般保安用的警棍。军刺的手柄很像巴克马斯特救生刀的手柄，拧开底盖的反面是一个指南针，里面装着军人常备的三件宝：火柴、针线和止血药。平时用手反抓着可以当钢棍用，关键时刻用拇指弹掉刀鞘则可做深度搏杀。这是一款进可攻退可守，非常实用的冷兵器。

来到南非第一天就收到这么多的好“礼物”，罗海平心情非常激动，久久未能平复。收好刘总发放的装备，他把签好的合同递交给刘总。刘总接过东西先出去了。良哥脱得剩条短裤，拿了条浴巾也跟着出去冲凉了。

罗海平坐在床上，先把玩棍刺，再仔细研读电击枪的说明书。

一会的功夫良哥披着浴巾回来了，迅速擦了下身上的水珠，赶紧穿上T恤，下半身钻到被窝里，靠在床头看他的本子，并时不时在上面写些什么。

弗里尼欣的夜晚还是很冷的，仿佛一下从白天的夏季过渡到晚上的秋季。此时正是南非的旱季，也就是中国人理解的冬季，不知道再过几个月到了雨季温度是否会高些。

当地气候和罗海平之前的想象有很大的区别。多数没来过非洲的中国人会认为非洲由于纬度低，所以气候干燥炎热，可能和海南三亚差不多，其实真相更接近于形容西藏拉萨的一句话："早穿棉袄午穿纱，围着火炉吃西瓜。"

"良哥，刚才您去洗澡时看到您身上有好几处伤疤，尤其后背上部有那么大一块，是在南非受伤后留下的吗？"罗海平看到良哥把本子记好放在一边，开始发问。

"不是，后背上的伤疤都是参加对越反击战时留下的，来南非这几年只经历了两起歹徒袭击，都是小伤，早就好了。"听到罗海平这么问，良哥的情绪显然被带回以前的岁月。也许是借着酒劲，也许是性情之人的真情流露，他把身子往上靠了靠，转过身来对着罗海平，手很不自然地在嘴边摸了一遍又一遍。

"抽烟吗？我这有一盒红河。"说着罗海平打开皮箱，从里面翻出一盒崭新的软包红河。

虽然罗海平从不抽烟，也很讨厌烟味，但在东北某国企实习过的经验让他养成一个习惯，兜里总揣着一包纸巾、一包烟和一个打火机。因为在车间，如果想让老师傅多讲解几句一定要会来事，端茶递水是必需的。有些工艺窍门想让老师傅讲出来，递烟、点烟的时机一定要把握好，而且自己也要陪吸，最重要的是提问场合和倾听时的距离要拿捏好。这样的环境让罗海平十分不适应，拼命也要考出来，逃离那里。

"别拿了，我早就戒掉了。把桌上我的杯子递给我。"接过杯子喝了口水，看着罗海平专注又期待的眼神，良哥拉开了话匣子。

“我是在 1983 年参军的，进入济南军区 67 军，一入伍就开始了临阵磨枪的战前训练。所有训练科目全都压缩教学，像正常要一个月完成的精度射击科目，我们只培训了三天，接着就转入隐现目标射击和夜间射击。只投了三次教练手榴弹就开始实弹投掷，且没有要求距离必须三十米以上。最要命的是像爆破、刺杀、土工作业、行军宿营和战场救护等科目，正常都要训练个一年半载的，需要有个消化吸收的过程，因为战事紧迫，我们全都高密度进行，连长对达不到要求的士兵也不给补练的机会。这种训练会给士兵日后在战场上带来巨大伤亡，应该说问题出在体制上，有效的作战体制应该是战训分开而不是战训合一。

“我们是后批上前线的部队，已经吸取了很多前面战友用鲜血和生命换回来的经验，像穿的鞋已经换成了高腰防刺防滑解放鞋等。我们于 1985 年开赴老山前线阵地。

“美丽的盘龙江环绕着老山一带，像一条母亲河哺育着附近居住的人们，山上是茂密的热带植物，很难想象这么美丽的人间天堂居然时刻上演着这么残酷的人间悲剧。我是第一次去亚热带地区，除了蚊虫等因素外我很喜欢那边的气候，最起码不冷。

“我军参战的任务是接替昆明军区换防，主要驻守在老山阵地一带。那拉口子战区 211 高地是昆明军区 1 军在 1985 年 2 月 11 日夺下的阵地，于 5 月 18 日交与我军把守。13 天后，5 月 31 日凌晨，越军第二军区对我军突然发动‘M-1’进攻，对老山战场全线猛烈炮击。

“持续激烈的战斗后撤回出发阵地的战友不到十分之一，我是被战友抢救回来的，由于伤势较重，被送回麻栗坡县养伤。事后听医生说我命真大，炮弹片几乎贴着心房擦过，也没伤到其他内脏，只是流了很多血，背部三处伤口一共缝了二十多针，左腿也是轻伤，有一处软骨组织受损，我昏迷了三天才醒过来。”

良哥的讲述勾起了罗海平的一些记忆，依稀记得当年听老山英模事迹报告团讲述攻占 211 高地的情形，好像还有篇叫《老山绞肉机》的文章，详细介绍了当时的战况。可是自己当时还小，为了达到心得体会的字数要求，把原文的讲述也给照抄了一些上去。

“养伤期间是我人生最痛苦的一段时间。每天躺在床上，听着战友在战场上建功立业的喜讯，而我既不能像赵广来一样成为烈士，也不能像盛其顺和史光柱一样成为英雄，精神与肉体的双重打击让我郁郁寡欢。后来临近年底 11 月份的时候山东还来了慰问团，有一场是专门为我们这些伤病员举行的演出，我和战友们都很感动。特别是郎咸芬大姐握着我的手，鼓励我好好养伤，等伤好后上战场为国家做更大的贡献时，我热泪盈眶。想到家乡的母亲和妹妹，我百感交集。父亲走得早，母亲独自把我和妹妹拉扯大，要是不能报效祖国，真是无脸再见母亲。我一直向部队申请及早归队，但上面考虑到我的伤情，一直没批。直到 1986 年初才同意我归队，但随后又被调回山东。

“刘总就是在我养伤时认识的，当时他住我邻床，都是老乡。他是大学生入伍的，积极要求上前线执行任务。有一天他们连被偷袭的越军围攻，他和战友们拼命反击，有两个战友牺牲了，他也挂了彩，被送过来养伤，不过都是皮外伤，无大碍。我们当时都挺敬佩他的，一个大学生，为了祖国能不顾自己的学业和生命参军上战场。加上他有文化，那段时间经常开导我，我们关系很好。也许是在那种特殊环境下的情谊十分真挚吧，要是在古代肯定要拜把子的。

“刘总原名刘忠军，我就开玩笑地叫他刘总，省略了后面的‘军’字，叫着叫着他真成了大老板，成了名副其实的刘总。后来他伤愈后回校了，我 1988 年也转业复员了，被分配到一家机械厂做钳工。1992 年邓小平同志‘南巡’后，改革开放的春风让家乡一些不安分的年轻人都开始南下去闯世界，我也想出去，碰巧刘总一个同学的哥哥在深圳搞建筑缺人手，刘总也不想在他那家论资排辈的大锅饭单位干了，就和我谋划一起去深圳。我俩找熟人办了两张通行证，买好车票，连家里都没告诉就动身了。

“深圳是 80 年代看国贸，90 年代看地王。我们 80 年代在战场用血肉之躯护卫着祖国安全的同时，深圳这边也以惊人的速度创造着经济发展的奇迹。听说国贸大厦曾经创下三天一层楼的纪录，这个我没亲眼看到，但地王大厦两天半一层楼的建设速度，我是深有感触的。当时工地热火朝天，紧张程度丝毫不亚于老山战场。我干了一年多就赚了八万块钱，顿时觉得自己的人生充满希望和阳光。

“1994 年，一个在南非搞建筑的台湾商人通过老板找到我们，想聘请我们去约翰内斯堡帮他完成一个工程项目，承诺最低两万美元的年收入。当时美元对人民币的银行比价是 8.3 元，黑市能换到接近 10 元。我找刘总商量，刘总也一直想出去，只是苦于没有机会，正好借这个机会搏一把。于是我们一行五个人坐上了前往约翰内斯堡的飞机。

“这是我第一次坐飞机，没想到飞机上还管饭，记得我们去深圳时还在火车上带了一袋煎饼和大葱，可惜大酱机场不让带啊，哈哈……

“初到约堡还是很震惊的，没想到这边的城市建设得这么好，比家乡那边强多了。在国内时听到的都是非洲人民如何贫穷饥饿，中国政府如何帮助他们搞建设和援助项目，但来后接触多了才渐渐明白，非洲的情况和我们想象的实在差距太大。像南非这个非洲最发达的国家也是贫富差距巨大，其富人和第一世界的富人算是一个水平的，穷人和第三世界发展中国家的穷人也差不多。但他们的穷人还是比较幸运的，按照我们中国人的视角，至少还能吃上香蕉和鲍鱼。”

听到这，罗海平深有同感。

曾有一道脑筋急转弯题，问：“世界上什么水果最便宜？”答案竟是“香蕉”。罗海平开始对此怎么也想不通，一番深究后得知是因为连猴子都吃得上。

很多人都知道香蕉，但对罗海平来说，这却是直到上大学后才真正吃到的奢侈水果，里面实在包含了太多的复杂情感：小时候家乡是有卖的，一般都是水果摊里最贵的水果。80 年代初在家乡大概四五元一斤，可是那时父母一月的工资才二十几元，上等的新红宝西瓜才两分钱一斤啊，所以香蕉成了当地人到医院看望重病人员的必备水果之一。

罗海平小时候有次生病发烧，开始只有 41 度上下，后来一度升到 43 度，几次昏厥。外婆和母亲焦急地守在床头，多次询问他想吃点什么，因为在她们的意识里，只要孩子能吃东西就还有抵抗力，就不至于病死。罗海平终于可以有机会提点要求了，开始不敢说，随着体温的升高，最后终于说出想吃根香蕉，想着如果能如愿，死也瞑目了。

母亲费了九牛二虎之力才拿回三根半青不黄的小香蕉，还是硬邦邦的，说是等病好了香蕉也熟了就可以吃了。靠这个念想支撑着，罗海平熬过了那次高烧，但十几天后当他剥开一根看上去最熟的香蕉，竟然是苦涩的味道，于是只吃了一半，后来剩下的那半根香蕉发黑烂掉了，其他两根也是如此。

罗海平对此非常困惑，直到去上海读大学后才解开谜团。向来自广东的同学请教，加之在图书馆查阅大量的资料，他终于明白了香蕉催熟的奥妙。

通常能吃到自然熟的香蕉只是极少数生活在热带地区人们的特权，其他市场上卖的都是催熟的，但根据不同品种、不同口味、不同成本，催熟方法也不尽相同。要是自己吃，最好用自然催熟法，采用天然原材料做催化剂。比如用黄元帅苹果催化出来的香蕉，熟了后带有一种黄元帅苹果味的清香，而喜欢清脆口感的人，可以用红富士苹果催化。这些方法纯天然，可分批催熟，便于控制，但时间长。

非洲还有人工加热催熟香蕉的方法：先挖个坑，把香蕉在里面摆放好，用木炭和枯枝烂叶加热催熟。这个方法适合大批量催熟，虽然口感没有前种方法好，但也算取法自然，成本低。由此催熟的香蕉要当天卖掉，否则很快会变质烂掉。

而水果商采用的则是化学药剂催熟法，根据运输和销售时间来喷洒，有喷在香蕉表面的，也有喷在密封香蕉的袋子里面的，但化学药剂终究会在香蕉的果肉里有所残留。所以同样是菲律宾的香蕉，在当地买和在广州买的，吃起来的口感会不一样，能存储的时间也不同。

“我和刘总都是来到南非后才吃到鲍鱼的。这个在国内被誉为和燕窝同一品级的高大上食物，这里的小餐馆一兰特能买两个，海边也能捡到，就跟我们吃根大葱似的。所以上帝总是和我们人类开玩笑，也说不清是因为上帝对非洲太好了才导致大多数人的懒惰和贪婪，还是因为非洲人的贫穷和疾病让上帝对他们格外怜悯。”

听到良哥这么说，罗海平也有些羡慕、嫉妒、恨，但马上又提醒自己不要犯贪、嗔、痴的恶念。虽然自己没能生在南非，但和一起长大的伙伴们相比，自己绝对是万里挑一的那种幸运。要是没有母亲的返城指标，自己是不可能有上海户口的，没有上海户口是不可能考进复旦大学的，上不了复旦大学是不可能有今天这个条件的，总之这一切的改变源于一个返城指标，源于一个户口。其实罗海平母亲也是非常幸运的，70 年代来到黑龙江下乡，后来由于国家政策有一个指标返城，母亲又把这个“血淋淋”的指标给了儿子。要是她当时去的是新疆，情况会大不同。

记得 1986 年有部由宋昭执导，水运宪编剧，申军谊主演的电视连续剧——《乌龙山剿匪记》，罗海平看过之后曾经激动了好长一段时间，想逃学去山里像申公豹一样做土匪，因为第一不用写作业，第二可以吃到红薯。这种诱惑对当时一个生活在北方的寒门子弟来说实在太大了，不知道如果编剧知道这部片子给了一个孩子这样的感想后，会是何种心情，穷困的成长环境恐怕也是日后东北人在海南和珠三角沿海到处买房的原因之一。

不知不觉两人聊到了半夜，也都困了，于是闭灯睡觉。

Chinese
in
South Arica

第四章

渐入佳境

要用一颗仁慈的心来经营企业，使每个员工在满足生活所需的同时，为国家和社会尽一份责任，同时实现个人的进步和成长。

上班第一天

早上清新的空气把罗海平唤醒，他伸了个懒腰穿衣下床。洗漱后回到房间，看到良哥也穿好衣服，正在调整裤带上枪套的位置。罗海平在良哥的指导下也别好了电击枪，二人锁好门，下楼来到厨房。赵辉已经做好早餐：方形的华夫饼，小米碴子粥，煎鸡蛋和花生酱。

在罗海平没来之前，采购做饭一般都是在程庆军和赵辉之间轮换，大家吃完自觉收拾好自己的碗筷，或者说由最后吃完的人来收拾残局，看似一个小事情却反映出刘总带的这支小队伍人员的素质不低。

良哥主要负责房子内部及四周的安全巡查，刘总一般会利用吃早餐的时间简单和大家交代一下当天的工作重点和棘手事项，有时会做些临时安排。7点前基本都吃完饭，各自忙自己的事。工厂是8点上班，工人们提前10分钟打卡签到，所以几个中国人一般最迟7点30分从家里出发，今天7点15分便锁好门出发了。

良哥三人开着Land Cruiser跑在前面，罗海平坐刘总开的宝马745跟在后面。早上这个时间路上的车并不多，如果一路绿灯10分钟就能到厂里。

“昨晚睡得怎么样？”

“很香。”罗海平一边贪婪地呼吸着清晨清新的空气，一边应答并揣摩刘总的意思。腰部还在适应着新别上的电击枪的感觉。

“你是学会计出身的，赵辉那摊事应该很容易上手，所以先和庆军熟悉下车间，用最短时间把他那摊工作搞好，争取一两个月内适应。下周又有一批货柜到德班，可能还要过去提货，这几天你还要跟赵辉熟悉下文件，把该准备好的文件都办齐。出去时电击枪不要带身上，可以放到办公室。”

到了工厂，换好制服，罗海平开始了第一天正式的工作。

跟着工人们忙忙碌碌，不觉得时间过得快，一晃就到 10 点工人吃间食的时间。由于南非贫富差距悬殊，很多工人为了能省些房租，不得不住在远离公司但租金相对便宜的地区，所以每天都很早起床赶来上班，有的甚至要转两次以上的公交车，下了公交车还要跑一段距离才能到工厂，所以基本上都不吃早餐。如果这样持续工作到中午的话，工人的状态可想而知。

刘总考虑到实际情况和当地的法规，决定从每天上午 10 点钟开始，拿出 15 分钟给工人用来吃些小点心，一来补充体力，二来也可以让大家借机休息一下。食物由一个工人代表负责采购，公司出钱，但有一个标准，就是出勤的人每人每天 1 兰特，超出部分由个人自己承担。这个标准在当地可以买两个 Vetkoek（一块在油里煎炸过的面团），但要买一块南非三明治就不够了。

看着有的工人吃着咖喱角配着咖啡，有的吃着 Pap，罗海平咽了咽口水。今天连收银员 Lanai 都从财务室跑出来，津津有味地吃着她的 chakalaka，看样子里面没少拌辣酱。借这个机会罗海平学到不少当地词汇，起码以后自己去外面的小饭馆点菜不至于两眼一抹黑。

这个时候外面来了一个客户，看到负责销售的 Nary 跑过去热情地与之碰拳拥抱，罗海平也跟了过去。

在销售室，新来的客户正用双手边比划边讲解着图纸上的内容，而程庆军和 Nary 拿着图纸，边看边听他讲述。看着客户讲得满嘴直冒唾沫星子，销售部的美女 Sarah 拿了瓶纯净水递到他面前。对方看到眼前站着一个标致的当地美女，眉毛配合面部表情的变化夸张地转了 360 度，双手夸张地接过水，同时腰部很熟练地向前倾，做出欧洲绅士邀请女士跳舞时那个弓腰的动作，嘴里说着“Ngiyabona, Dank u, Thank you”，这个夸张的动作和表情把在场的人都逗乐了。

“这是我们的一个老客户，Sully 先生，BC 建筑公司的老板。”程庆军恭敬而热情地向罗海平介绍着。

“Nice to meet you, sir, how do you do? Sawubona!”罗海平也现学现卖地用祖鲁语向 Sully 先生问好，并且热情地和他握手。

“客户要买一批型材，大约有 20 万兰特的单子，框料的数量能满足，没问题，但门扇料我们库存不够，而且还有其他已经接单的客户要交付，窗扇料几乎已经断货了。虽然客户需求量不大，但配套工程必须做好，最关键的是客户要求一周内交货，钱客户已经带来了，我在这边谈着，争取接单，你上去和良哥商议下。”

简单寒暄几句，罗海平急忙跑到二楼良哥的办公室。良哥坐在电脑前，很显然 Nary 他们已经把客户的订单量输入了公司内部的数据库。良哥打通了刘总的电话，一番交谈后挂断了电话，从良哥的脸上罗海平隐约能感受到一些犹豫。

“你去告诉庆军把单子先接下来，交货期往后拖延下，争取做到三个星期。一会办完你去赵辉那里，配合他把相关文件尽快准备一下。”

再次回到销售室的罗海平看到庆军陪着 Sully 坐在沙发上聊得正欢，桌上放着几张打印好的订货合同，底下附带工程图纸等详细资料。看到罗海平回来，庆军拿着早已准备好的两张单子递给他，站起身来走到门口，和罗海平交代上午要完成的几个事项。罗海平明白这样做只是掩人耳目，实际是和他交流如何应对 Sully 的订单。

“良哥让你把单接了，但交货期推迟到三周。”

“刚才和客户聊了很久，他是签下了 African Bank（非洲银行）下面 20 多家营业网点的工程，拿着客户的订金找我们买材料，做完验收合格一段时间后客户才付他余款。但我一直坚持公司的原则——货在出厂前要结清全部货款，Sully 也接受了。

“他其实是个暴发户，在 1993 年白人丢掉政权后，利用他一个亲戚的关系和自己的小聪明短时间内发达起来，于是开始做建筑生意，凭着三寸不烂之舌和整箱的现金，在这个产业链里如鱼得水，大钱都他赚了，辛苦的活都包给像我们这样的公司来做。但此人比较讲信用，在南非也算很讲义气的性情中人，所以和我们公司合作得很愉快。每次交货他都会给工人不少小费，所以工人们对他的活干得格外卖力，即便有些比较刁钻的要求我们也都尽量满足他。这个土豪除了买房买车换女朋友，没看他做什么慈善。今天又换了台法拉利，这么高调也不怕 hijack……”

罗海平从刚才听到他的名字就感到奇怪，印象中“sully”这个词好像有“玷污、坏名声”的意思，真搞不懂外国人怎么会起这样的名字，难道也像中国人一样，给小孩起“狗剩”这样的名字是为了好养活？不过 Sully 那夹杂着美国嬉皮风范的绅士风度和搞笑才能，真有点南非“宪哥”的意思。

“他带了 10 万兰特的现金，一会你陪他去楼上赵辉那把钱点清，收好。完事给他一份单子，给我一份，赵辉那留一份。”

罗海平回到屋内拿起桌上准备好的单子，陪着 Sully 上楼了。一张张快速清点的同时，也很纳闷为什么 100 面值上印的是非洲五大兽（Big Five）的野牛，而百兽之王的狮子却印在 50 面值的纸币上。

南非是世界上第一个所有面值的货币都由野生动植物“霸占”的国家，往往给人第一印象就是这个国家对动植物的热爱和尊崇，不像其他国家把领导人的画像印在货币上。这也可以减少种族之间的矛盾，迎合了刚刚结束几十年种族隔离制度走上政治稳定的国民心理。毕竟种族歧视和种族偏见是南非最敏感的字眼，所有的南非民众都不愿提及它。

南非是在 1991 年 6 月 30 日正式宣告种族隔离制的结束。对于当年南非白人右倾势力组成的联邦政府所实施的种族隔离制度，台湾政大的曾厚仁教授在《南非黑白》一书中描述：白人认为人种优越和种族隔离有其宗教上的理论基础，相信他们是上帝的选民，是来此蛮荒之地传播基督文化的，他们的基督文化会被黑人拖回野蛮时代。黑人是《圣经》上诺亚的次子哈姆的后裔，哈姆因为诅咒神而被降为从事卑贱工作的奴仆，他的后代也应受到这样的天谴。因此白人提出了所谓的格尔文教派的指导思想，以“主奴合作”的理念作为奴役黑人的借口，而黑人被视为摩尼教徒，不可以文明标准看待，白人乃是奉上帝的旨意来统治黑人的。但是并非南非所有的白人教会都认同这种观点。

非洲的猎豹、野牛、狮子、大象和犀牛，被称为五大兽。200兰特面额纸币的正面图像为猎豹，100兰特为野牛，50兰特为狮子，20兰特为非洲象，10兰特为犀牛。如果说非洲野牛成群结队出没，连狮子都不敢轻易招惹它们，所以被印在100面值的纸币上，那豹子应该还没有狮子凶猛，为什么被印在200面值的纸币上呢？如果以动物的数量作为划分标准好像解释不通，以单词顺序等条件划分也不是，可能只有当时南非央行负责货币印制的官员才知道为什么这么印。虽然叫“非洲五大兽”，但并不是所有非洲国家都拥有全部这五种动物，只有像南非、纳米比亚、津巴布韦、博茨瓦纳、肯尼亚、坦桑尼亚等少数几个国家能占全。

不到5分钟，罗海平和赵辉就清点完10捆面值100的10万兰特现金，Sully坐在旁边看得直伸舌头，惊讶于两人点钱的速度。他在银行办业务也未见过点钱这么快的人，于是开玩笑地说，你们这两台“点钞机”的程序是在哪里下载的，我也要refresh。

幽默是种能力，这种能力大多数中国理工男需要不断学习。罗海平作为一个标准理工男也禁不住初次见面就对Sully有种好感，也许是因为对方的幽默所带来的无名快感，也许是源自陌生人对自己的肯定，但Sully一定难以理解眼前这个中国长大的孩子，没有把快乐的童年用来踢球，而是把时间都花在考试和无休止的各种培训上。在中国，刚学乘除法的小学生就能把1~100的平方背到信口拈来的熟练程度，而像罗海平这种点钞速度，按照会计学专业毕业生的标准（珠算普通四级）是要被抓补考的。

确认无误后，赵辉签完字并把其中一份合同装进一个信封，双手递给Sully。罗海平送走Sully，又把另一份合同交给庆军。等他再次回到赵辉的办公室，看到桌子上有个DHL的快递袋，里面是这次到货的文件。

“这次四个货柜的文件都在这里了，形式发票、装箱单、海运提单、商检申报单、公司纳税卡、统计卡和进口证明，就差银行担保证明和商检判税单。判税单这两天就能下来，银行担保证明随时都可以做，只要把钱存够就行。单子我都写好了，加上客户刚才支付的共有 20 万兰特的现金，一会和我去银行先存起来。”

“好的，开哪台车去？我先下去准备一下。”

“要不先不去了，现在也接近午休了，如果开 Land Cruiser 去中午可能回不来。他们下班要回去的，不如我们吃完午饭从家里去银行。文件你先拿下去，一会下班我拿钱和良哥直接上车。”

罗海平拿着文件下楼，看到车间的工人忙得热火朝天，工作面的双头锯旁堆了不少捆型材，拆包装工人的速度好像赶不上切割工人的速度，Hery 在第二台锯前指挥着三台切割锯的工人依照图纸工作。

看着好像也帮不上忙，罗海平来到销售大厅，庆军正和 Nary 聊着一些客户信息。

“今天上午比较忙，接了四五百个门窗，有些是下午交货，有些是明天交货，要加班才能赶出这批货来，中午我就不回去了，你处理完赵辉那边的事早点回来。”

看到庆军手头还有那么多事，罗海平也不便多说。厂里的两台卡车都出去送货了，门口坐着一排等候的客户，正常人看着都会着急。

上了个厕所，在门口转了一圈，和保安聊了几句天，罗海平没感觉什么异样，一边用余光扫着取货离开的客户，一边无聊地打开文件袋。只见发票上印着简单的几行字，前面是代码“76101000”，后面是数量和重量等信息。

看到这些罗海平快速在脑海里调取上大学时自己曾看过的报关手册，记得有关“76101000”和“76109000”的代码含义他还曾问过老师，因为里面的内容容易混淆，最后老师给出的解释归纳起来有两点：一是看出口目的地的国家政策，哪个有利就报哪个；二是看公司的营业范围和主体货品的属性，也是哪个有利就报哪个。反正对中国出口来说都是 13 个点的退税、17 个点的增值税。要是中国的企业是进口方，货源地与中国的关系对进口税影响就大了，普通国家差 30 个点，最惠国差 19 个点。

所以国外厂商若想从中国买便宜的铝材，理论上可直接和铝厂签订国际上便宜的铝锭价，再赚取中方的退税，这样卖到南非是最有竞争优势的，利润也最大，但这只是一个理论概念，实际操作中有很多限制条件。

罗海平瞥了一眼 FOB（离岸价）的金额：286,320 $，按照这个金额，光退税就有 30 万人民币啊，看来知识所能带来的财富才是最大的，比工地上辛苦做工要强很多倍。

南非第一国民银行

下班铃声响起，赵辉和良哥快速上了车，罗海平也坐上去，赵辉开车快速驶回了家。吃完饭，赵辉和罗海平开着宝马 X3 朝第一国民银行驶去。

南非商业银行主要有四大家：第一国民银行（FNB）、联合银行（ABSA）、标准银行（SBSA）和莱利银行（NEDBANK），都是在南非储备银行（SARB）这家中央银行的管理下展开业务的。考虑到公司的运作方便，在第一国民银行和莱利银行都有开户。第一国民银行是南非第一大银行，营业网点相对覆盖最广，办理担保等业务的信用等级最高，只是费用也相对高些。

赵辉专心致志开着车，罗海平在旁边机警地观察四周情况。也就开出来 5 分钟，突然听到汽车内发出“叮、叮、叮……”的提示音，显示屏上闪烁着输入密码的提示，车子越来越慢，最后居然在刚拐过一个红绿灯路口后十多米的地方停了下来，怎么踩油门也不好使。好在赵辉反应够迅速，利用车子停下来前的惯性把车停到了路旁。这个时间路上的车不多，而且停的位置也不影响交通。罗海平随手按下了汽车应急开关，紧张地看着后面。

“别按灯，这样会引起注意，不安全。”说着赵辉再次按了下应急开关，取消了双闪，继而拿出手机给刘总打电话。

“是车坏了吗？还是没油了？”罗海平焦急地边看仪表盘边问。

“都不是，是要输对密码。”

南非这边由于治安原因，高级汽车多半都加装了防盗系统，作为本土生产的代表汽车——宝马，更是在此方面做到极致。这台 X3 的车身电脑系统被设置了密码，若有盗贼抢夺司机钥匙，必须输对密码才能开动。由于被劫车毕竟属于小概率事件，每次发动汽车都要输密码实在太麻烦，所以这台车被设定为每行驶 200 公里需输入一次密码确认。

设定密码的操作方法是，先将钥匙门置于第“ACC”位置段，用 0~9 号之间的键输入选定四位密码，按下“SET”键，将钥匙门关至“插入”位即可。而解锁方法是先将钥匙门开关置于“ACC”或“ON”位置段，屏幕上出现“CODE”时输入正确密码，确认按下“SET”键即可。如果连续三次输错密码或三次在未输入密码状态下试图启动轿车，报警器将会鸣叫 30 秒钟报警。

如果原先设置的密码被遗忘，解码的操作就复杂些。首先要断开电瓶，几秒钟后再次接上，汽车会报警鸣叫。打开钥匙门置于“ACC”位置，显示屏上出现倒计 10 分钟计时，10 分钟后可启动。

1994 年底以前生产的汽车，禁启动防盗系统是通过在生产线上安装的防盗报警系统（DWA）、车载电脑（BC）或者中控锁（ZV）来激活，但使用钥匙和门锁作为防盗措施，显然已无法遏制南非这边日益猖獗的盗车行为，在此之后的所有宝马车型都安装了一种新型的包含数字验证的电子禁启动防盗系统（EWS），不仅满足了保险公司的要求，也方便通过 GPS 对失踪车辆做出定位。

宝马防盗系统总的来说分为两种结构：2000 年前由电子禁启动防盗系统和智能钥匙组成，它主要采用射频感应技术实现密钥交换与身份认证，来实现对发动机的锁止与控制，智能遥控通过无线方式采用改进型跳码技术实现门禁；2000 年后由 CAS 和智能钥匙组成，它比之前的防盗系统采用了更加严格的安全加密算法，来实现双方身份的相互认证技术，而且新款钥匙所采用的芯片组也是宝马订制芯片，安全系数更高。

眼下采用断电瓶的方法肯定不是解决问题的上策，不是因为复杂而是在操作的过程中容易被 hijack。好在刘总的电话被接通，赵辉输入“1225”后按下“SET”键，再次听到发动机的转动声时，两人都兴奋不已。原来前一段刘总有次开去车行做保养，原有密码被清除了，所以刘总就换了一个，赵辉不知道，还是输以前的那个，结果就被强停了。

车内空调的冷风还没吹干罗海平后背汗湿的衬衫，他们就到了第一国民银行。按照保安指挥停好车，罗海平拿着一个小口袋跟在赵辉后面。钱在赵辉身上，口袋里只是文件和笔，这样即便有劫匪也不会打劫他俩，因为太多客户都拿着包或拎着大口袋出来进去的，从劫匪的角度，作案肯定要挑最有价值的目标下手。

第一国民银行不愧为南非第一银行，从其宏伟的建筑就能感受到那种威严。大门前有两段缓冲台阶，第一段属于公共部分，第一段到第二段的平台上矗立着一排粗壮的钢筋围栏，中心约三四米宽的部分打开供人通过，两边各站着一名挎枪的保安，用犀利的目光注视着上来的人们。围栏距离大厦有三米多远的距离，大厦的两扇大门完全敞开，门里也站着两个身材魁梧别着短枪的黑人保安，时不时来回走动，同时监控着来来往往的人们。

进入大门，右侧是一排镶在墙里的自助柜员机，虽然有的队排得长，有的队排得短，但人们都非常有秩序地在排队等候办理各自业务。迈过一小段台阶又是一扇大铁门，对门约五米处是两张咨询服务柜台，旁边有工作人员在接待一些询问办事窗口的客户。

还没等赵辉走到柜台，就有一个身材高挑的黑妹上来搭话。赵辉告诉她来存钱和办理担保手续后，黑妹把两人引到右侧的办公区域，刷了下卡，玻璃门自动打开，赵辉和罗海平谢过便径直朝里面走去。

开放式的大厅被隔出很多办公区域，靠近右侧的外墙是一个个独立办公室。走到尽头是一扇铝合金的大门，进去里面是一个一百多平米的大厅，地毯上是多半圈沙发，中心茶几上放着两盘糖果，还有正在等待的两个客人的咖啡。整个环境就跟机场VIP室差不多。

赵辉把单子递到窗口排队，和罗海平坐到正对着办事窗口的沙发上。

一位制服上挂着标签的黑人女生微笑着走过来，弯腰轻声询问二人喝点什么。赵辉老练地点了两杯加糖咖啡，还没喝完窗口就叫他们去办理业务。赵辉从身上拿出一沓沓整理好的兰特，整齐摆放在窗口，五沓一摞地推进圆弧状的收银口里，收银员一沓沓放进点钞机里清点，之后又用皮筋包好放到另一边。

罗海平专心致志看着收银员的动作，内心还是很复杂的。这是他第一次见到这么多现金，按照当时比价折算有接近5万美元，40多万人民币，而自己的目标就是赚够这么多钱，以此铺设一条通往美利坚高校的路，所以放在桌子上的不仅仅是钱，更像是一个青年的梦想，一缕在绝望中闪亮的希望。

收银员清点完现金，在打印的单子上盖章、签字后递出窗口，彼此道谢并点头示意后，二人快速走了出来。刚才接待赵辉的那个黑妹看到二人出来，再次把他们引上楼梯，来到二楼办公区内负责公司业务的经理办公室门口，门上标牌清晰地写着“Mr Clodio Mabufashalio”。

由于里面还有其他客户，黑妹示意二人在门口等会儿，她要先下去做事了。赵辉一边跟她道谢，一边在握手时把手心里事先准备好的 20 兰特小费自然地交到对方手里。黑妹用余光扫到手里的“大象”时，眉毛向上一挑，热情地给了赵辉一个拥抱，同时来了个左右贴面。这是一种在南非很普遍的见面礼，但一般多用于亲人和朋友之间。中国男人到了国外，潜意识里总认为通过这种方式能在异性身上“揩油”，占到便宜，但视觉的正面效果能否冲淡嗅觉的负面影响就不好说了。

等了十多分钟终于轮到两人，在前一客户走出来后赵辉礼貌地敲了下门，罗海平紧随其后进入办公室。对面办公桌后坐着一个穿着灰色西装，打着蓝色横格领带的中年黑人男子，礼貌地同二人握了下手后各自落座。赵辉一边出示着相关文件一边向其讲明来意，该经理边听边在键盘上敲打着信息，当显示屏上出现公司在银行的账户信息后，对方好像想起来什么，再次询问赵辉公司的具体营业项目后恍然大悟，主动问赵辉 Boss liu 的相关情况，明显态度热情了些，还时不时开句玩笑。由于账上的资金远超出提柜担保资金的数额，所以顺理成章地打印出担保文件，签字、盖章走完流程。在握手告别后，二人走出了办公室。

“桌上的信封是否忘了拿了？”虽然罗海平能看出赵辉是故意放在桌子上不拿的，但还是善意地温馨提示了一下。

“当然不是。”赵辉微笑着看了罗海平一眼，“那是给经理的小费。办理这样的文件虽说没什么复杂的，但银行规定是48小时内领取，如果对方给你开个收条让你明天来取也是完全正常的，我们哪有时间为这点小事跑来跑去。其实经理他也是心知肚明，想捞点油水又碍于面子，不像底层的人那么直截了当，另外也怕你设局举报他受贿。虽然屋内好像没看到监控器，但银行里办事还是要格外谨慎，一旦出事被问及此事，就说不小心丢了一个信封，里面不记得有什么，你觉得警察会为一个信封立案调查吗?

“其实不要认为南非这边腐败，或者说我们为腐败推波助澜，腐败是无处不在的，只是在不同地方不同环境下腐败的程度不同罢了，关键是看你怎么理解。如果把办这个担保文件的花费看成业务招待费，计入管理费用科目，它就是企业的一项正常支出，和交税没有区别，《南非一百问》第二章就有详细介绍，你应该都看了吧。我们在哪里就要适应哪里的生存法则，也许在同样环境下遇到相同问题的两个人操作的尺度会有不同，那是由我们的出身和背景决定的。我们无法改变环境，但我们能改变对环境的认识和心态。”

“谢谢赵哥的指点，以后还要请赵哥多指点。听大哥的一席话，胜过我读四年书啊！”

“哈，咱们兄弟不要这么客气，相遇是缘，相助为本。”

商道 & 人道

二人开车回到了厂里。宝马 745 停在院墙内，显然刘总也已经回来了，向刘总汇报完工作的进展，赵辉急忙去财务室核对账目。

“刘总，新的发货计划单已经做好，也是通过第一国民银行往国内汇款吗？是的话需要准备什么文件，我一并都备好，等货到以后，和返汇一起在银行办。”罗海平说。

“你想得还挺周全，发货单你和庆军核实后直接发给厂家吧，订金我会通过别的渠道打给他们，这边银行外汇管制比较严，手续也很繁琐，一般我们只在银行办返汇。”

“还有一个问题。刘总，我看到发票上把 FOB 的单价金额报低了，虽然关税暂时规避了一些，但按照公司的销售所缴纳的增值税税金远大于进口时缴纳的，减去后我们还是要补齐，关键是返汇金额减少了。中国是固定汇率机制，没有风险，相当于公司利润降低了。如果调高 FOB 我们所缴纳的增值税总数也差不了多少，但通过返汇这块就可以节省不少，而且出口退税那块增加的就更多了。”

“不愧是复旦出来的高材生，招你我没看错。你说的方法从理论上讲没错，也是可以操作的，但你想过没有，你多出来那块是哪里来的，是南非政府给你的吗？是从南非工人工资里省下来的吗？还是客户给你的？显然都不是，是中国政府给你的。

“学过历史你是知道的，冷战的国际背景下，外国的敌对势力一直亡我中国之心不死，采取一切必要的措施对我国实行经济封锁和制裁，并且接二连三挑起战争，试图让中国再次回到晚清那种任人宰割的混乱局面，是党中央和毛主席领导我们同外部敌对势力顽强斗争，在一穷二白的基础上建立起了新中国。后来邓小平同志又高瞻远瞩地提出改革开放，使我们有机会跑出来，摆脱原来那种贫穷的命运。

“虽然今天的条件已经比 70、80 年代好很多，但仍有很多贫困地区的人们需要救助，仍有很多孩子因贫困而失学。中国的人口太多了，为了缓解就业压力，也为了能够用美元在国际市场上买到一些国家建设的必备物资，国家采取了一些诸如出口退税等政策来鼓励和支持中国的企业走向国际市场，这些都是国家为我们考虑，为人民造的福祉。

“可以退税并不意味着必须退税，国家给我们救济并不意味着我们就必须领取，我们都是能自食其力的健康男儿，不应该给国家添负担，应该把这些资源和救助留给那些更需要帮助的人。虽然我不能像那些慈善家一样帮助国内那么多需要帮助的人，但最起码可以不给国家和政府添负担。再说南非这边的工厂远没有到靠赚取退税款那点钱来维持运营，所以我觉得通过自己能力所及为国家做点事情就是爱国，爱国不分大小，只分态度。”

听到这里，罗海平觉得脸上火辣辣的，不是羞于专业知识不精，而是羞于自己的品德课太流于形式，爱国主义教育才是人生第一课。

“虽说国内很多知名的企业家被冠以儒商的名号，但我更倾向于做佛商，用一颗仁慈的心来经营企业，使每个员工在满足生活所需的同时，为国家和社会尽一份责任，同时实现个人的进步和成长。”刘总接着说道。

“佛商，就是有佛家信仰的企业家。佛陀会根据每个人慧根的不同而传授不同的法门，而每个人根据自己的法门在处理和判断相同的事物上可能有不同做法或有不同结论，有时甚至是差异悬殊的，造成这样的结果并非法门之不同，而是因为我们还无法达到佛智。

“我出生在山东一个农民的家庭，小的时候经常跟父母一起种地、做农活，有时累得躺在树下就睡着了，看到其他的小伙伴可以去嬉戏、玩耍，而自己却不得不做大人做的农活，内心是抱怨的，是充满嗔怨的，但看到父亲每天起早贪黑、任劳任怨，内心就平静很多。我有次问父亲，‘别的爸爸不用像您那样辛苦，他们的孩子也可以任意玩耍，为什么我们不能？’父亲温柔地摸着我的头，慈祥地看着我说，‘人来到世界上就是不平等的，但从本质上说又是平等的，只是每个人看问题的角度不同罢了。’我当时还无法理解父亲的话。后来我干活累了偷懒，父亲便默默把其余的活都干完，然后笑着领我回家，从不曾责骂我，但晚上睡觉的时候我心中便无名地有种负疚感。

“后来我考上大学，觉得将来一定要出人头地。碰巧赶上对越自卫反击战，于是参军上战场，亲眼看到身边战友的牺牲，悲痛之余又强烈感到上天对人的不公，很长一段时间都走不出来。毕业后我被分配在国企，里面论资排辈，看到同事为了职称、工资勾心斗角，我当时非常想出家，非常想逃离周围的环境。意念力属于业力的一部分，积累到一定程度就会有质的变化，于是我幸运地南下深圳，直到来南非，我发现这里非常美丽，是一片适合万物居住、生长的乐土。后来又有幸去到南华寺，当时就有一种对佛教和寺庙的亲切感，非常想亲近它，慢慢地也破除了一些以前的迷茫。

“冯友兰在著作中曾提出过人生的四重境界：一是自然境界，二是功利境界，三是道德境界，四是天地境界。我曾认真地仔细思考过，太经典了，大师对人生的领悟就是不同凡响。像我父母一代日出而作，日落而息，不懂什么高深理论，只是随遇而安、按部就班，算是第一种境界。改革开放后，很多人争着下海经商，甚至为名为利铤而走险，大多数人都生活在第二种状态中。但有些人通过自己的智慧和勤劳，率先致富后想到国家，想到曾经帮助过他的人，开始利用自己的能力为国家和别人做些事，这些率先开悟的人进入了第三种境界。当你的理论和实践都达到一定的高度，就会明白和顿悟天道，就会理解这一切都是冥冥中安排好的，只是自己之前不知道罢了。当把自己放进宇宙的运行轨迹中，自然就会随着它运行，所以要遵天道，透人道，悟商道。

“我曾看媒体报道过一个叫刘连满的老人，他只是一个在哈尔滨失业的打更老头，但是他曾经在 1960 年率领中国登山队从北坡攀登珠峰。当时他体能最好，经验最丰富，又是队长兼书记，为了接应队友，他体能耗尽了，又选择把仅剩的氧气瓶交给队友，绝望中写下‘同志们永别了，祖国人民等着你们胜利的消息’。他最终幸运地活了下来，却没成为登顶的英雄，队友后来成了国家体委有关方面的领导，而他却成了一名下岗工人。记者采访他时，反复追问他是否后悔，老人却给出了让人震撼和敬佩的回答，‘我不后悔，在那个时候，作为共产党员，必须这样做，换成别人也会这样做的。’一个风烛残年的老人，如此平静淡定从容地看待人生，让我知道了什么叫高尚。我对自己当年参军从戎、保家卫国上战场的决定也是很自豪的。任何民族，任何国家，任何时期，只要广大人民能有此道德境界，那就没有克服不了的困难，没有不富强的理由。

“第四种天地境界，也是人生的最高境界。人在不同年龄、不同阶段，需求会有不同侧重。当我们把自认为最重要的东西集合放到天平的一端，而另一端只放一个字——‘死’时，轻重取舍自然见分晓。所以有时我们看到的并不是真实的，只有那些懂得欢乐是通过法则来体现的人，才能学会去超越法则，对于他们来说不是法则的束缚不再存在，而是这种束缚已变为自由的化身。为理想、为祖国、为人性的善而生活奋斗的人，生命具有广阔的意义。过着善的生活就是过着完美的人生。”

“谢谢刘总的教导，我会牢记在心的。快下班了，我先下去了。”

回去的路上，罗海平的内心非常激动。来到南非这些天，这是刘总第一次聊起自己对于商道与人道的认识，其中的智慧与哲思让他钦佩不已。

在国内读书时，罗海平对企业家与企业管理的认知比较肤浅，潜意识里觉得当老板的都是“资本家”，靠剥削工人劳动力、压榨剩余价值而实现利润最大化，但从机场看到刘总的第一眼起，罗海平就觉得这位老板跟想象中的不一样，他为人处事很大气，既懂经营，也体恤员工，今天这番话，更显出其人格与境界的高尚。罗海平庆幸自己初入社会就遇上了这么好的领导和老板，决心日后加倍努力工作，不辜负刘总的信赖。

虚惊一场

再次看到庆军时，他正在和工人一起抬铝料。就这半天的功夫，货架上堆放的铝料就下去一大截，工人们各司其职，忙得不可开交。罗海平急忙跑到卡车旁，帮司机一起接过庆军他们扛过来的铝料。

“A厂的客户要得比较急，看我们订单排不开就不切割了，直接拿走回去自己切。不过出完这份单，库里还有两个品种需要补货，你回头把它加进发货计划单。”

这之后又送走两批客户，车间电锯的工作声渐渐减弱，工人们开始抓紧清理手头的工作。清理完工厂，五个中国人汇集到厂门口。刘总开着745和赵辉走在前面，庆军三人开着X3跟在后面，刚出工业区的大门口，主干道上的车流就把两车分开了。路上不算太堵，但也开不快，跟着车流不快不慢地前行。

行驶了一段，看到距离前面岔路口50米处的路旁停着一台闪着警灯的丰田警车，两个荷枪实弹的警察在抽查迎面通过的汽车，他们以这个速度行驶，警察对车内情况看得一清二楚。罗海平有些紧张，一来自己坐在左侧副驾驶的位置，距离警察最近，二来知道警察对中国面孔的司机格外“照顾”。

警察做了一个停车的手势，示意他们向左靠边把车停下，与此同时罗海平听到子良拉枪栓的声音。他心跳加速，但故作镇定，按下车窗，微笑着向身着警服的这个黑人警察打招呼。

“Hello sir, good evening.”

“Show your automobile driving documents and licence.”警察盘查时，目光警觉地扫视着后排的良哥。

这个黑人警察应该说还是很帅的，180 公分左右的身高，宽宽的肩膀，一圈油黑的络腮胡，战术马甲上零零散散挂了不少装备。庆军配合地拿出 B 牌驾照和车本，通过罗海平递给黑人警察。黑人警察接过驾照和文件一一比对，边审查边凶巴巴地看着车内三人。罗海平仔细观察着黑人警察的一举一动，大脑不停思考着警察可能提出的问题，难道还要“organize something for him”不成？就在黑人警察翻来翻去“找茬”的时候，另一个黑人警察吹响了口哨，他急忙把证件扔给罗海平，说了声“go”便转身迅速跑向前面。

原来是前面另一名黑人警察在检查一辆车时，用手势示意另一辆开过来的车也靠边等待接受检查，但那个白人司机见路边不好停车就径直向前开去。黑人警察见他不听指挥，怀疑有问题，就吹哨示意其接受检查，并呼唤同伴过来增援。

以罗海平的直觉，判断这两个警察应该是真警察，不至于 hijack，但如果查起身份证或者护照签证来，也是很麻烦的。他刚来，身份证还没办下来，护照怕被打劫时抢走，所以放在家里，只带了经过公证的护照和签证复印件。刚才在警察检查时，他努力回忆刘总给的那本书里的内容，相关经验在第六章，但有些细节记不起来了。回去一定把它背下来，罗海平暗暗对自己说道。

拐过路口一路狂奔，庆军从后视镜里看到一辆白色的面包车一直紧跟在后面。

“我们可能被跟踪了，给刘总他们打个电话。”

听到庆军的提醒，罗海平一边回头观望一边拿出电话。此时良哥早已转身趴在后排座椅上，双手握枪做防御状态。

“刘总，我们在回家的第二个路口，距离家里大约400米，看到前方路边停了台黑色日产，车牌尾号是25，而且我们车后面还有台面包车一直跟着我们。”

“是的，我们回来时那台黑色日产就跟在后面，我们在前一个路口兜了一圈，把它给甩了，等他们开过来时卷帘门已经关上了。所以他们停在一旁可能是守株待兔。你们先兜两圈看后面的车还跟不，摸清状况，一会回家时停到我们门口对面的车道，我在楼上狙击，赵辉在门口接应你们，听到枪声卧倒，趴在地上不要动。”

经过黑色日产时，他们看到车里并没有人，继续向前开，面包车没有继续跟在后面，而是停在日产车后，只见四个大人带着三个小孩下车离开，走向一幢房子。原来是刘总他们别墅前一栋的一家邻居搞活动，来了好多人，那家门口的车位停满了，后来的人就转圈停到房后的街道上来，又不能堵到人家的铁门口或卷帘门口，索性就靠着别人家的院墙停在路口，车屁股还有四分之一伸到马路上，但来往车辆都可以通过，并不妨碍交通。

弄了半天大家虚惊一场，遂把车入库停好，锁好门进到屋内。

别墅里的“装备库”

罗海平看到刘总和赵辉都穿着防弹背心，上面还挂着一些装备。刘总握着一支 M16A2，正在拆卸弹夹和瞄准镜，赵辉握着一把雷明顿 M870 散弹枪，已经退下来几发子弹。桌子上摆着一个枪盒，显然是放 M16A2 的，刘总熟练地拆卸完放好，合上盖子。

“这支枪真漂亮，很贵吧？”

“不算贵，像这个版的在美国单价也就两千多美元，这边差不多三倍价格就可以买到，但枪证不好办。严格说，南非这边的法律禁止私人持有全自动的武器，我是找人以公司安保的名义买的，你拿着跟我送回库里。”

罗海平本以为要去二楼刘总的房间，或者三楼那个一直锁着门的房间，但刘总却领着他去了车库。没想到车库里面墙角处看似插座的东西居然是开关，刘总拿了个插头似的“钥匙”插进左侧的“插座”，顺时针一拧，靠近侧面墙壁的一块地砖便向上翘起来。

里面很黑，刘总拿手电照着，罗海平跳了下去。这其实是一个暗藏的仓库，深茶色的瓷砖把里面铺得像个火柴盒，长度有两米多，宽度有一米二，深度约有一米五。并不宽的空间内有一个铝合金做的架子，长度刚好和仓库内径一样，两侧的架子腿紧紧贴在墙砖上。

架子有三层，底层地面上有一个木头盒子，中间的泡沫是放散弹枪的，旁边还摆有三个手雷和一排圆柱状的散弹，右侧有一个小架子，上面整齐地立着两个弹夹，M16 的盒子放在中间一层，上层是一个上着锁的铁箱，估计里面是子弹及枪械保养维护之类的东西。

罗海平上来后，刘总把那个“插头”先扭回原位，拔出来换个方向重新插入右侧的插座里，再次旋转，那片地砖缓缓闭合，地面又恢复了原来的样子。其设计原理就好像带自动开窗器的幕墙，把开关设计成 A、B 子母体的模式，又考虑到人类的逻辑思维顺序，关闭钮采用旋转 180 度镜像安装，这样第一可以防止误操作，确保安全；第二外人即便知道这个插座就是开关，也不会轻易打开，因为不知道怎么操作插“钥匙”。其实这个“钥匙”插头的两个脚，外形几乎是一样的，只是其中一个腿比另一个稍微长一点。

刘总带着罗海平来到三楼。这里对应的位置是客厅上方，也是整栋别墅中最大的房间，罗海平原来以为这是刘总的房间，按下指纹开门进来后大吃一惊。

原来这是个陈列厅，靠墙左侧摆放了一排三个大柜子，右侧是一排货架，有四层，每层都摆满了各种工具，从钳工的煸、錾、铲、锉、磨到木工的砍、锯、榫、雕、楔一应俱全，而且连修理瑞士钟表的工具都有。

罗海平走到他最熟悉的螺丝刀系列前，匆匆扫了一眼，看到刀头从一字的开始，十字、三角、四方、五边、六角，到内外梅花的，排列得整整齐齐，而且有大、中、小多种规格。这简直就是一个小型五金城，不，应该说国内的五金城都没有这里的工具全，因为看外形和包装，有些工具应该是在德国和法国采购的。

“一入制造深似海，遥遥无期没止境。当有一天你对这里的工具信手拈来，那就算是专家了。”刘总半开玩笑地说道。

房间中央是一个长条的实木桌，有序摆放着一些小型的加工工具，基本都是钻铣类的车床，有两台老虎钳，还有一台多波长光便携台灯。

刘总打开第一个柜门，里面摆放了好多书，但大都是专业类的书籍，分门别类有序放置，同一类别有中文的，也有外文的，尺寸也有区别。最底层是一个个小木箱，上面是油漆刷的编号，里面放的是相应型号的子弹。

打开第二个柜门，里面摆了很多奇奇怪怪的小东西，基本都是工厂机械设备上的备用配件，其中也有像枪刷这样的东西。最显眼的是一套类似瑞士多功能军刀的装备——戈博 EFECT 野外便携式武器清理工具。它由五部分构成，分别是可更换刷头的 Otis Technology 公司出品的尼龙刷子、击针冲子、积碳刮板、准星调整扳手、一字螺丝刀和细探针。这些工具不使用时可折叠收纳在握柄内，握柄内设有锁定装置，当工具展开到位后锁定装置会自动锁定，使用完后，只要轻按握柄上的解锁按钮，即可将对应的工具收回。这套工具罗海平上大学时曾经在图书馆的书上看到过，不菲的价格让他觉得拥有它简单像是做梦，没想到这么快就梦想成真了。

第三个柜子里放着防护装备，有战术手套、防弹服、战术马甲、护膝护肘等。这些东西下面有个木柜子隔层，从旁边拨开暗销，一个弹跳式开启的木门跳开，里面是一个浅绿色的保险箱。打开保险箱，刘总拿出一个袋子，从里面摸出一个香港的驾照递给罗海平。

“这个你拿着，出门的时候带着。南非这边承认英联邦的驾照，而我们大陆的驾照在这边需要转换一下，由于制式等因素的差异还要学习考试，你用这个先过渡一下作为备用，也省得警察找麻烦。南非的驾照考试规则和西方人的理念相同，只有一个原则，就是一切以安全为重，差不多把培训对象当做傻子在教，以你的素质很快就能通过，但有本地特色的一些内容绝对要背得滚瓜烂熟，这些在给你的那本书里都有记录。”

“是的，我有看到，除了广泛意义上的预防性驾驶技术外，像A柱盲区的处理办法等知识我都有背，尤其是里面谈到了五点注意事项，我觉得总结得很到位。

“1. 据警方统计，最易遭到抢劫的汽车品牌是日本的丰田、本田，保时捷、奥迪、宝马和奔驰排位比较靠后，主要原因是日本车便宜，容易销赃。所以从选车开始就要选那些不易成为目标的，在外停车时也要选好停车位——如果碰到盗车贼，要让他们对旁边的汽车更感兴趣。

“2. 一周内周三和周五是案件高发期，周六和周日相对比较安全。一天内则早上七点和下午五点左右是案件高发期，这点基本全非洲通用，尤其是周五下班晚高峰，比较危险。过年和过节前也是危险期，要格外谨慎。晚上过了十点半，法律允许司机在十字路口“闯红灯”，所以尽量选择高速的路段行驶，在经过十字路口必须停车的情况下，不要离前面的车子太近，以确保劫匪从侧面攻击时你可以绕过前车逃离。当遇到后车故意追尾，不要分神，尽快驶离。

“3. 停车时车里不要放提包之类容易引诱劫匪作案的物品，前侧车窗不要完全关闭，要留一点缝隙，一来可以通风使车内不会太热，二来使车窗整块玻璃的柔韧度最大化，如果再贴有高级的防爆膜，安全性更好。

“4. 尽可能使用钥匙单控门或两步电控门开启的汽车。通常劫匪打劫时会埋伏在副驾驶一侧，如果是一次中控门锁，当司机打开驾驶门时，歹徒也可打开副驾驶门进入车内，将司机控制。而若司机打开司机位的门后，再操作一次才能打开其他的门，安全性将会提高很多。

“5. 遭遇劫匪劫停车辆时，一定要镇定。先举起双手，再用左手按照歹徒的要求去操作比如开车窗等动作。切忌用右手，以免歹徒误以为你想反抗而遭到射杀，因为按照多数人的习惯，防卫武器大多藏在右侧的车门里或者座位下。”

“不错，很用心嘛！以你的智商完全可以一周背下来。”

“刘总，屋里放了这么多枪械配件和子弹，怎么没看到枪呢？是在保险柜里吗？”

“不是，枪械的存放原则是肢解存放，就是把全部配件组装起来也打不响，因为没有子弹。通常所说的有枪无弹、有弹无枪就是这个意思。手枪存放在二楼。”刘总给罗海平录完指纹，听到楼下赵辉召唤开饭了，二人来到厨房。

五个人边吃边聊着工作上的事情。桌子上放着一张《侨声日报》，刘总突然话题一转谈到报纸上登的一条讣告，说约堡一家华人公司的工作人员去开普敦开拓业务，怀疑被当地另一家公司的人杀害，尸体被运了回来，周末将举行追悼会。虽然并不认识对方，但听到这则消息还是让罗海平加深了对开普敦的负面印象。虽然没去过，但毕竟在他心中开普敦是一座欧洲风格、白人占主导的美丽海滨城市，具有桌山、好望角、斯泰伦博什大学、诺贝尔奖得主等一系列的正能量的信息，没想到也和约堡一样，有着让人惊恐的治安。

“开普敦可是南非第二大城市，连约堡这边黑市卖的 RPG-7 都是从那边运过来的。”刘总进一步补充说道。

“啥是 RPG-7？”庆军问道。

“RPG-7 就是火箭筒，一种质量小、威力大、射程远、价格便宜、射击方便的火箭筒。”良哥抢先回答了庆军的问题。

“我们需要吗？”罗海平傻乎乎问道。

大家都被罗海平问乐了，良哥差点没把嘴里的饭喷出来，没想到这五个字把气氛搞到这么欢快。

“需要，我们抢银行时就用得上。”赵辉在一旁诙谐地回答。

刘总也乐了半天，好不容易吃光碗里的食物，起身去刷碗了。

饭后的时间是充实而紧张的，每个人都在忙自己的一摊事。罗海平除了在电脑里仔细核实库存和销售数据，还要背他的“红宝书”——《南非一百问》。眨眼间时钟的指针就过了十点，赶紧收拾洗漱，一觉睡到天亮。

休布罗建筑漫谈

日子过得飞快，每天都是两点一线的生活，一晃就到了周末。

周六早上，他们起得比平时稍晚些，收拾利落便开车朝约堡市区驶去，昨天晚上约好今早去约堡唐人街吃早餐。

一路上刘总不停介绍着约堡的建筑：President street，Market street，Pritchard street，Commissioner street，Bree street，还有最著名的 Hillbrow（休布罗），它不仅包括休布罗街区及旁边约 100 米距离的上海楼，还包括一座叫庞特城市公寓（Ponte City Apartments）的大厦。

这座大厦建成于 1975 年，高 173 米，54 层，是非洲最高的公寓建筑。随着 80 年代中产阶级纷纷搬离，90 年代非洲其他地区的人们聚集在这里，该街区渐渐被毒品、暴力、卖淫、枪支犯罪等占据。目前这栋建筑依然很出名，被人们戏称为“天堂之颈”或“可乐罐”，因为大厦的结构为圆柱筒状，很像人的脖子，而且有很多人自杀于此。据说当自杀者爬到楼顶向下跳，落地的过程有 15 秒，这段时间足以让人回想自己的人生。当自杀者跳下去时，众多聚居于此的无家可归者、瘾君子和罪犯也可将此当做娱乐，目送其最后一程，所以自杀者走的时候并不孤单。

“庞特城市公寓从空中鸟瞰的话，是一个‘o’形，内部中空。而从底部向上看，则像一口天井。虽然我没进去过，也没在天空中俯视过，但其意向让我想到三点，你们说说看，能想到什么？”刘总无时无刻不在启发大家的想象。

“我觉得它是个道家的阴阳结合体，从外面看它就像约堡的阳具，直冲云霄，无所畏惧，代表着阳元文化的坚韧挺拔；而从上面看，它内部的‘o’形很像女性的阴道，是生命的发源地，代表着阴元文化的包容，而阴阳的结合孕育了道家的基本思想，也是道家对天道的阐释。”赵辉半开玩笑地抢先回答。

大家都被他逗乐了。

“其实你是想说难怪这里这么多妓女，在此嫖妓才是迎合天地之势，顺应天意。”程庆军在一旁打趣调侃地说。

“上德不德，是以有德；下德不失德，是以无德。上德无为而无以为；下德无为而有以为。上仁为之而无以为；上义为之而有以为。上礼为之而莫之应，则攘臂而扔之。故失道而后德，失德而后仁，失仁而后义，失义而后礼。夫礼者，忠信之薄，而乱之首。前识者，道之华，而愚之始。是以大丈夫处其厚，不居其薄；处其实，不居其华。故去彼取此。所以赵辉说的有道理，答对一条，奖励。”刘总说。

“我觉得圆柱形是最稳定的建筑结构，模仿古时的城堡和碉堡，易守难攻。当初设计者可能主要是出于安全考虑，才设计建造成这样，没想到后来竟被黑恶势力占领，成为罪犯天然的庇护所，犯罪的聚集地。圆形也象征一种圆滑，是为人处世之道，与天上的日月对应，成为通向天堂的时空穿梭机。”程庆军接着说道。

“德不配位必有余秧，建设这么高的大厦要求主人必须是道德非常高尚的人。法律法规必须可以有效管理后续事宜，这样才能发挥它的作用，而不至于被坏人利用。这就好像人类使用武器，如果没有一颗仁爱之心，没有高超的使用技巧，就不要持有武器，否则只能带来杀戮和负面效果。”刘总阐述了他的第二点领悟。

“我觉得这个天井形状的建筑里外两面墙都最大面积地使用了门窗，对我们这个行业做出了巨大贡献，有效增加了市场需求。而且使我们在门窗球面弧度化的领域更加向前迈进了一步，能有效促进和激励我们向上攀登。好马配好鞍，没有好马我们研发出来的好鞍卖给谁用呢？所以我对这个建筑更多的是敬畏和反思，把它当做出国留学要考的 GMAT 和 TOEFL 一样，时刻鞭策和激励自己。”罗海平也主动谈了自己的认识。

“说得好，这点我和你意见一致。佛家修炼有一系列的过程：持戒，禅定，修慧。所以我们要从身边的点滴小事做起，首先要正语、正思。天道只会加持正能量的人和事，我们现在只要方向对了，大家齐心协力就能把我们的企业越做越大，越做越强。”刘总最后总结道。

“您刚才说的那座建筑为什么叫上海楼啊？”罗海平疑惑地看着远处一幢不到十层的建筑询问刘总。

“最开始有一些上海人来约堡经商就聚居于此，后来被媒体报道了，国内的人听说这个商机后，很多上海人通过各种途径和关系争先恐后地来到南非经商，大都做些百货类商品的贸易，据说高峰期每架从上海过来的飞机上都是‘阿拉’之类的声音。楼里慢慢聚集了大量的上海人，南非市场上有很多货都是从那里批发出来的，渐渐地名气越来越大，华人都叫它上海楼。

“事实上它并不是上海人买的楼或建的楼，而且上海人不只住这一个地方，它旁边的爱德华大楼也住了很多上海人，从那里也可以批发到相同的货物，有的价格还更便宜，但生意就是赶不上上海楼。做生意是很讲风水的，一步之遥可能导致天壤之别。

“世间万事都有个周期，爬得越高跌得也就越快。可能是名声太大被劫匪盯上了，随着当地犯罪率的高升，到 1994 年上海人大都搬离了该区域，上海楼成为了历史。90 年代以前，这里还是一片和睦温馨的商业街，最有代表性的是一家苏黎世咖啡馆（1987 年被炸掉），它曾经是约堡最著名的咖啡馆，在那里能品尝到南非最正宗的黑森林蛋糕。但随着治安的持续恶化，珠宝店、高级餐厅、书店等陆续撤离，贩毒、卖淫、暴力、犯罪彻底占领了该区。”刘总解释道。

边聊边开，不知不觉来到了西罗町唐人街。这是一条几百米长的小街道，道路两旁分布着华人开的小商店，门口上方牌匾上的字清楚标示了店家的营业范围。与其说这里像中国大陆一个地级市的早市，不如说它更像 70 年代旧金山唐人街或新加坡牛车水的一个街角，这里就是约堡地区中国人的小世界、小江湖。

停好车，几人成战术队形向前走着，进到了在当地很有名气的王朝豆浆店。

小店不大，老板是广东人，操着一口广东普通话端来五份豆浆和油条，乍看上去和别处的豆浆油条也没什么大区别，但当罗海平把沾了下豆浆的油条放进嘴里，一股甜甜的油香味冲入鼻孔，仿佛回到十几年前在家乡第一次由大人领着在街边吃油条豆浆的时光。看来今天驱车这么远来吃这个是值得的。

但其实他们来此不仅仅为了吃王朝的早餐，更重要的是之后还要采购一些中国的调料等食品。在罗海平到来前，刘总他们大约一两个月就要来采购一次，从老抽到腐竹，从煲汤的沙参到百合。虽然南非这边的超市有很多，像Shoprite、Pick’n Pay、Game、Hyperemra、Pepstores，但这些传统的中国食品基本买不到，只能在华人圈或华人开的超市采购。

另外还有一点有意思的区别，就是本地超市商品的定价通常精确到小数点后两位，且多以“9”结束，比如著名的啤酒Spier就是36.99兰特，而华人超市商品的零售价格大都是整数，结账的时候老板一般也会抹零，不一定便宜多少，但会给喜欢用现金结账的中国人一种“方便”。其实无论卖家还是买家都不会在乎那一分兰特，存在这样的现象只是因为文化的差异。

射击培训

载着满满一车收获，几个人回到了家。开始忙活午餐。

吃午餐的时候，刘总告知明天早饭后要去靶场（shoot zone），让大家利用下午的时间好好做下功课，东西要准备好，具体听良哥安排。程庆军已经拿到CC（Competency Certificate），订的贝莱塔（BERETTA）M9也取回来了，正好借机“实习”一番。

其实初次选枪因人而异。像这款9mm口径的贝莱塔，最大优点是比较好操控，后坐力小，携带方便，以程庆军的体型戴在身上不易暴露，而且子弹经济实惠。缺点是杀伤力不够猛，要想有效阻止暴力侵袭，必须枪法要好，速度要更快。

这款枪的logo是三个穿过圆心的箭头，罗海平认为寓意深刻：除了对产品性能的夸张寓意之外，三个圆环应该代表慈悲心、包容心和正义心，而箭头寓意子弹，也就是说每一发射出去的子弹都是建立在这三个基础之上，同时暗示着用枪的境界要“致虚极，守静笃，万物并作，吾以观复”。所以同样一支枪，因为使用者境界的不同，会造成完全不同的结果。邪人用正法，正法亦邪；正人用邪法，邪法亦正。

从一支枪的 logo 也能联想到一个人的生命构成，简单说无非就是体能、智能和德能。德能相当于树根，智能相当于树干，体能相当于树叶，如果德能出了问题，这棵树早晚都会枯死的。如果拿枪只是为了施暴杀人，天道磁场也会让其卡壳、爆膛，子弹打不中的。所以用枪的首要一条就是要克服怨、恨、恼、怒、烦等贪淫邪念，保持一颗无私无欲的清净心。

饭后除刘总剩下的四人来到三楼的“实验室”，围坐在桌前，开始听良哥讲课。良哥首先重复了《南非一百问》里关于用枪的一些知识要点，归纳起来按步骤分为以下五点：

1. 拿过任何一支枪时都把它当做子弹已经上膛的来看待，也就是说当事人要明白自己已经站在地狱的门口，稍有疏忽就会丧命。所以第一个动作就是“清膛”，包括退下弹夹来确认子弹的情况。

2. 在拔枪之前要想清楚一切，枪口永远不要指向任何不愿意射击的目标，而且绝对不可以做“金手指”，宁愿相信自己是被鬼魂附体而射杀，也不要因为肌肉本能的条件反射而误杀。

3. 在射击前一定要明确射击目标后的物体，也就是说要清楚子弹射出后的行程，这一点对人要求很高，除了要熟悉各种枪械及子弹外，还要对材料力学和结构力学有深入的研究。

4. 如果与歹徒发生枪战，尽可能“爆头”，而且不管对方是否死亡，都要尽可能“补枪”。子弹要从正面眉心击入，也算是对死者的一种尊敬，这样做除了更符合法律规定的正当防卫之外，还是防止遭遇冷枪的生存之道。

5. 枪是有生命和灵魂的，平时你对它好，关键时候它也会帮你。比如平时总把它“喂饱”（子弹全部上满），关键时刻它有可能就会“卡壳”，耽误大事。所以要“少食多餐”，保持在弹性范围内，让弹簧的形变量与所受的弹力成正比。

接下来是枪械的拆分和组装。良哥先拿贝莱塔 M9 做一遍示范，接着程庆军、赵辉和罗海平各自操作了一遍。不知道良哥从哪里弄出一把仿 M9 的枪模，让几个人依次演练整个射击过程，之后又学习近距离夺枪技巧，下午的时间不知不觉就溜走了。

“你们知道亨特的出枪速度是多少吗？”在培训结束收拾物品时，良哥随意问道。

“0.7 秒。”罗海平抢先回答。

“答对，但他用的是短枪管的转轮手枪，通常来讲，身材矮小、胳膊短的人拔枪会快些。我们现在多使用弹匣式手枪，但对于第一个射击目标，一定要在 1 秒内完成。”

“第二个问题，如果对面有四个歹徒同时与你持枪对峙，先射哪一个？”

“先射最有把握的。”这次是赵辉抢先。

“先射对自己威胁最大的。”程庆军接着说道。

“先快速变换自己的位置，接着扔东西分散对方注意力。”罗海平变换思路给出一个答案。

“无论先射倒哪一个，剩下三个都会朝你开枪，这样就违背了用枪的基本原则。时刻记住：枪是用来提高自己幸存率的，也就是说首先应该射击给对方带来强大威胁和心理压力的目标，比如油箱、gas 罐，但前提是保障自己的安全。如果距离在两米内，尽量不要开枪，不要被影视剧里的场景迷惑，那些多半都是不真实的。还有一条，对枪要有敬畏之心，枪有枪道，要遵道而行。这点跟刀道有点像，轻易不出刀，出刀必见血。”说着良哥把装好手枪的枪盒用一个编织袋包好，小心翼翼地放入一个纸箱里，旁边还有薄厚不一的一沓木板。

明天计划带去靶场的装备分四块，第一块是刚才包装好的纸箱，里面有两把手枪和明天作为目标的一些测试物品；第二块是装有防护耳套和包扎止血药的小纸箱；第三块是存放在三楼的子弹，同样在存放子弹的木箱外套了一个纸箱；第四块是车库里的 M16 和散弹枪。

晚饭时大家仍然边吃边讨论一些用枪的相关事宜。刘总看大家热血澎湃，跃跃欲试，恨不得马上就去射击场，就给大家讲了一个案例。

话说比勒陀利亚一个富人区住着一家华人夫妇，女主人知道第二天国内的表妹和四个亲友将到机场，就提前安排雇佣的当地保姆打扫他们要住的房间，并且提前采购了很多食物，不想当天接机回来，男主人的车还没来得及开进车库，就被一伙西装革履的歹徒劫持了。

歹徒把所有的人绑起来集中在客厅，询问钱财放置的位置，还把五个新来客人的行李翻得乱七八糟。开始男主人只是告诉劫匪放在房间里的一些“小钱”，劫匪也很“客气”，给转轮手枪上了一发子弹，在几个人之间玩“死亡游戏”，那几个新来的亲友哪见过这阵势，都快吓死了。很不幸的是这颗子弹最后还是打进了女主人表弟的脑袋。

女主人实在扛不住了，就把家里藏的首饰珠宝都告诉了劫匪。劫匪拿到这些，仍没有满足，就在客厅当着所有人的面轮奸了女主人的表妹。可怜一个还在读大学的青春少女，原本打算利用假期来南非亲戚家玩玩，没成想刚到家就遇到这种事。

事后劫匪大摇大摆开车离开。主人挣脱绳索报警，警察来后取证，录口供，救护人员送伤者去医院就治。出了这样的事谁还能有玩的兴致，来了五个回去四个，其中还包括一个精神失常的女孩，不知道遇难者和受害人的父母家人，接下来的人生对他们来说意味着怎样的煎熬？死者也许从此安歇，但这个破碎的家庭将面临无尽的苦痛，尤其是那个被轮奸的女孩，虽然 HIV 检测呈阴性，但恐怕精神上被永久地判了死刑。对这对夫妇来讲，可能更愿意出事的是自己，恐怕这辈子都无脸回到国内面对自己的亲戚，这种负疚感将终生伴随他们。

在非洲，中国人被抢劫并不稀奇，一般都是谋财不害命，但是南非情况可能糟糕一些，劫匪抢完还可能把你做掉。劫匪动作干净利落，杀完人后可能还要抽上一支烟，然后在周末照样去教堂做礼拜。至于影视剧所渲染的那些中国功夫，只能吓唬吓唬街边的那些小混混，真遇到敢光天化日入室抢劫的悍匪，还是要相机应对。

听着刘总的讲述，几个人心里“咯噔咯噔”的，但也从故事中吸取了几点教训和经验。

首先，不雇佣任何外人来家里工作，一切事情自己做，也不在家里招待任何亲友，来了亲友一律安排住酒店。

其次，进出家门时是最危险的时候，要格外小心，保持警惕性和战斗状态。

再次，被劫持时要把握劫匪心理，不要激怒对方，要学会取舍。

最后，要有超强的心理承受力。每个人的“免疫能力”是不同的，对有些抵抗力弱的人需要注射一些“疫苗”，这样病毒入侵时才能自保。

一夜无话，直到天亮。

Chinese
in
South Arica

第五章

射击场初试身手

小口径武器的最大优势是有效降低了配重，能减轻士兵及后勤负担，有利于提高部队战斗力，同时也降低了枪支和弹药的生产成本。

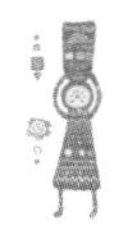

枪法比拼

吃完早餐，大家把“装备”搬到 Land Cruiser 的尾箱里，锁好门，径直朝 Midrand（米德兰）射击场驶去。

Midrand Shoot Zone 是一家大型的专业射击场，虽然硬件设施赶不上北京的中国北方国际射击场，但射击者所能体验到的那种畅快淋漓的满足感或许更强。

刘总走在最前面，其他四人拿着“装备”跟在后面。中国禁止私人持有枪支，在国内只能先在射击场挑选枪支再入内射击，而在南非，出示完证件便可自带枪支入内，但需租用靶道。

从刘总和那个白人接待经理见面拥抱、相谈甚欢的样子，能推断出他应该是这里的 VIP。之后，刘总把其他人介绍给白人经理 Franc。虽然对方看上去有 50 多岁，身材也有些发福，但握手时能感受到他的手刚劲有力，据说此人以前曾受雇于 EO（南非战略资源公司），后来还给约堡的应急特种部队上过课。

一行人先租了两条手枪靶道，良哥和刘总一人一条。他俩脱去外衣站在窗口，直到这时罗海平才看到刘总左腋下别着一把格洛克手枪，看上去好像两人的枪是一样的。赵辉在外面掐表计时，第一轮比赛开始。随着“砰、砰、砰”的响声，半分钟内结束了第一局，取回两张人像靶盘，大都射在30分的深色圆圈内，正中心全都射出了一个大洞。统计下来算是平局。

接着第二局开始。在两人的射击窗中间放置一面镜子，罗海平朝着镜子用手指向身体上五处不同部位，提示他们射击靶盘人像上的相应位置，然后赵辉喊“开始”并计时。子弹仍为十发，不到一分钟又结束了。刘总先射完，开了七枪，靶盘人像右眼处的一枪射偏了，其他四处全都命中。良哥晚了三秒，开了五枪，五处都射中了。

两人摘下耳罩，开始清理“战场”。此刻罗海平才看清刘总用的是格洛克18，内部结构与良哥用的格洛克17完全不同，但外型上几乎看不出差别，子弹都是9mm帕拉贝鲁姆手枪弹。格洛克18是一款可以连发发射的全自动手枪，比格洛克17增加了一个单/连发转换机构，借此来控制发射。因为很多国家严禁私人使用全自动手枪，因此格洛克公司针对这两款枪设计了不同的内部配件，防止有人将格洛克17改装成格洛克18使用。

轮到罗海平和程庆军比试。罗海平拿的是刘总的枪，右手握枪，左手托底，内心别提有多爽了。他牢记用枪法则，在瞄准时把枪口略微压低，随着赵辉的口令，“砰、砰、砰……”一股脑地把十发子弹都射了出去。庆军却是打一枪瞄一下，用了两分多钟才射光子弹。取回人像靶盘，罗海平有三枪打飞了，除两枪打到20分内，其他五枪基本都在胸部偏上。程庆军一发脱靶，其他大都也打到10分和胸部位置。

“要想击中30分的内环，开枪时手要完全控制好枪，牢固地握好枪才不会影响开枪时的角度。格洛克这款属于轻量化、塑料材质的枪身，满弹匣的情况下整枪的平衡会受到明显干扰，随着子弹越打越少，枪把会越来越轻，重心会偏移，但你们习惯的用力程度和角度可能并未做出相应调整，结果便是越打越高。随着弹匣中子弹数量的减少，枪的重量在减轻，通常弹着点往左下偏的情况较多，你们在枪口还没有停止惯性摆动，枪尚未恢复静态平衡时继续射击，所以才会有这个结果。不过你们牢记出枪要快，最短时间内给对方火力压制，这点倒是做得很好。”良哥详细指出两人的问题。

两人牢记良哥的教导，加之也渐渐熟悉枪的情况，第二局的成绩大幅度提高。打完第二局，终于轮到赵辉射击了，程庆军也换上了他的 M9，“砰、砰、砰……”，两人继续比拼。

这时，Franc 拿过来一个 C-Mag 双鼓型大容量弹匣，问刘总要不要试一下。这个 C-Mag 弹容量有 100 发，插到格洛克 18 上简直就是一挺微冲，火力压制在手枪中算是能发挥到极致。刘总也是爱枪之人，怎么能放弃这个机会呢？但这个靶道试不出效果，于是众人收拾好“装备”转移到一处空旷的全室外靶道上。那里有绿油油的草地，远处有一条长木架，上面还有别人打剩下的砖头和瓶子。旁边交错位处是一个单杠，上面有些绳子，用来系住下面的射击目标。

良哥带头又是一顿忙活，把事前准备的各种厚度的木板都挂好，又一堂生动刺激的射击课开始了。这次主要是用格洛克、M9、M16 三种枪射击相同物体，通过射击物的效果比对，讲解不同子弹的区别和适用条件。良哥在这边教他们三个，刘总在里面和 Franc

还有一个身穿“Mapogo”Logo 制服的壮汉聊天，之后过来一股脑把这个 C-Mag 全都“突突”了。

最后一项是到飞碟靶道打飞碟。良哥带头，先上了五发子弹，命中两枪，罗海平命中一枪，程庆军和赵辉一枪都没中。很快就到中午了，大家收拾好“装备”，上车回家。

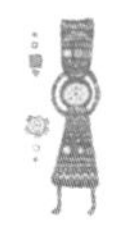

关于枪支子弹的二律背反

“刘总，我们为什么把家里带来的子弹打掉一部分，又买了一些靶场里的子弹来打，最后还买些子弹把消耗掉的数量补上又带回去？我们的枪用的是常规子弹，应该很好配吧。”罗海平疑惑地问道。

“这个问题问得好，那你是怎么考虑的？”刘总笑呵呵地反问道。

“我想子弹也像食品有保质期，我们换掉老的，保存新的，可以增加安全性。只是为什么不把原来的都打光呢？”

“《南非一百问》在用枪法则里第五条讲过，有效的射击速度是决定成败的关键。这其中最重要的一个因素就是子弹的质量，通常来说越精密的枪，对子弹的要求就会越高，而子弹是我们最容易忽视日常保养的环节。像子良的自卫专用子弹匣他是舍不得打的，不只是因为里面的子弹比训练弹昂贵那么简单。

“虽然刚才我们打掉的是其他弹匣和训练弹，但我们每天带着的枪里都装着自卫专用弹匣，手上的汗渍、灰尘之类都有可能对子弹产生影响，即便使用自卫专用弹匣的概率非常小，可一旦用的时候就是生死攸关，谁都不希望这个时候掉链子，因此一定要把风险降到最低，确保枪‘不挑食’，不管什么子弹都能打响、打准。总吃细粮的人偶尔吃粗粮会不舒服或腹泻，总吃粗粮的人偶尔吃细粮也不见得就没事，所以要雨露均沾，高能成，低能就。

“刚才打掉带来的子弹完全是随机的，而我们下次来还会带一些子弹，再次随机使用，就像香港做的排骨汤面，老汤需要 24 小时不停炖煮，随时取用随时加水，这样即便你过几个月后去吃也会和原来的味道一样。至于打不打一两发专用弹匣里的子弹就看使用者了，子良专用弹匣里的特氟龙弹是他精心准备的，所以舍不得浪费啊！”

说到这刘总看了下子良，两人对视一下都乐了。

“我还有一个疑问，从战场杀伤力角度来说，口径越大的武器杀伤力越强，越能给对方造成重创，可是美军大多配备 M16 这样 5.56 小口径的子弹，不是和这个原则不符吗？难道是士兵的射击水平高，在减轻配重的情况下基本不影响战斗力？”

“问得好，奖励 100 兰特。这个问题说起来有些复杂，简单说分为技术和战术两个大方面。我个人认为战术要求大于技术要求。先说技术方面，小口径武器的最大优势是有效降低了配重，能减轻士兵及后勤负担，有利于提高部队战斗力，同时也降低了枪支和弹药的生产成本。虽然口径变小，但穿透力并不相应地变小，反而因为口径小了，子弹受到的阻力变小，速度更快了。这点很符合最短时间内射杀对方的原则，而且口径小后坐力也小，相对射击精度会提高。众所周知，小口径子弹击中人体后会在体内翻滚造成空腔效应，这样对身体造成的伤害反而更大，比大口径的贯穿枪伤引起的疼痛感更强，虽然射程会降低，但 400 米内还是没问题的。如果超出这个距离，恐怕连人的肉眼都看不清楚，目标都不清楚能不能击中有什么关系呢？再说小口径枪支又不是用来打坦克和装甲车的，随着科技的发展，目标功效越来越精细化，所以美军的 M16 系列枪型还是很实用、很先进的。

“从战术上讲，在目前人类的发展阶段战争主体依然是人，是士兵，所以人性化是第一原则。《孙子兵法》里把不战而屈人之兵作为上上策，虽然大多数时候做不到，但战争的本质不是杀人，而是降低敌人的作战能力。一个阵亡的士兵，只需要两秒钟就能取走他的身份标牌，但一个重伤的士兵，至少需要两三个有战斗力的士兵来照顾和救护，这样就大大降低了部队的战斗能力。西点军校曾发布过一个权威统计，10 个重伤员能使一支 50 人的部队失去战斗能力。所以从这个角度，小口径武器的终极破坏力更大。单从完成任务角度考虑，军队指挥官更希望那些受重伤的士兵自救或殉职，但这是违背人性的，战场上谁能保证自己不是那个被救助的对象呢？除非是执行特殊任务的敢死队队员或特工。

“我们现在生活的环境和战场不同，一般的小偷和地痞是不敢惹我们的，敢抢我们的都是些悍匪，这些人训练有素，可能以前有过从军或从警经历，老练、凶残，所以通常我们只有两个选择，要么投降配合，要么猎杀反抗。也就是说只要拔出枪就不要留一个活口，近距离搏击不存在大小口径的区别，只要子弹不会因为贯穿敌人而伤害到自己和同伴，就要毫不犹豫地射杀。在非洲生活就要采用非洲的法则，等到了美国再换美国的标准。”

听刘总讲得这么细致有理，悔恨和惋惜之情在罗海平心中慢慢升起，看来自己这20多年算是白活了，因为在中国接受教育时更多是谈理论，其实具体情况要具体分析，尊重每一个生命是必要的，但秀才遇到兵，有理说不清啊。看来西方把人性中的邪恶放在首位来处理棘手问题还是很有道理的，回去真该好好看看魏源先生的《海国图志》，恶补一下如何“师夷长技以制夷”。

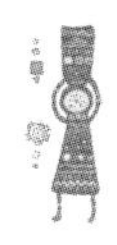

用枪与用人

“你们觉得未来的枪支会是什么样的？”刘总抛出一个问题。

大家七嘴八舌地围绕着美国科幻片展开联想，连手指变成枪都给侃了出来，信口胡诌，刘总见势收住话题。

“我觉得未来枪支和弹药都采用生物科技，例如指纹枪和指纹弹，在传统枪支中增加了一个指纹识别模块，击发之前，需要识别持枪者是否有资质，如果有资质，准星会变绿，同时扳机也将可以扣动。反之，准星会变红，且扳机被锁死。子弹在购买时被输入相关持有人的生物特征，并与枪支相匹配，如果不符则不能被激发射击。而且武器也有使用区域限制，超出范围会自动失效，就像对讲机超出接收距离就没有信号一样。再发展一步智能枪支可对射杀目标进行道德评估和逻辑预判，如果目标是道德高尚信用良好的人，子弹也不会被激发。大致应该是这个思路，不过我们等不到了。”

“刘总，我觉得我们设计的门窗产品可以借鉴这个思路，把更多的生物识别科技应用到产品上来，像指纹锁、LOW-E 玻璃成像技术和可伸缩变形组合门窗，我想这些将是未来门窗的发展方向。”程庆军顺着刘总的话说。

“理想很丰满，现实很骨感。作为私营民企，没有银行贷款，没有中科院做技术后盾，没有高校相关专业毕业生源，跟具备所有这些资源的欧洲企业在非洲市场竞争，谈何容易，我们只能靠自己一步步努力。

“华为公司的任总为使华为团队更好地合作，实现目标，曾提出一套理论：高层不要手脚，中层不要屁股，基层不要脑袋。即公司的高层领导集中一切精力来策划战略和规划方向，而不要把能量浪费在手脚的勤快上；中层领导要培养全局观念，就要多去实践，知道本部门工作如何配合企业这台大机器运作；而基层员工必须遵守公司的规章制度，服从领导，只有这样才能让企业运作得更好。简单说就是高层有决断力，中层有理解力，基层有执行力。但对于在非洲发展的我们来说，这套理论并不适用，我们这只麻雀虽小，但五脏俱全，缺一不可啊！”

听了刘总的话，罗海平在心里拍案叫绝。

最近随着工作慢慢上手，罗海平也对企业中各部门、各层级的分工有了初步认识。尤其是刘总抓大放小、充分授权，让大家积极发挥主观能动性，既有自主决策的自由，也懂得沟通协调，这样的管理是非常高明的。

员工不是只会闷头干活的螺丝钉，也是有情绪、有想法的，高层领导要做的，是把握战略方向的同时，督促中层领导去考虑如何尊重大家的意见，调动所有人的积极性，各司其职，并且做到极致，企业这台“大机器”才能运转得更好、更高效。

在兴奋的聊天中，漫长的旅途并不感觉枯燥，很快就回到了家。

Chinese
in
South Arica

第六章

港口提货

一个胸怀大志却又能够在逆境中忍受挫折和痛苦的男人才是真正的男子汉。

美国梦

转眼便到了周一，紧张的工作再次给每个人套上枷锁，大家各司其职地忙碌着。

刘总带着 Laurence 去德班办理提柜事宜。庆军搭送货的卡车去客户的工地。罗海平在销售室和车间两头来回跑。这时门卫带进来一个邮局送信的黑人邮差。平时都是门卫把公司信件送进来，邮差只送到门口，这次是有什么需要特别签收的吗？想到这罗海平急忙跑过去问个究竟。

原来是一封从美国寄过来的挂号信，寄信人写的是“WANG XIAO QIN”，收件人则是“ZHAO HUI”，还备注了中文“赵辉”。应该没有错，罗海平代为签收后，顺便拿了公司的信件朝二楼走去。

“赵哥，有你的信。”进门把信交给赵辉后，罗海平想转身离开。

“海平，你等一下。”说着赵辉拆开信件，快速浏览完又放回信封。

“有件事情跟你说下，我这周六要去开普敦参加 GMAT 考试，手头的工作你有什么不清楚的地方及时问。”

“赵哥，你要去读 MBA 吗？是在开普敦大学吗？”这个消息勾起了罗海平的“寄托”情结。

“是的，去开普敦大学考点参加考试，我申请的学校是美国的达特茅斯商学院。”

看到眼前这位师兄马上就要实现与自己相同的梦想，罗海平有种说不出的喜悦，也可以理解为一种榜样激励带来的兴奋。

“那等你考完可以把红宝书和不用的资料借给我吗？我也想去。从 1994 年知道俞敏洪和张敏琨的名字后，我就一直有这个梦想，来南非只是我实现美国梦的一个跳板，我也想踩着赵哥的脚印前行。”

“不会吧，怎么这么巧，我只听说你也是学会计出来的。你女朋友在美国吗？”

“没有，只是在新东方接受培训时觉得这所学校很适合自己，但以我那点分数申请难度还是很大的。你为什么选这所学校？它可是在新罕布什尔州啊。”

“你也在新东方学习过？那你听说过一句话没有：我爱的人在波士顿，爱我的人在洛杉矶，而我他妈卡在美国驻北京大使馆的进门台阶上，这才是世界上最远的距离啊！”

“原话是没听说过，但这种句式听到过好多版本，你的意思我懂。”

命运就是这么奇妙，美国人恐怕永远无法理解按照美国标准培养出来的两个中国人，竟然在非洲土地上逐步向其美国梦靠近。绿卡对美国人来说只不过是个身份 ID，但对于一个出生在中国农村的穷孩子来说却是奔向事业顶峰的必经阶梯，但很多人连爬上阶梯的机会都没有。

“你女朋友来的信？”

“算是吧，如果这次能去上达特茅斯，还有可能维持恋爱关系，如果去不了恐怕就是别人的老婆了。”

“这么严重，是你原来的同学吗？”

“是我大学的同学，本科毕业后她去美国留学，而我因拿不出学费，只能先来非洲打工，等赚够学费再说。她家里是广东的，条件比较好，还有亲戚在美国。”

说到这里罗海平明显能感到触碰了赵辉的痛点，他的情绪显然失落了很多。如果没猜错的话这应该是一封分手信，或者说是一封通告。在那个通讯还不是很发达的年代，靠一个月一封信和过节时的一个问候电话是很难维系一段“真挚”爱情的。所以当时有首叫“献给 VISA OFFICER”的歌：

你这样拒我到底对不对
这问题问得我好累
我宁愿被你刁难
也不愿让你问罪
可不能放弃为自己辩护的机会
我就算再被拒签
也不能消沉买醉
决不能放过一点点签过的机会
如果说拒签是一种罪
那你死后不下地狱还有谁
如果你拒掉一个个的无所谓
我们的奋斗苦累由谁来安慰
你这样拒我到底对不对

这问题你自己琢磨体会
你住我们中国
有高薪补贴
有山珍海味
咋就不能给我们多点机会
……

也许对签证官来说他们只是按照美国标准淘汰一些不达标的申请对象，但他们却不知道这将可能导致一些人的家庭破裂，及在人生情感方面造成的终身缺憾，所以在新东方的 BBS 论坛上才会有那么多调侃签证官的段子。

如果说容闳、黄宽等是中国赴美留学第一批人的话，那赵辉绝对有条件争取做新中国恢复高考后第一个去美读 MBA 的荥阳人。

“内贼”难防

在罗海平交给赵辉的信件中还有一封是 Mapogo（玛帕侯）公司送来的合同及报价。赵辉让他拿给良哥看下，并在开好的支票上签字。这样明天就会有 Mapogo 公司的人来工厂门口安装他们的牌子，这块牌子在当地也可以说是一道“护身符”。

罗海平离开赵辉的办公室去找良哥。

“良哥，这个保安公司就挂块牌子怎么收费那么贵啊？我们的装备和安防都做得那么缜密，还有必要请保安公司吗？”

“海平，这个事情我是这样想的：其实这个世界上只要有人的地方就会有利益争斗，有争斗就会有杀戮，所以评价一个地方治安是否良好还要看你是谁、你在做什么。如果做生意赚钱的话在哪里都会有危险，尤其是在南非，但如果只是花钱消费的话情况就会大不同。很多人说南非治安不好，但我们也都在这里健康地活着，而且生意还在日渐壮大，要权衡利弊、平息是非，就看我们的智慧。

“Mapogo 虽然没有 G4S 名气大，但县官不如现管。它是一家本土化的保安公司，我们公司所在的这个小区域它的影响力还是挺大的，最起码对内有足够的威慑力。非洲的历史蕴含着一种雇佣军文化，不过随着经济的发展，现代它多以公司形式存在，并按照当今的商业模式建立管理体制，对外营业。现在南非市场上虽然有好多家安保公司，像 Securicon 等，但细分开来在业务和地域管辖上还是有很大区别的。Mapogo 与 EO（南非私营武装公司）两家公司的宣传口号就是用他们的‘非洲方法’和‘传统方法’来满足客户诉求。”

“没想到非洲这么‘民主’，除了国家有暴力机关，一些企业和个人也有这样的专有特权。看来回去后还要恶补一下政治课。”罗海平一边琢摩着，一边走下楼来到车间。

工人们依旧在忙着各自的工作，坐在长椅上等待的客户并不太多，但每个单子上的订单量都不小，折算下来这一上午又订出去两百多个门窗。罗海平跟 Hery 复核完生产任务后，拿着底单去仓库复核配件。

刚来时仓库里密密麻麻摆放的配件已经明显消耗掉很多箱，尤其是用来组装窗户的角码和窗锁。仔细核对发现光角码就少了 37 箱，每箱 500 个，大数就是减少了 18500 个。如果按平均每扇推拉窗消耗 12 个角码来计算，就是 1500 多扇窗，如果平均每扇窗耗材 15 公斤铝材的话，总计销售的铝材就有 20 几吨，显然配件用量和铝材用量不符。窗锁的消耗量只有 12 箱多，每箱 100 支，按照每扇窗配套 2 支锁，对应只消耗掉 600 扇推拉窗。虽然一时还无法找出症结所在，但罗海平能明显预感到问题的严重。反复仔细地核实了几次，记录完数据他回到庆军的办公室，打开电脑逐项核对每日的进出库数目。

接近中午的时候，程庆军和司机回到了厂里。罗海平急忙把自己统计完打印出来的库存统计单交给庆军，指出问题所在。庆军接过单子，马上和罗海平来到仓库进行复核，并找来负责管库的Marsilionis和Alex。

Marsilionis是一个40多岁的老工人，祖鲁籍，工作一直比较踏实，虽然是个慢性子，但为人比较正直，也没有不良嗜好。Alex是一个20出头的小伙子，个子不高，大约160公分，但体格健硕，平时很爱踢足球，大多数时候踢前锋，原地空翻、鲤鱼打挺都不在话下，但托马斯回旋一直没看他做成过。此人很好色，右侧肩膀上纹了一只狮子，胸前总挂着一串金属链子的铁牌，听说他的父辈是从莫桑比克那边跑过来的。

发生这种事情，自然会觉得Alex比较可疑，但他一口咬定都是按照销售开的出货单来取货，没有私自偷盗。高管Peter看Alex的态度这么坚决，决定单独和他“聊聊”。程庆军和罗海平回到办公室，此时已经午休，工人们陆续离开，良哥和赵辉也下来了，四人互通了一下信息，先打电话报告刘总，然后回去吃饭。

美国有句谚语——“迟来的正义非正义”，在非洲更是如此，要第一时间把问题处理掉，越拖乱越多。下午上班时Mapogo的两个“警探”已经来到厂里，为了不影响正常生产，良哥和“警探”单独把Marsilionis和Alex叫到二楼的办公室。

罗海平再次看到Marsilionis和Alex时吃惊不小，因为Marsilionis的鼻子一直在流血，脸上也挂了不少彩。而Alex更惨，除了鼻子和嘴角在流血外，裤子好像是小便失禁全都被尿湿了，走路也是一瘸一拐的。

送走两个“警探”，罗海平、程庆军和Peter来到良哥的办公室简短开了个会，向刘总汇报情况后，商议的结果是以大局为重，尽量不影响工厂的正常秩序，把损失降到最低。最后决定先停止两人的工作，由 Peter 起草文件，让 Marsilionis 和 Alex 签字。借机也让两人养养伤，每人先支付 200 兰特，一周后等伤好了接到通知再来报到，告知其处理结果。

良哥从兜里拿出 400 兰特交给程庆军，让他和 Peter 下去处理此事。下午的客户依旧很多，罗海平一人在销售室忙得不亦乐乎。大约一个小时后，程庆军拿着一沓两人写的材料回到销售部。

“都处理完了？”罗海平急切地询问道。

“是的，两人都如实招了。是 Alex 做的，Marsilionis 看到了，但没有报告我们。M 公司的人来买货时跟 Alex 搭上话，Alex 说他知道有个地方的货是一样的，但价格更便宜，不过要提前预定，私下交易，后来他买通付货员和门口的保安，在同伙帮助下将货‘买走’，具体细节你看他写的检讨书吧。”说着程庆军把其中一份复印材料递给罗海平。

“其实处理 Alex 最棘手的是他的身份，到现在我才知道他还是 L 帮成员。以前看到他纹身没太注意，加之他做事在南非还算勤快的，除了好色对他的印象还不算坏。我们对这边的帮派不甚了解，所以忽略了这点。”

听庆军这么说，罗海平突然有种难以名状的压迫感，没想到到处是龙潭虎穴，到处是帮派，社会这所大学实在是太复杂了，充满了各种套路。

一边提醒自己要加倍小心谨慎，一边继续在厂里忙个不停，不知不觉就到了下班时间。做好统计数据，罗海平拿着晚上在家里要分析报告的报表等文件，随庆军等三人上车回家。

晚饭后，良哥去查看监控，房间里只剩罗海平一人在重新整理发货计划，并根据当天的订单预估库存的动态平衡量。

首先是核对营业收入和销售量的对比值，并做好账目，这个对于学会计出身的罗海平来说不是问题，很快就搞定了。其次是预估明天的销售配额，在此基础上出一张单子给负责销售的Nary，告知几种将要断货的品种的最大销售限额，说白了就是N元一次方程。由于客户买的铝材品种和同种铝材尺寸的变化，会导致耗材（只要是铝材）产生随机值，当时的电脑软件还无法做出相关运算，只能靠人脑来补充。虽然南非的客户都很友善、通情达理、好说话，但罗海平依然要求自己在销售前必须做出准确的预判，不能事后再道歉，这不仅是对老板负责，也是专业素养的体现，更是对自己人格的恪守。

随着敲门声，庆军拿着几张纸进到房间。

“把这四个品种加进售罄列表，打印给Nary，明天开始停止销售。”

罗海平接过庆军递过来的单子，快速扫视着内容。

“P1104的框料也不卖了吗？我们库存还有一百多只呢。再说客户买框料和扇料要配套，我们要是不卖框料，客户很可能连扇料也不买了。”罗海平疑惑地反问道。

“你还记得Sully那个订单吗？其中就有这个品种，虽然到港的货柜里有2000支P1104，中国工厂那边也下订了5000支，但那5000支入库至少要三个多月后，眼下我们的库存加上到港的数量至多能满足Sully订量的最小余额平衡，按照简易余能原理计算的结果是不能低于2118支。”

“好的，我明白您的意思，尽可能将客户的订单往后推。”

处理完所有的工作已经接近夜里10点了，罗海平洗漱回来，确认好枕头底下的军刺和床尾裤子上挂的M26，倒头便睡着了。

安装“护身符”

一觉睡到天亮，四人依旧提前20分钟来到工厂。

在工人还没有到齐前，一辆蓝色的印有“Mapogo”的丰田吉普车停到了厂门口，下来两个人，其中一个手上拿着一块铁牌子，大约有400×600mm。程庆军和罗海平急忙迎了过去，寒暄后得知两人是来“挂牌”的，需要从工厂最近处接过来电源。

伴随着一阵刺耳的电钻声，白色的铁牌子被挂在门口的墙上。

牌子的最上面是一行红色的单词“This property is protected by”，接着第二行是字体稍大的一行黑色单词“Mapogo A Mathamaga”，中间画着两个黄色的老虎头，舌头和眼睛是红色的，寓意凶狠。这两个老虎头分别只露出左脸和右脸，成镜像对称状分布，左侧的老虎头只能看到其左侧的耳朵，而右侧的老虎头只能看到右侧的耳朵。两个虎口中间下方是黑色的数字“1996”。最下面一行是弧形的黑色单词“Business & Community shield”。

“看来物以稀为贵，得不到就是最好的。非洲没有老虎，陆地的兽王是狮子，他们不画狮子，偏画老虎，以此为logo。而我们中国没有狮子，陆地的兽王是老虎，但衙门和有钱有势的人家门口都摆两个石狮子，借此来显示身份地位，给人威严感。非洲女生都羡慕我们有又直又长的黑发，而中国的女孩更喜欢烫波浪式的卷发。”庆军一边端详一边自言自语道。

此时工人和保安也都围过来，边看边小声议论着什么。

接着保安公司的人又来到厂门口，在进门的墙上安装“报警铃”。它类似学校上下课用的铁铃，通电测试的时候发出刺耳的旋转音，有点像空袭警报的声音，让人不寒而栗，对歹徒确实有很大的威慑作用。遥控器是一个车钥匙大小的长方形胶皮块，中间圆形的突起是按钮，按下三秒钟就会触发警报，接收信号的范围覆盖整个工厂。Mapogo 的两个“警探”调试好设备并且讲解完使用方法后，开始清理工具准备离开，程庆军把两人送上车，握手告别时顺便给了小费。

工作的紧张忙碌很快淹没了安装“护身符”的喜悦。需要解释的客户越来越多，不过很多客户还是很豁达的，大都表示能等公司货到再来取。刘总那边还没有消息，所有安排都按最坏的结果来做。程庆军带领着几个工人已经把仓库清理出来，一旦来货可以最方便快捷地放到相应的位置。等货期间，他们还拿出几款有些滞销的百叶支架来促销做广告，顺便加速资金回流。

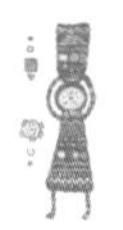

枕戈待旦

时间一晃到了周五，刘总那边终于传来消息，提取货柜的手续已经办完，正在联系拖车，因为有四个40尺的加高柜，需要四辆拖车，而货运公司现在只有三台拖车，还有一台比较旧，车况不是很好。预计今天会有回到港口的车，最快明天可以开回来。

这个振奋人心的消息仿佛给罗海平他们打了一针兴奋剂，临下班时大家把车间打扫得干干净净，卸货的所有准备工作都已安排妥当。

周六下午，刘总回到家，他看上去很疲惫，比离开时瘦了一圈，衬衫领口和袖口都黑了，皮鞋也是脏兮兮的。罗海平和程庆军急忙去厨房做吃的。很快，一碗加红枣的小米粥、一盘土豆丝和两个花卷上桌，刘总边吃边向大家布置下一步的工作。

南非的港口，从其西部的萨尔达尼亚湾西角港开始，逆时针方向依次分布着开普敦港、伊丽莎白港、东伦敦港、德班港和理查兹贝六大港口。德班港位于南非东南部，濒临印度洋，距离弗里尼欣大约400多公里，是南非所有港口中最大、最繁忙的。

“正常情况明晚前货柜就会送到工厂，虽然路上可能会比较堵车，但如果车不抛锚肯定能到，到了司机会打电话通知我们。周一早上一上班就开始卸货，铅封尾号 4161 的先卸，尾号 3051 的最后卸，估计一天最多能卸两个半柜，剩下的周二再卸。大家今天都早点休息，养精蓄锐。”

“刘总，有个问题想请教一下：好像我们东北部的莫桑比克马普托港也可以作为目的地港口，为什么不把货发到那边再提回来呢？”罗海平说。

“你问得好，邻国莫桑比克有三大港口：马普托港、贝拉港和纳卡拉港。马普托港的码头费要低于德班港，没有德班港那样拥堵，来往于约翰内斯堡之间的高速公路也有四车道，因此，确实有很多南非托运人喜欢从马普托港进出口货物。尤其是 Komatipoort 那边的公司，几乎都是这样做的。但对于我们来说，货柜车在通过南非与莫桑比克边境关卡时比较麻烦，要排队等很久。关卡一般是早上七点半到晚上六点通关，排到时若超过六点就要等一夜，还要打点一些小费。在马普托港通常办完手续把货柜提出来就到下午了，货车开到边境后又要排队，而且我们在那边也没有关系，所以还是在德班比较方便。”

饭后，罗海平反复背诵铅封号及里面对应的存货，以及放置顺序和地点，预测卸货过程可能发生的问题及解决方案，不知不觉就睡着了，被良哥叫醒时已经到了晚饭时间。

晚饭时刘总和庆军没在，说是不用等他们了。罗海平和良哥边吃边聊，听良哥讲以前的卸货经验，反思自己的想法还有哪些漏洞。

突然良哥的手机响了，是赵辉打来的，告知自己已经在机场了，半夜就能抵达约堡机场，和他一起回来的还有一个约堡的华人朋友，朋友的家人会去机场接他们，今晚他准备留宿在朋友家，明天回来。

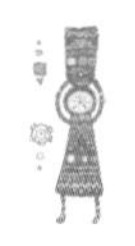

门前离奇的死狗

周日，罗海平起得很早，下楼去厨房为大家准备早餐。先把小米粥煮上，然后在另一个炉灶上摊饼，快出锅时再撒上点葱花和芝麻，香味很快把大家吸引过来。早上刘总的胃口特别好，一口气吃了四张饼，超出了罗海平的估算，他索性又和了点面，继续摊。

就在大家边吃边聊时，门铃声响起。从监控器里看到一辆警车停在门口，一个身穿警服的黑人警官站在门口按门铃。他们都不认识这个警察，并且这个时间有警察上门是反常的，于是众人迅速做好战斗准备，子弹已经上膛。

程庆军在门禁对讲机前先客气地和警察问好，接着询问有什么事情。警察很有礼貌地先介绍自己叫 Richard，在巡逻时看到门前有条死狗，并且门上还沾有血渍，所以过来查看一下。听罢大家在监控前确实看到一条黄色的土狗倒在地上，似乎嘴角还有血迹。事情到这个地步，程庆军只好开门走到院子里的大铁门前，打开对话口和 Richard 沟通。Richard 要求进入室内查看，庆军表示看到搜查令才可以开门，Richard 故作嗔怒，称庆军他们非常可疑，并要呼叫总部支援。

虽然刘总不能确认 Richard 是否是真警察，但也不想把事情闹大，便示意程庆军打电话给 Laurence，让她和 Richard 沟通。Richard 讲完递回电话，客气地留了个电话号码，便开车离开了。

过了段时间，感觉没什么异常，良哥便和罗海平开门出来仔细查看。根据小狗的死状判断多半是被人弄死的，门上的血迹也是小狗的。这是谁家的狗？为什么会死？又为什么会死在这里？一系列的疑问浮现在罗海平的脑海，稍微放松下来的神经再次绷紧，反复思考这里面是否蕴藏着什么阴谋。

程庆军在路旁不远的草地上挖了一个坑，良哥和罗海平分别拎着小狗的前后腿把它放入坑内，头朝西安葬了，又在土堆上插了一个十字形的树杈子，双手合十，默念“阿弥陀佛”为其超度之后用水清洗了门上的血渍，一番忙活后回到屋内。

“刚才打电话去查了，Richard 确实是警察，看来他真是早上巡逻时发现死狗所以才上门询问。监控也已看过了，事故应该发生在昨天深夜到今天早上这段时间，但由于夜晚太黑，只能看到有几辆汽车于不同时间经过门口的马路，而且开得都比较快看不清车牌。不管怎样，大家都要镇定，以后尽量减少不必要的外出，在家里或去工厂至少保证两人以上同时行动。”刘总说道。

大家正在大厅讨论这件蹊跷事，突然从门口传来汽车的短促鸣笛声，是赵辉的朋友送他回来了。

赵辉向大家介绍：“这位是台湾的马先生，和我一起参加考试认识的，他父母住在约堡，昨天在他家住了一夜，今早又把我送过来。这位是马先生的父亲。”

“您好，马先生。”说着刘总先和老马握了下手，又和小马握了下手，接着把二人请进客厅。

"我是做家具生意的，在约堡 Sandton 那边，有空过去坐坐。听阿辉说你们是做铝合金门窗的，这个在南非竞争应该不激烈吧？好像没听说有大陆人在做这个生意。"

"是的，还可以吧，竞争相对没那么激烈。我们主要是为建筑商做些配套铝门窗之类的业务。"说着刘总把刚沏的一杯茶放到老先生桌前。

老先生祖籍山东，1948 年去了台湾，后辗转来到南非打拼。从杂货店渐渐发展到如今的家具商场，其中的辛苦从老先生脸上饱经岁月的皱纹可窥见一斑。得知刘总他们也是祖籍山东后，彼此顿时有了很多亲近感。

像马先生这样 80 年代来到南非的一代算是老侨了，他们身上还保留着中国刚解放时那代人的憨厚、淳朴，其交往的圈子除了相同背景的人外，多半都是广东顺德等地出来的老侨，和 90 年代大陆改革开放后出来的人交往甚少。从老先生的言谈中，能明显感觉到他对中国人的印象和柏杨先生那本《丑陋的中国人》描述的十分相像，"中国人就像酱缸里的蛆，喜欢在浑浊恶臭的环境里相互搅来斗去"。

送走马先生父子，刘总又把情况和赵辉简单地通报了一下，询问他在回来的路上有否发现异常。赵辉显然也弄了个丈二和尚摸不着头脑，不过仔细回想也没发现蹊跷之处。

之后罗海平随赵辉来到他房间里，急切地询问考试的情况。

GMAT 是 Graduate Management Admission Test（研究生管理科学入学考试）的简称，考试内容包括分析性写作（Analytical Writing Assessment）、数学（Quantiative）和语文（Verbal）三部分试题。写作考试时间是 30 分钟，围绕主题根据要求阐述自己的观点。数学考试时间是 75 分钟，有 30 多道包含 5 个选项的选择题。语文考试时间也是 75 分钟，有 40 道左右包含 5 个选项的选择题。以前试卷中的选择题是不定项选择，后来为降低难度改革为单选题。

对大陆考生来说，从小学到大学接受的都是程式化教育，“真理”只有一个，突然面对变化了的评分模式，一时很难适应。GMAT 最奇葩的是评分标准：选对得分，选错扣分，不选不得分也不扣分。举个例子：如果一道题的正确答案是 A、D、E，只选择 A 得 2 分；选 A、B 为 0 分；选 A、B、C 为 –2 分。由此使得两个考生的分数将因一道题而产生很大差距。

“第一部分的写作没什么特别之处，看过俞敏洪、胡敏、包凡一的资料，照着套路往上编就是了，要讲你熟悉而评审老师不熟悉的领域，让他觉得你很牛就好了。数学对中国学生来说只要能正确读懂题意，大部分都能做对。最难的就是那个逻辑阅读，首先词汇量要大，大到足以明白考题的设计初衷和思路，接着再运用各种方法去伪存真，要和正确答案结‘眼缘’，甚至以难以名状、神仙附体等灵异现象凭第六感或直觉来找出正确答案。

“这就像武林比武大会，如果说俞敏洪教学是武当派的话，徐小平教学算是少林派，管卫东教学算是峨眉派，中科院各大牛人在新东方兼职的则是各怀绝技的其他门派。各大门派之间的招式虽然会有区别，但赢得比赛的要诀只有一个：高深的内力加上一种耍起来很酷的套路招式。如果再配一把干将莫邪的宝剑，拥有接近满分的颜值，除了赢得比赛，还可以拥有大量的粉丝和红颜的爱慕。这就看你和哪个老师的脾气秉性相近，更易接受他的那套法门。总之要在了解各家所长的基础上找到一套适合自己的备战方式，考过自已所报学校的录取分数线。

“你知道大陆每年都有些人考到 800 分，这个实在太可怕了，哪像非洲这边，考出个 600 分都难。老美对我们和非洲考生的录取标准不同，也许是天意吧。这摞资料给你吧，希望它们能为你将来考到高分提供些帮助。想知道的你尽管问，我一定知无不言。”说着赵辉笑呵呵地把一摞资料递给罗海平，看得出来是考前就收拾整理好的。

罗海平激动地接过资料，从侧面扫了一眼，最底下是一本浅蓝色的 ETS 出版的第八版《GMAT 大全》，上面是一本尺寸略小一点的《GMAT 写作》——来自北京新东方学校，还有一些白版（内部私下印刷的学习资料），最上面几本是 32 开大小的词汇解析和手册。

道过谢并嘱咐赵辉好好休息一下，罗海平抱着资料回到自己房间。

“赵辉考得怎么样？我这大老粗也不懂你们那些什么‘寄托’。”良哥问。

“看样子是不错，怎么也有 700 多分吧。”

“700 多分……考几科啊？满分是多少啊？”

“就考一门，满分 800，但去一般的学校 600 多分就够了。”罗海平言简意赅地对良哥解释。

人生而有欲，而欲不得，则不能无求；求而无度量分界，则不能不争；争则乱，乱则穷。望着桌上这堆资料，罗海平的梦想再次被点燃，如果说榜样的力量是无穷的，赵辉的身体力行无疑为罗海平的“寄托”之路注入了更多希望。

同德为朋，同类为友，感契以情，周旋以礼。此刻，罗海平更加深刻地意识到，选择了哪种生活方式也就选择了哪种命运，同样也要付出相应的代价。一个早起、勤奋、谨慎、诚实的人是不会抱怨命运不好的，良好的品格、优良的习惯、坚强的意志是不会被所谓的命运击败的。一个胸怀大志却又能够在逆境中忍受挫折和痛苦的男人才是真正的男子汉。

开始卸货

周一早上，三台货柜车准时停在工厂的门口，工人们也都早早到齐，按原定计划开始卸第一个尾号为 4161 的货柜。

从中国发过来的货柜通常有三种规格，20 尺的小柜、40 尺的标柜和 40 尺的加高柜。如果不是发体积小的重货，一般采用 40 尺的柜子性价比较高。一个 40 尺的标柜容量是 20 尺柜子的两倍还多，但价格只有后者的 1.2~1.5 倍。不超重的情况下，40 尺加高柜和标柜价格相同，但容量多出 10 个立方米。

很多人认为铝型材这种货品是轻货，实则不然。因型材种类的不同，不同型号产品的密度和体积差别很大，所以要做好配货以达到最佳重量和体积配比。这需要应用结构力学的原理，在合理范围内配置好各种型材。

刘总公司主要做的是法式罗克迪系统，门窗同功能材料采用相同的型材，例如只要是推拉系列，框料不分上下滑道和左右边封，只分一轨、两轨、三轨和四轨，扇料也只有一种，不分上下方和光勾企，重叠部分采用装饰勾边。因此第一个货柜只装了一半推拉系列的框，余下空间里装的是胶条和毛条，毛条是体积最大但重量最轻的货品，主要用来和密度大的铝型材配货，用量不是很大。

南非的门窗风格和其建筑风格相匹配，大多沿用了欧洲的款式和风格，铝框和玻璃之间采用胶条封闭，干净整洁，易于更换和保养。由于南非的气候特点，加之早晚温差较大，基本采用的都是黑色的仿三元乙丙胶条。胶条的消耗量很大，但不宜长期存放，一般在半年时间内就要用光。由于公司产品的内扇宽度都是统一固定的，所以固定玻璃的胶条只用一种，因而整个发货、卸货过程非常顺利流畅，也就是达到了猴子都会干的程度。

九点刚过，半个柜的货已经卸完，摆放好入库。工人们纷纷聚集到一块开始“充电”。程庆军和罗海平把一箱箱可乐从车里搬到桌上，工人们看到喜笑颜开。20分钟后开始卸铝材，起初卸最上面的型材时有点困难，但打开一个小工作面后一切都顺利了。随着一捆捆的推拉系列框料被堆放到架子上，大家工作的节奏逐渐慢了下来。

来访客户越积越多，虽然工厂门口摆了公告牌，告知今天无法加工取货，但仍有很多“不死心”的客户在观望，仿佛卸完这个柜他们就可以拿货了似的。非洲人的耐性非常好，几乎没有一个客户因为不能现场加工而拒绝购买，他们不但先把钱都付了，还坐在椅子上或站着看工人们卸货，时不时还用祖鲁语开几句玩笑。

就在这个货柜马上要卸完的时候，一个十分熟悉的声音再次在罗海平耳边响起。

“Can I have a lunch with Da Vinci”（达·芬奇的午餐有我一份没？）

伴随着在场所有人的笑声，罗海平马上想起他就是上次来订货的Sully先生，继而想到其订单的品种和数量。见到Sully先生，程庆军和罗海平急忙上前握手问好，罗海平还从桌上拿了一瓶新的可乐打开递给Sully，并且把他请到了办公室。

寒暄之后转入正题，核心问题就一个：何时能交货?

程庆军在办公室陪着Sully，罗海平急忙跑到刘总的办公室，询问如何答复。

进门时刘总正在打电话，放下电话得知Sully来催货后，刘总稍锁的眉头不但没有解开，反倒加深了，还用手指在脑门上戳了戳。

“海平，你就和Sully说货到了，正在卸，明天一卸完就先加工他的订单，一周之内差不多可以完成，周五可以提货。看看他能接受不。”

“刘总，他订单中有85扇平开门，扇料还没到，到了的话两天可以切割完，但仅铣锁孔一项至少要三天，恐怕周五完成不了，我和他说说下周交货怎样，听听他的意见。”

“也好，但合同约定的是明天交货，他要是较真起来我们可以做些补偿，按照这个思路你和庆军商量着处理吧。”

果不出刘总所料，这个Sully正中公司要害，提出如果到后天还不能交货就要替他赔偿给客户造成的损失，好精明的商人，在一片和气中软硬兼施，最大化自身利益。不过像他这样讲信用的黑人客户公司还是很喜欢的，宁愿少赚一些，也愿意接他的订单，主要原因有二：一是他属于大的批发商，利润好；二是他的性格有点像中国北方人，豪爽不磨叽。

送走Sully已经接近中午，第一个拖车已开走，第二个货柜刚卸了四分之一。这个柜里全是扇料铝材，因为呈对接“H”型，密度不大，所以满满一柜也没超过26吨。工人们收工吃午饭去了，几个中国人聚集到二楼良哥的办公室。大家一边吃饭一边商议着卸货和加班等事宜。

“下午如果还是所有工人都在卸货的话，客户就要把门口堵死了。”程庆军建设性地提出，“不如我带几个工人来付货，海平带剩下的工人卸货。”

“我看这样也好，我负责安全，减少等待客户的人数也是上策，但收银那边可能力量会薄弱些。”良哥赞同程庆军的意见，但又怕顾此失彼。

“收银那边我来协助赵辉，你们不用惦记，子良，就按你的办吧。”刘总最后发话。

熬夜加班

在沙发上打盹的罗海平猛然间被工厂的上班铃声惊醒，洗了把脸急忙朝货柜跑去。工人们也都聚齐了，打开门准备卸货。程庆军和 Hery 还有两个工人拿着单子站在一旁，在不影响卸货的情况下尽快地一项项核对出货、付货情况。本来人手就不充裕，前几天又有两个离开，卸货的速度明显慢了下来。罗海平见状也加入卸货的队伍里，用尽全身的力气传递铝材……

接近下午四点钟时，第二个货柜卸完了。罗海平洗过脸后走到销售室，坐在椅子上休息，顺便看看客户的情况。门口还有四个客户在等待拿货，其他的人都已散去，一部分是取完货走了的，还有一部分是告知明天来取的。

看着庆军和一个工人踉踉跄跄抬着两捆切割好的铝材在往客户的车上放，罗海平急忙跑出去，跳上客户的卡车帮忙往里放。

“还有几份没切的？给我份单子吧。”

“还有两份没切，一份是二十四樘推拉窗，一份是两个平开门和两个平开窗。今天看样子就只能卸这两个柜了，门口那个货柜明天再卸吧，工人们都累得干不动了。”

在装好货的卡车开出工厂大门的瞬间，罗海平瞥见门口对面的马路上停着一辆车窗贴膜的丰田皮卡，里面好像前后排都有人。

“门口那辆白色的皮卡是客户的车吗？”

听到罗海平这样问，程庆军马上借着帮保安关门的机会仔细看了下门口的状况，询问过保安后再次回到罗海平身边。

“不是我们客户的车，要小心一点。你跟良哥说一声，先把这两个单子的配件出一下货，我和工人先出料。”说着程庆军把两个客户的第二联底单交给罗海平。

拿过单子，罗海平一路小跑到二楼，远远看到良哥站在走廊的拐角处。

“良哥，门口停了一辆白色丰田皮卡，有点可疑。”

“我注意到了，在监控里一直盯着呢。它下午两次在我们工厂门口转悠，刚才停了有十多分钟，我已经嘱咐了保安。”

“刚才刘总接到运送最后一个货柜的卡车司机的电话，说是明天中午前能赶到工厂卸货，他车在半路坏了，刚刚修好。”

“那岂不是最快也要明晚才能卸完，那个柜里有我们最急需的门扇料啊。”

“海平，一会等客户都离开了把工人聚集到休息室，我们开会商量下今晚是否能把这个货柜也卸完。”不知何时，刘总出现在罗海平身后。

“好的，那我先下去了。”

得知有可能还要加班，罗海平心里有些不情愿，毕竟经过这一天挥汗如雨的劳作，体力消耗比较大。但从公司利益角度想，也能体谅刘总这么安排的苦衷。于是他以最快速度出完配件并协助庆军把客户送走，便关上厂门来到工人休息室。此时工人们个个一脸疲惫像，Hery 光个膀子，后背和脖子上不时有汗珠滴下。

Laurence、销售和收银的女员工已下班回家，所有的中国人和男员工都聚集于此。刘总首先感谢大家齐心协力地工作，然后简要告知工厂目前的处境和客户要求，最后征求大家的意见。这是中国人含蓄传统的工作思维，而工人更关心的是给多少加班费。Peter 很能领会老板的意图，代表工人说今天一定要把这个货柜的货卸完再回家，但话锋一转又提到大家都比较累，要吃点好的，喝点酒，再把家里的亲友也叫来一起帮忙，彼此心领神会。

天刚黑所有人就都到齐了，统计一下共来了 32 个人，其中一半是现有工人的亲友。大家有序地分成不同的卸货小组，基本上都是一个工人和其找来的帮手一组，车上三人下货，三人在地上传货，货架里面六个人摆货，其他人运货。

时间快速流逝，货柜里的配件和铝材也在逐步减少。大约到了晚上九点半，货卸了一半，工人们再次聚到桌子旁，喝水、擦汗。休息片刻后又开始紧张的工作。看得出来，大家都已经精疲力尽了，但仍在坚持，多亏有他们找来的“伙计”帮忙，否则真的干不动了。

众人再次聚齐，已经是午夜了，所有的货物全部卸完，保安引导货柜车开出工厂，工人们拿起喝剩的酒瓶，基本上瓶瓶见底。事先考虑到可能要在工厂过夜，刘总提前准备好纸壳和毛毯当被褥，工人们把车间工作的工作台拼凑在一起，共三张，每张台子上各睡九个人，Peter 睡在他的办公室，剩下几个人挤在了工人休息室。罗海平和赵辉睡在他的办公室，而程庆军睡在良哥办公室外面会客厅的沙发上。

此时的弗里尼欣城虽然接近雨季，夜晚的气温还是很低的，因为别墅装修得十分保暖，他们在家里晚上只需盖一条毛毯，但在这偌大空旷的铁皮厂房里，就算穿衣睡下，盖一条毛毯还是有些冷。

对罗海平来说，这是到南非以来第一次“受苦”。虽然经过一天紧张的工作身体十分疲惫，胳膊都快抬不起来了，但脑海里总像有什么放不下的事，想来想去也想不出个所以然。唯一能想到的就是安全问题，但工厂这么多人应该不会有什么事，家里有刘总在也不会有事。

迷迷糊糊进入梦乡，梦到最后一个货柜已经送到门口，自己迫不及待地跑出去把货柜的门打开，看到里面满满的门扇料和配套门锁，开心极了，扛起一箱门锁就往仓库卸，一箱接一箱，仿佛不知疲倦，但怎么卸也卸不完，而且越来越尿急，索性把货先放地上，跑去厕所解决问题。

恍然间从梦中惊醒，原来真是要去厕所。穿好外衣，整理好毯子，轻手轻脚地开门下楼。此时外面已经天亮，刚过六点，门口的保安见罗海平过来急忙起来打招呼，并告知还有一台货柜车停在门口。罗海平去完厕所，拉开门跑到门口货柜车的驾驶室旁。

早晨的天气很凉，车窗的玻璃上结了一层水珠，车门反锁上了。罗海平用脚踏着第一个车梯，右手握住车门锁，左手有节奏地敲了敲，等了一会司机从里面起来，抹了下车窗玻璃朝外看了看，然后打开车门。

一番寒暄后司机讲述了这一路发生的事，原来货车离合器上的一个部件坏了，不得不中途停下来维修，后来刘总催得急，司机便让车行把这个部件送过去，修好后马上赶过来，多花了不少费用，希望厂里能帮他承担一下。罗海平想，这件事情要等刘总回来才能答复他，当务之急是让司机把车倒进厂里，以便一会上班能以最快速度卸完这批最急需的货。

有的时候命运总喜欢跟人开玩笑，尤其是在非洲。这次本来刘总安排这个最急需的货柜先出港，先开出来，以为会先到工厂，没成想却是最后一个才到，不过万幸的是最终平安抵达了。运货这事在中国再简单不过，但在非洲却受各种不可测因素制约。

此时工人们和中国同事都起来了，庆军急不可耐地先跳上车，打开门，恨不得马上就开始卸货，只见良哥慌张地跑过来。

“刘总来电话说家里被盗了，我和赵辉先开车回去看下，处理善后事宜，你们不要分心，先全力把货卸完，然后安排好生产，有事情会给你们打电话。”

别墅失窃

话说刘总昨天离开工厂时已经接近深夜，虽然一路没发现什么异常，但车开过家门口时并没有停下，而是围着房子绕了一圈又原路折回，最后去了阳光河畔酒店，在那里住了一夜。早上起来开车回家，在门口看到大门虚掩着，怀疑被盗就急忙给子良打电话，通知他们尽快过来。

三人在门口汇合，确认安全后推开大门成战术队形进入。子良在最前面，先进入客厅，一路边谨慎观察边朝楼上走，厨房及通往车库的暗道都没有发现异常。二楼子良和罗海平的房门被撬开，书架和桌子上的东西被扔得乱七八糟，枕头下的棍刺不见了。上铺的皮箱被打开，里面的衣服等物品被翻乱。赵辉的房门也被撬开，屋里的东西都被翻过，但由于没放现金所以没丢什么东西。

推开被撬开的三楼的“实验室”储物房间门时，三人大吃一惊，屋里的保险柜不见了，旁边一片狼藉。看样子这帮匪徒在此事上没少费工夫，这个保险柜虽然不算大，但也有七八十公斤重，由于房子是房东的，为了尽量不破坏房子，此前刘总他们只在地上钉了两根粗的钢筋，和保险柜底角焊接起来，用来防盗，但如果用大型的撬棍还是可以把钢筋撬出来的。

从地上留有的水泥灰渣来看劫匪是有备而来，开始是想打开保险柜门取走东西，但一番努力后估计没能打开，而且可能破坏了原有的圆形旋转开关，情急之中索性决定抬走保险柜，回去慢慢“研究”。于是劫匪改变策略，先把保险柜撬离原来的位置，接着用锤子打掉两根碍事的钢筋，拿来床单包上保险柜，踉踉跄跄抬下楼。大概是这个行为消耗了劫匪大量精力和体力，刘总的房间都没来得及撬开就放弃了，但是三楼的“实验室”却被搞得一团糟，柜子都被打坏，各种工具和书籍散落一地。

三人迅速查看并清理现场，清点被盗物品。经过一番核查，初步断定劫匪可能是通过破坏房顶瓦片进入隔层，又破坏了隔层木板进入到三楼“实验室”，在里面打开房门进入楼里。推测劫匪在三楼发现保险柜后，集中全力将其抬走。作案时间为晚上七点至第二天天亮前。劫匪是典型非洲人的思维，无论破坏现场还是偷盗都很符合非洲人的习惯。

现金方面损失不大，保险柜里只放了 1000 元人民币。但几乎所有的子弹都存放在保险柜里，因而损失严重，而且持枪许可等相关文件也都在里面，除此之外还有一把鲨鱼刀。

子良和赵辉着手把一些需要回避的物品整理转移到安全之处，刘总打电话给房东、警察和保安公司，处理善后事宜。此外还有一大损失就是劫匪拿走了监控器的主机，丢失了里面保存的录像画面，这无疑为案件的侦破工作带来巨大困难。

在非洲被盗是很正常的，无论丢了什么，只要人没事就是万幸。如果案件发生在家里，只要不需要警方立案出证明，一般都采取不报警的应对措施，这是大多数华人的做法，因为第一可以防止二次损失，第二可以“封锁”消息，尽量不给以后的生活造成负面影响。至于有利的方面，可以借这个机会把各种有的没的证件补办齐全，使身份合法化。这次刘总决定报案，虽然要花很多时间和金钱，但从某种意义上也算将计就计，亡羊补牢，最起码把损失减到最低。

程庆军和罗海平接到刘总通报案情的电话后，组织工人继续卸货，外表看似平静却已无法集中注意力，清点货物数量时也开始浑浑噩噩。程庆军借机在楼上办公室里掏出那把刚买不久的 M9，把每发子弹都小心地退下又装上，仿佛一个在战场上子弹所剩无几的战士，深深思忖着每打完一发子弹后自己所剩的生存概率。罗海平也时不时用右手摸摸胯上别的泰瑟。

大约 11 点来钟，所有货物全部卸完，程庆军和罗海平除了按照事先商定的支付加班费外，每人又额外补贴了一点，之后锁好厂门，带着工人们去外面大吃一顿，以便下午可以迅速调整到工作状态中来。

离这个工业区大门不远，有两条“美食街”，不仅有小饭店，还有很多推车在卖快餐。平时开车经过时，罗海平留意到几款看外形就很想尝试的食物，但一直没机会，今天正好买来尝尝，也算深入体会非洲饮食文化。

大家在 Peter 的带领下浩浩荡荡开始“扫荡”街边摊，由于还没到工厂的正常下班时间，所以人比较少，工人们纷纷从摊主那拿走自己中意的食物，而 Peter 负责讲价和付钱。

Peter 很早就来公司做事了，一直跟着刘总，很了解中国人的思维和性格，每次办事都考虑得很周全。就拿这次吃饭来说，他知道大部分工人经过这两天的卸货都很累，加之肚里本来就没什么油水，如果直接去一家小饭店，还不把人家给吃光了，所以采取分三步走的方法，首先买些小吃垫垫底，每个人先吃两三个咖喱角和一根烤香肠，接着选家本地人开的性价比不错的小店，一边吃花生米和薯片，一边喝 SAB（南非啤酒），等饭菜上齐了再饱餐一顿，尽量添饭不添菜。来自贫困地区的人们通常都有以最少的菜拌着吃最多饭的习惯，不是什么风格，就是为了活着。最后再用水果溜缝，主要点的是木瓜混和了香蕉的沙拉，吃得每个人滚瓜溜圆，精力充沛。

能达到这样的效果，正餐的“硬菜”居功至伟，工人们大多点了牛肉炖胡萝卜浇汤，而罗海平由于牙口不好点了份咖喱炖鸡。这些食物都是用炭火炖出来的，那种用椰汁搭配当地调料把肉熬制出来的工艺，只有在非洲才能体会得到其滋味的美妙，菜肴散发出来的阵阵香气恐怕会让每一位吃过的中国人流连忘返、铭记终生。

时间就这样在大家边吃边喝的欢声笑语中流逝了，一晃就到了下午。众人刚回到工厂没多久，赵辉和 Laurence 就回来了。赵辉递给程庆军和罗海平每人一份文件，全是英文的，罗海平瞥了一眼，是一份报案声明，里面罗列着一些被盗证件的名称及证件号。

“你们复核一下里面的证件号码，没问题就直接在下面签字和按手印，Laurence 马上拿着你们的文件去警局备案。”

罗海平从兜里掏出护照复印件和临时签证复印件挨个核对，确认无误后签字画押。Laurence 急忙拿着两人的文件离开了，赵辉和他们简短介绍了家里的情况后也去收银那边忙去了。

程庆军和罗海平商议后，决定自己带一部分工人加急加工 Sully 的订单，而让罗海平带着剩下的工人处理这两天没有完工的订单。毕竟所有已付款客户定的货都到了，当务之急就是最快付货。一直到下班，整个车间都处在嘈杂的机器切割声和轰鸣声中，地上到处堆放着一捆捆包装好并贴好标签的型材，仓库门口靠墙也整齐地排了一排清点好个数的配件纸箱。

良哥在下午 4 点 50 分开车回到厂里，接了三人急匆匆赶回家。经过一天的整修，房子的屋顶已经被修好，房门的锁也都换了新的，地面也被打扫得干干净净，乍看上去无法想象被盗时的惨不忍睹。罗海平也把自己的物品仔细做了清点，发现虽然皮箱被翻得乱七八糟，但没丢什么东西，只是刘总给的放在枕头下面的棍刺丢了，赵辉给的那堆书也被撕坏了几本。

晚饭时，刘总开始陈述事件的整个过程，并把存在疑点的部分抛出来让大家思考，吃完饭时也无心收拾桌子，所有人继续深入探讨整个事件的来龙去脉，将嫌疑人一个个过筛子。罗海平由于来公司比较晚，不认识大家提到的一些人，只是听其他人阐述各自的观点。

其实从理论上说要侦破这起案件并不难，在现场提取的指纹中除去五个中国人的，剩下的和疑犯进行比对，如果吻合就是劫匪，然后再通过严刑逼供的方式找出他的同伙和幕后的主谋。方法看似简单，在非洲这片大陆上实施起来丝毫不亚于在桌山上玩漂移。最后大家一致认为，这事和前段时间处理的两个管库的工人有关，应该先从这个线索入手。

连续两天的高强度工作，让罗海平一躺在床上就睡着了。梦里都是各张订单上的门窗尺寸及铝材的切割长度，抬料、放料、切割、冲孔、摆齐、包装、归位，忙活了一夜就是不见单子减少，总有干不完的活。

Sully 的难题

新的一天开始了，众人吃完早餐，带着十二分的警觉开车去工厂。

正常情况下劫匪如果劫得一保险柜的钱，应该会去挥霍潇洒一段时间，或者远走高飞，刚被打劫完反倒是很安全的。但这些劫匪劫的却是一保险柜的弹药，这会不会助长他们的野心，准备再干票更大的呢？比如绑架索要赎金，这个似乎比鲁莽地打劫要更实惠些。

罗海平不停地在脑海里冒出这样的想法，又不停自我安慰说生死由命，如果说多少还有些恐惧的话，那他怕的不是死，而是没能完成“寄托”美国梦，但很快这种担心就被忙碌的工作掩没了。

马克思在《资本论》里曾这样描述，“一旦有适当的利润资本就大胆起来，有 50% 利润它就铤而走险，有 100% 利润它就敢践踏一切人间法律，有 300% 利润就敢犯任何罪行，甚至冒绞首之险”。显然刘总他们不会为区区 300% 毛利的铝门窗在南非打拼，一百多年后带有高科技附加值的工业产品对利润的要求远不止这个标准，更何况在非洲做生意，毛利远高于这个数值，这也许就是发达国家远远领跑发展中国家的一个特质现象吧。其实利润就是利润，不要用几倍的标准去衡量它，随着时代和科技的发展进步，以薛定谔的猫试验为代表的不确定性原理渐渐成为社会运行的基本法则。

周五早上刚上班，Sully 先生就如约而至。今天他穿一身深紫色的西装，胸前的上衣口袋还露出白色手帕的一个角，脚上一双锥子尖的黑皮鞋，左手依旧拎一个皮箱。

“Good morning，my richest boss.”庆军用 Sully 最受用的方式和他打招呼，并展开双臂与之拥抱。罗海平虽然有些害羞还是沿用庆军的方式与 Sully 问候，但只是轻轻贴了一下 Sully 的身体，主要怕自己的衣服把他的西装碰脏。

“What a charming pair of shoes ! May I have a try ?”（这双鞋很赞，我能试试吗？）庆军边说边假装用手去脱 Sully 的鞋跟。

“Attention，there’s a lancet spring in the heel.”（小心，鞋跟里藏着把弹簧刀呢。）

“Well，I must hijack it for I have no weapon.”（那感情好，我正好没武器，更应该劫了它去。）

罗海平在旁边被这对活宝彪的戏逗得前仰后合，之前还在为没有全部搞定 Sully 单子上的门上铣锁孔而担心，此刻压力全无。

曾经有种观点认为，女生喜欢穿高跟鞋代表控制欲强。那么男人的锥子尖皮鞋是否也有异曲同工之妙呢，最起码尖尖的鞋尖和女生高跟鞋鞋尖有相同之处。其实中国北方的男性，脚型多半肥大，穿的皮鞋也多为平头和圆头的，尖头的鞋除了不舒服外，也不环保，但引领全球时尚的意大利、米兰，多年来一直以出产尖头皮鞋为傲，接受不了只能说明 out 了。

玩笑是玩笑，最后还要回到正题上来。本来以为 Sully 这次来是为取走他订的货，没想到他又给出了个难题：之前是以原来房子的水平线定的标高，再以这个为标准设计门的高度，按照其尺寸下的订单。可是由于客户临时更换了地砖，厚度加大了，在施工时忽略了这个变化使得地面高度超出了设计标准，直接导致门洞的尺寸变小了。还好只缩小了 1 厘米的高度，Sully 的意思是想把门切掉一段。

虽然门扇是可升降调节的，但按照设计图纸，上下总间隙才 1 厘米，上面 5 毫米的搭接量是固定的，而下面 5 毫米的间隙量是保证门扇在转动过程中不会刮到地面而设计的最佳尺寸，把门扇切短 1 厘米显然是不可能的，光把门框切短也满足不了要求。

程庆军听完 Sully 焦急的陈述，首先详细了解了交房要求及施工方的标准，然后站在 Sully 的立场提出了两个解决方案，做法不同但核心只有一个，就是把责任归咎为施工方尺寸违约导致工期被拖延，但非铝公司将竭尽全力满足对方要求，并且不添加任何附加条件。

其实在一旁仔细聆听的罗海平早就心里有数了，Sully 的问题对非铝公司的系统门窗来说根本就不是问题。公司在设计之初就考虑到当地客户数学不好的情况，在微观尺寸和物理性能方面都做到了通用可调换的极致。

解决 Sully 问题的最佳办法是用公司的“开墙尺”把上面门框对应的墙体刨下去相应尺寸，虽然影响美观，但问题是可以解决的。如果上面的墙体是过梁，或者要求不能改动，则可把门框外边的减震腿卸掉，这样既不需要改动门扇又能满足客户需求。至于由此导致的抗震性能减弱，又有谁能提出异议呢？毕竟在这个领域只有瑞典皇家科学院实验室提出过相关数据作为学术参考，连中国也没有相关规定和标准，更何况非洲呢！用非洲方法解决非洲问题就是王道，尊重技术，推崇科学，有时只能算是对自己的一个要求，在发展中国家生存才是第一位的，大家好才是真的好。

罗海平本来以为无法如期付货会被客户批评指责，没成想结果居然变成了心理辅导师给患者的一堂心理安慰课，看来仁者无敌的法则是放之四海而皆准的。Sully 在两人的建议下终于又不“严肃”了，强烈要求程庆军跟他一起去趟工地现场，敲定解决方案后再把他送回来。

对于 Sully 的订单，厂里本来还有 30 多扇门扇料没有加工完，正好利用他们去现场的这段时间赶赶工。程庆军和罗海平二人通过眼神交流了下，告知 Sully 还要请示下老板，Sully 示意要跟着一起去，顺便说说情，被程庆军拦下。过了一会程庆军再次回到办公室，告诉 Sully 由罗海平陪他去。

其实罗海平在听到 Sully 要求时心里有些七上八下，因为 Sully 的单一直是程庆军在跟，哪些做完哪些没做完，没做完的做到哪一步了，做完的又放在哪里，庆军都了如指掌，要是他走了自己还得从头捡起，速度慢不说，最怕搞错，该做的没做，已经完成的又重复做。现在派自己去工地对公司是最优选择，有庆军在厂里一切都会准确无误地搞定。但他刚来公司，对产品的性能还不是十分了解，经验也很欠缺，一旦遇到复杂的现场问题恐怕不知道如何解决。庆军显然看出罗海平的疑虑，在把整个工程的一袋复印资料交给罗海平后，拍着他的肩膀，嘱咐有什么不清楚的地方随时电话联系。

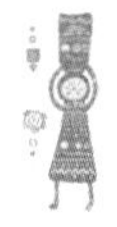

造访工地

罗海平上了 Sully 的宝马 Z3，这是一款刚上市不久的车型，双门可敞篷的跑车，虽然车身是罗海平不喜欢的红色，但在路上绝对拉风。

“Are you ready？ We will fly.”

“Ok，let’s go.”

随着汽车排气筒发出夸张的轰鸣声，罗海平瞬间感到一股强大的推背力，继而想起了一部中国唐代的预言奇书《推背图》。

这部名著由两位著名的天相学家李淳风和袁天罡编写。据说开始时李淳风用周易八卦推算大唐国运，很有陈景润搞哥德巴赫猜想的决心，没想到渐渐上瘾，一发不可收拾，最后推算到了唐代以后中国 2000 多年的运势。袁天罡看到好友如此走火入魔，担心他积劳成疾，于是某一天袁天罡推了下李淳风的后背，说道“天机不可再泄，还是回去休息吧”，李淳风正愁此书如何命名，继而获得灵感命名此书为《推背图》。《推背图》金圣叹批注版共有 60 幅图像，每一幅图像下面附有谶语和律诗一首，预言了从唐开始一直到未来世界大同发生在中国历史上的主要事件。在文革年代被列为禁书，直到改革开放后才被解禁。

罗海平冥冥之中有种预感，虽然说不清，但感觉到此行无论对公司还是自己都将是里程碑式的开始。

南非的高速公路一般最高限速是 120 公里，但 Sully 好像并不买账，只要确认无监控、没有警车就超速行驶，好在天气和路况也很给力，所以仪表盘上的速度指针经常接近呈 180 度平角，弄得坐在副驾驶位的罗海平基本不敢看近处的物体，时不时仰望上部的蓝天白云，以避免因晕车而产生的呕吐感。直到此时才明白出发时 Sully 说的“fly”的含义，而自己当时只能理解到“go”的程度。虽然系了安全带，罗海平依然用左手死死拉住车门的把手，小腿膝盖顶住汽车的塑料盖板，生怕发生意外自己便一命呜呼，只能在心里反复默念“阿弥陀佛”。

工地有两处，都在比勒陀利亚的东部，好在两处距离不算太远。本来两个多小时的车程 Sully 只用了一个多小时就进了比勒陀利亚城。还没进城，罗海平就看到大道两旁布满了紫色的蓝花楹，此时正赶上蓝花楹盛开的季节，美不胜收，使比勒陀利亚成为名副其实的“花园城”。

蓝花楹，又名非洲紫薇，是一种树冠高大、二回羽状复叶的植物。树的顶部和腹部绽开的圆锥花序呈深蓝色或青紫色，布满树枝，极为绚丽。每束花枝长达 20 厘米左右，绽放着数十朵钟形的花。每年雨季前夕，恰是蓝花楹盛开的时候，因为树自身的蒸腾作用，再加上其花朵繁密且花杯多朝下，会有水滴不断从树上簌簌地落下，行人从下面经过会被打湿。在接近中午的时候水量最大，花蕊中的水珠点点滴滴地撒落，盛开过的花瓣儿也会跟着飘落，很像蓝花楹的眼泪。大概树也有感于人世间的悲欢离合而潸然泪下，像情人分手时那样悲伤地流泪，所以它又多了个“情人泪”的别称。

比勒陀利亚是南非的行政首都和文化中心，位于南非东北部高原上的马加利山麓谷地，海拔 1378 米，也是一座完全欧化的城市，南非大学、比勒陀利亚大学、工学院、师范学院等多所高等学校和研究机构设立于此，此外还有多座博物馆、动物园和自然保护区。路上来往的大都是白人，马路十分干净整洁。

第一处工地位于 Burnett 大街和 Prospect 大街之间，委内瑞拉大使馆的后面，此间非洲银行的分行地处繁华路段，被使馆区和银行酒店所包围。此时已是中午，Sully 停好车，带着罗海平步行到旁边的 Kung-Fu Kitchen（功夫厨房）吃饭。

红底白字的灯箱牌匾，突显出这是一家集合了中国菜、泰国菜和日本寿司的亚洲口味餐厅，从饭店的装修风格和摆设也能强烈感受到这一点。饭店于 1992 年开业，现已在豪登省有多家分店。菜单上有七大类：Soups（汤类）、Appetisers（开胃菜）、Chow Mein（炒面）、Chow Fan（炒饭）、Others（其他）、Sauces（寿司）、Rice Dishes（快餐）。背面是七大特色菜品推荐：Assorted Chow Mein（什锦炒面）、Chicken Chow Fan（鸡丝炒饭）、Wun Tun Soup（云吞）、Spring Roll（春卷）、Rainbow Roll（彩虹卷）、Deep Fried Prawn（炸虾饭）、Assorted Sushi Platter（寿司拼盘）。

当罗海平看到有这么多自己喜欢吃的食物时，晕车的感觉完全消失，而且瞬间津液如泉水般涌出，弄得他不得不边看菜单边咽口水。Sully 看出带罗海平来对了地方，又开始发挥他的“特长”了。

“Is there any flavor of your second hometown? If not we will change.”（有合你口味的家乡菜吗？没有的话我们就换一家。）

“Sure, of course. Thank you for being so thoughtful.”（当然有了。

谢谢你如此体贴。）罗海平边说边用双手合十做了个泰式问候的动作。

Sully点了一份鸡丝炒饭、一盘沙拉和一瓶啤酒。罗海平点了一盘泰式炸虾、一盘春卷、一份海鲜炒面和一份甜玉米鸡蛋汤。两人饱餐后信步来到正在装修的非洲银行。这是一间开在精品商业区的分行，偌大的玻璃橱窗确保里面有充足的采光，浅色的地砖和踢脚线都已经铺完，墙面也粉刷了白色的涂料。接待厅走过去是一条走廊，两边的房间都还没有装门，但洞口已经粉刷整齐。

罗海平拿出图纸，按照Sully说的序号，一边测量一边与图纸校对，确实像他所讲的那样，洞口高度大都比图纸上的尺寸小了一点，宽度基本都没问题。确认了墙体里面是红砖而不是空心砖后，罗海平大致心里有数了。

此时Sully把负责这个工地的工头叫了过来，商量处理办法。工头也是个黑人，和Sully交流时讲的都是土语。罗海平把公司的磨具尺交给工头，开始讲解如何把上沿的墙体削割掉一块门框宽度。由于门框料外面是大圆弧包边，中间被削割掉的墙体部分被遮得严严实实，根本看不到。而门框的另一侧由于有封胶槽，安装完打一条白色密封胶就非常美观。从工头脸上的笑容能看出他非常认同这个方案。

收拾好东西，罗海平跟着Sully又去了第二处工地。

第二处工地在Madiba大街和Queen大街的交汇处，位于Mosque Plaza的首层，也是地处繁华的商业街，人流量很大。看过现场，问题差不多，罗海平又把同样的解决方案告知对方工头。

收拾好物品再次坐在副驾驶的位置已经快下午6点了。罗海平打电话给刘总，汇报完工作后顺便请示是否需要当天赶回公司，刘总让他自己决定，安全第一。

放下电话，罗海平看了一眼 Sully，他跟着自己跑了一天，要是再送自己回去，以 Sully 的做派再把车开到时速 180 公里是相当危险的，尤其是在晚上，视线远比不上白天，罗海平真不敢坐他开的车。毕竟罗海平还未成家，生命之花才刚刚绽放，还有很多人生体验没有经历。

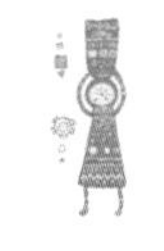

约翰内斯堡之夜生活

Sully 问罗海平有没有特别想去玩一下的地方，罗海平在他的介绍下决定先去附近的比勒陀利亚大学看看，其他就听 Sully 的。其实一路上边走边听 Sully 介绍了不少当地知名景点，像联合大厦（Union Buildings）、开拓者纪念堂（Voortrekker Monument）、教堂广场（Church Square）、川斯华自然历史博物馆（Transvaal Museum of Natural History）和大大小小若干个公园，但罗海平更感兴趣的还是这里的几所大学校园。除此之外他还想去川斯华自然历史博物馆看看，但由于时间关系，这次去不了了。

汽车在比勒陀利亚大学的林荫小路上缓缓前行，罗海平半站在敞篷车的座椅上感受对面吹来的徐徐凉风。生活好不惬意，让罗海平突然想起了那句：生活不仅有眼前的苟且，还有诗和远方。此情此景就是一幅美丽的诗篇，而自己就处在“远方”美丽的诗篇里。生活并不总是一番风顺的，所以我们要为自己编织梦幻童话故事，这样不是为了逃避现实，而是要找到更多笑对生活的理由。

驶出大学校门时天已经黑了，由于午饭吃得比较晚，Sully 建议先去喷泉公园（Fountains Valley）看下再去吃饭。夜幕降临，公园内无数喷泉水柱随着音乐的节奏翩翩起舞，配合着灯光的变化，就好像古时皇宫内无数宫女在闻声起舞。这个场景大大超出了罗海平的想象，印象中在南非生活的人通常天黑前便要回到家里锁好门，没事绝不外出，但没成想这里竟然还有夜生活。虽然这样的环境能很快缓解一天紧张工作带来的压力，但罗海平不愿久留，便催促 Sully 去吃饭。路上的车很多，道路两旁时不时有些挎着鼓连唱带跳的“艺术家”在表演本土特色舞蹈，Sully 不时也跟着唱几句，并不顺畅的交通让两人就近找了家麦当劳跟胃打了个招呼。

经过一天的忙碌，Sully 的“后顾之忧”显然已被解除，为了表达谢意，他执意要带罗海平去 happy 放松一下。男人们忙完工作多半都会谈到女人，谈到性，就像日本男人下班后要去喝花酒一样，适度放松是为了明天更好地工作。其实罗海平还是想去的，只是需要一个既能说服自己又能冠冕堂皇向刘总汇报的理由。Sully 非常了解中国人的思维方式，他一一列出罗海平的疑虑，挨个给予解释，彻底打消了罗海平的顾虑，并保证不会把事情说出去。

落花随着流水，流水冲着落花，两人上了 9 号公路。

Sully 边开车边和罗海平聊着男人之间的话题，不知不觉就到了 Summer Club（夏天俱乐部）。这是一家在约堡非常著名的夜总会，从某种意义上对想要猎艳的中国男人来说，没去过 Summer Club 就等于没来过南非。

Sully 买了两张门票，给了一张“狮子头”，又经过门口两个身高超过 190 公分的魁梧保安搜身后，才顺利进到里面。伴随着震耳欲聋的迪斯科舞曲，远远看到舞台上有十几个女孩子在十分敬业地舞动着腰身，除了个别亚裔和黑妞外，大部分都是白人女孩，身材真是没得说。什么 Z 轴一字马、海底捞月、360 度下腰、陀螺花瓣等高难度动作，在此都能看到，三点式的胸衣和内裤也时不时扔向台下，和客人互动。这是罗海平人生第一次看到这样的场面，他觉得很震撼，雄性荷尔蒙瞬间被引爆，一边极力用意识控制人性的本能，一边把多余的能量引向“学术思考”，即如何应用《素女经》里的“七损八益”将舞台上美女的各种招式“化解”。

在舞台左侧找了一张小桌，要了两瓶饮料，两人边喝边聊。Dancing show 的表演时间是晚上九点到凌晨，大约 30 分钟一场，除了钢管舞表演外还有一些限制级的节目。

喝进嘴里的冰镇可乐给罗海平有效地降了降温，思维的渐渐转换也使其冷静了很多。在听 Sully 兴奋讲解的同时，罗海平感叹自己英文词汇的馈乏，基本上无法听懂他的“非洲幽默”，只能一边微笑一边发出“yeah、yeah”的认同声。如果 Sully 是中国男同胞，此情此景本可以作为一堂生动的性学教育课。在国内接受应试教育长大的男生，这方面的理论并不差，张口也是一套一套的，需要加强的是实践，理论只有结合实践才能达到更好的效果。

不知不觉两场表演已经结束了，此时 Sully 还在兴头上，极力邀请罗海平随他上楼开房，但最终还是被罗海平拒绝了，不是不想去，实在是不敢冒这个险。其实风流的最高境界是找到与自然合拍的完美节奏，尺度把握不好很可能就是作死。在这个问题上非洲人大多表现为“nature”的一面，而有着五千年文化熏陶的中华儿女则表现为“culture”的一面，要用儒释道的思想规范、约束自己的行为。

再次等到 Sully 已经接近午夜，为了不影响明天早上上班，罗海平建议 Sully 开车把自己送回弗里尼欣，这样可在附近找家小旅店睡一觉，明早打个 taxi 就可以上班了。大多数外国人周末都有

“放纵”的习惯，有时周五一夜载歌载舞，好不欢乐，等周六再睡它一上午。Sully 这哥们应该也算这种类型的，只要脑袋躺在枕头上，明早肯定起不来。

Sully 看到罗海平这么坚决，只好把他放在弗里尼欣的一家旅店里，安顿好便开车离开。躺在床上，罗海平脑海里又浮现出银行工地的景象，大脑像台放映机似的播放着门窗安装过程的 3D 动画，不知不觉进入梦乡。

手机的闹钟铃声唤醒了罗海平，收拾妥当立刻打车回到工厂。此时庆军他们还没到，只有几个工人先来了，在门口等着。罗海平刚和工人聊了没几句，远远便看到那辆熟悉的 X3。

详细汇报完工地现场情况后，罗海平随程庆军去车间仔细符核对应洞口号码的尺寸，并用记号笔在上面标注。罗海平和 Sully 离开后，程庆军带领工人一直在赶工，又经过昨晚一个小时的加班，Sully 的订单已全部加工完，只剩几个门没有包装好。接近中午，Sully 的司机开着一辆蓝色的大卡车来到工厂，罗海平、程庆军和工人们停下手头的工作，全力办理交付事宜。

送走卡车并给工人们结算完加班费，罗海平他们才上车回家。

Chinese
in
South Arica

第七章

抓贼行动

刚燃起的希望之火又被浇灭，罗海平预感到事情的发展将会一波三折。

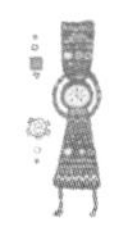

新朋友

再次回到那个熟悉的家里，罗海平发现多了个人。此人身高188公分左右，上身穿一件黑色的T恤，方脸、平头，两块胸大肌在胸前摆出两个山头夹着一条峡谷的造型，下身是一条黑色的战术长裤，腰间别了副黑鹰半指战术手套。

还没等罗海平他们发问，刘总先介绍起来。

“这位是我的一个朋友，陆军，也是我们山东老乡，刚把他从机场接回来。”

听刘总介绍到名字时，几个人不约而同地笑出声来。这身装备一看就是陆军，不是海军更不是空军。

良哥先上前与其握手，顺带试试他。两个人很快就由握手改成掰手腕了，十几秒后刘总笑着抓着两人的胳膊给分开了。从良哥憋得通红的脸上，看得出要取胜应该没那么容易，毕竟陆军比子良高了半个头。

其他几人分别和陆军握手，轮到罗海平时，他明显感觉到陆军的手很粗糙，几乎一样长的食指、中指和无名指的后两节上全是老茧，手背上还有几处伤疤。

“罗海平，老家章丘。您以前是在部队里面的吧，看您刚才和良哥掰手腕的姿势那么专业，有空可以教教我吗？”

“哈，”陆军很腼腆地笑了一下，“没问题。”说着借势用力捏了一下罗海平的手。

罗海平瞬时感觉手快要被捏碎了。

抓捕落空

饭桌终于被坐满了。刘总和陆军对面坐在桌子的两端，剩下四人每侧分别坐两人。大家边吃边聊，突然刘总的手机响了，刘总一看到屏幕上的号码，就急忙拿起手机边接电话边向大厅走。隐约听到一番英文的对答，几分钟后刘总再次坐回原位。看他那一脸严肃的表情就知道将有事情发生。

“刚才接到 Hawks 那边 Richard 警官的电话，通知我们已经找到 Alex 另外两处可能藏身的住所，一处是他二老婆的家，在 Soweto；另一处是他情人的家，在 Moroka Bypass 12 号公路旁。为了不惊动对方，他们要求坐我们的车去进行秘密抓捕。因为白天不方便，所以选择在傍晚时分动手，需要我们下午四点半前去指定地点接他们，再去抓捕现场。此次行动分两组，分头去往 Alex 可能会藏匿的两个住所。庆军和陆军一组，子良和赵辉一组。一会饭后先到三楼储藏室集合，分发武器。然后上网看下 Saps（南非警察局）网站，了解相关信息，FAQ 以外还不清楚的地方可以问我。”

大家听到刘总这番话，加速吃完碗里的饭。很快所有人都聚集在三楼。上次被打劫的房间已经被整理得整整齐齐，墙上新贴了一张豪登省的地图，桌子也是新的。罗海平发现在被劫走保险柜的位置又新买了一个一模一样的，还是放在原来的位置，旁边的柜子也修好了，只是没有门。桌子上摆着一个方形皮箱，旁边是一沓防弹衣和护具。

“这支枪给你。”说着刘总把一支格洛克手枪递给程庆军，附带的还有枪证。打开皮箱，里面是弹匣和子弹。四人穿好防弹衣，陆军又配了把虎牙救生刀，此外每人还带了一把白色的扎带。刘总布置好行动方案后又反复叮嘱注意事项、行动原则。

不知不觉两个小时过去了，这时听到门口传来“嘀、嘀嘀嘀”的汽车鸣笛声，众人急忙下楼。原来是汽车租赁公司的两个司机开来的两辆丰田面包车到了，看来刘总的布置真是够缜密的，租车来配合抓捕行动。

晚上，子良一组先回来，介绍了他们跟随两个黑人警探到Soweto抓捕的全过程：没有遇到Alex，他的二老婆和她的小女儿在，他二老婆说有一段时间没看到他了，也不知道他去了哪里，只是最后一次来时给了500兰特，家里也未搜查出任何赃物。

快到半夜陈庆军一组才回来，看样子两人都很疲惫。程庆军汇报了他那边的情况：他们组是Richard跟着去的，到的时候Alex的情妇Mary并未在家，他们躲在远处一直观望。大约晚上7点多钟Mary才回来，经审问得知Alex两天前曾来过，给了她一些钱，让她暂时回她妈妈乡下住段时间，过些日子会去找她。现场也未发现赃物。

刚燃起的希望之火又被浇灭，罗海平预感到事情的发展将会一波三折。

吃斋礼佛

周日的任务是搬家。

刘总在距离现在位置不远的 Max Shapiro 大街上新租了一处别墅，面积有一千多平米，院里还带游泳池。此处东北方向 82 号公路沿线两旁的稻田被修剪成圆球形状，这样的景致很有本地特色。主楼是一幢三层砖混结构的欧式风格建筑，大门在中间，室内大都采用木质的装修风格，这点从地面的实木地板和实木门就能感觉到。由于并不是从原来的房子撤离，只是转移一些重要的资料和生活用品，所以一上午就差不多搞定了。

新的一周，工作又恢复了以往的状态，每天都被客户环绕着，不知不觉一天就过去了。要说与以往有什么不同，那就是这一周的伙食都是素食。因为这个周日，也就是 11 月 30 日，农历十一月初一，刘总要带大家去南华寺敬香。虽然他们都不是虔诚的佛教徒，但对佛教都有一种好感，对佛家的思想都很认同，喜欢亲近。

罗海平小的时候，经常从身边老人口中听到“指佛穿衣，赖佛吃饭”这样一些评语，渐渐对佛门有些偏见，认为佛门子弟都是一些看破了红尘的无家可归者、走投无路的绝望者和没什么文化的封建迷信秉持者。但随着年龄和阅历的增长，感觉佛陀更像一位教育家。他传播智慧，教人们如何积极、正确地面对人生，面对问题和困难，更劝戒凡人远离负面的信息和能量，告诉人们命运掌握在自己手里。

多数人在衣食无忧、顺风顺水的环境下是不太理解吃斋念佛者的世界观和价值尺度的，只在生活中出现难以逾越的困难时，才会开始“阿弥陀佛”。也许你听过中国当年“第一神童”宁铂的故事。他 13 岁获准破格进入大学就读，天性酷爱天文，却被时代强迫去学当时最牛的物理学专业，几经挣扎，最终选择出家修行，回归本心。

很多人喜欢去寺庙上香、问卜，希望借此消除迷茫，指点方向，但佛家是不算命的，也没有魔法帮助凡人破除魔障，只能开示众生，从心理上抚慰众生伤痕累累的心。可能为了阐释空性，会把宇宙星球分解到最后的电子、质子、离子。佛学教义玄妙高深，虽然听者未必明白来龙去脉，但常有启示而茅塞顿开，对于宇宙及人世的诸多洞见，恐怕一些专家学者也很难讲解得如此透彻明白。

佛法也讲心性。佛是大慈大悲的，因为佛由人而来，深深地懂得每一个人，希望众生能明白人生的真相：每一个生命只是不停地在流转而已，生命永远没有真正的结束，也没什么值得遗憾的。只要现在开始好好经营人生，一切都来得及，“放下屠刀立地成佛”。

佛又是立体地来看整个人生和生命，是从多角度、全方位地来定位，来思维。佛会站在整个宇宙的高度告诉人们如何有机和谐地在世间生活。简单、善良其实就是最好的人生状态，人若达到此种状态，哪怕不作为，也会为自己累积好的因缘。同时，佛也是正义、真理的化身，佛给人们勇气，给人们坚持的理由，佛让每一个善良、正义的人更加坚定地往前走。佛告诉人们什么是该坚持的，什么是正确的。佛法是宝藏，静下心来的人会在佛法中梳理自己，吸取自己所需的养料，让自己的心越来越有力量。

Chinese in South Arica

第八章

南华寺敬香

病，是接近道心的捷径；苦，是接近奋发的机会；忙，是接近价值的要途；缺，是接近圆满的阶梯。

法传非洲

Land Cruiser 经过两个小时的飞驰，把刘总一行带到了南华寺。

南华寺位于南非豪登省布隆赫斯市（Bronkhorstspruit）郊区的一座文化公园内，距离比勒陀利亚约 50 公里，占地面积约 2.4 平方公里，是非洲最大的佛教寺庙，也是佛光山在非洲的总部。

1991 年 12 月南非华侨李兰龄之父在中国台湾旅游时，不幸中风住院，昏迷时经常叫嚷，“快帮我点灯！”李家人都是天主教徒，根本不知点灯为何物，后经信佛的亲戚引荐，在台北普门寺为李父点上光明灯后，李父很快病情好转。从此李家便与佛光山结缘。

第二年，李家得知布隆赫斯市市长有意开辟文化社区以吸引台商前来投资，遂和当时普门寺慈庄法师共同努力，促成布隆赫斯市市长 Dr Hennie Senekal 亲赴台湾拜访佛光山开山宗长星云大师，并于 1992 年 3 月签定赠地契约，在当地捐献土地给佛光山修建寺庙弘扬佛教文化。随后佛光山宗教事务委员会（Fo Guang Shan Religious Affairs Committee）派时任工程监院的慧礼法师前往南非，为佛法在非洲传播开启新篇章。

1992 年，南非南华寺开始建造，2005 年正式对外开放。建寺之初受到本地人极大的排斥与干扰，在慧礼法师及四方信众的努力下，1994 年非洲佛教学院成立，招纳非洲本地高中以上学历的青年，由此一批批来自南非、刚果、坦桑尼亚、阿尔及利亚、加纳、马拉维、马达加斯加等地的年轻人进入佛学殿堂，为自己也为非洲佛教写下崭新的一页。佛学院的教育为短期出家学习，以中文传授佛法，用本地方言传播佛教。目的是告诫人们讲求平等、包容与尊重。1996 年信徒会馆建成，为佛光山法传非洲打下稳固的基础。

多年来，佛光山在星云大师的领导下，恪守“以文化弘扬佛法，以教育培养人才，以慈善福利社会，以共修净化人心”四大宗旨，不断回馈社会。自南华寺主体寺庙建成以来，南华寺佛宾馆（Nan Hua Buddhist Temple Guesthouse）、非洲佛教学院（African Buddhist Seminary）、南华村（Nan Hua Village）、大会厅（Assembly Hall）等建筑陆续建成。南华寺以慈善救助作为桥梁，在当地捐赠了很多食品、衣物、药品乃至轮椅，一步一个脚印地敲开了原本封闭的南非各阶层的心门，广结善缘，慢慢融入非洲大地。

远看南华寺，占地面积很大，寺前的三道牌坊高大雄伟。第一道牌坊有两个圆柱构成的方腿和三个屋顶，方腿前面各有一尊石狮子。第二道牌坊有四个圆柱子构成的方腿和三个屋顶，但屋顶要比第一道牌坊更宽大些，中间两个方腿前各有一尊石狮子。第三道牌坊也有四个圆柱子构成的方腿，之间是三个铁质栅栏门，中间两个方腿前也各有一尊石狮子，但有五个屋顶。

从寺前的牌坊，一眼便知南华寺的建造没有完全依循中国传统寺庙的规制。传统中国寺庙这一级的建筑，一般门口是没有牌坊的。通常进门第一个厅是天王殿，天王殿里供奉着两个菩萨和四个天王，正对大门的是笑口常开的弥勒佛，旁边的对联一般是“笑口常开，笑天下可笑之人；大肚能容，容天下难容之事”。弥勒佛的后面，对着后门的是韦陀，手举降魔杵。这样两尊菩萨一前一后、一正一反地供在寺庙进门第一大殿里，寓意着“革命的两手”，金刚怒目，菩萨低眉。佛是普渡众生的，可以包容万象，帮人们解决生活难题。但是如果有人不听劝诫执意作恶，佛也会毫不留情地惩罚他。

天王殿内四壁，供奉着四大天王，按照他们手里拿的武器，一个拿剑（剑刃锋利，锋取谐音“风”），一个抱着琵琶（取弹琵琶调音的“调”），一个拿伞（取用伞遮雨的“雨”），一个在驯虎（取驯虎的驯谐音“顺”），合起来就是“风调雨顺”。

南非的南华寺，通过第三道牌坊后，看到的不是天王殿，而是一个巨大的广场，走过广场就是大雄宝殿，整个格局给人的感觉不像是进了寺庙，更像是进了皇宫。

如果你去过北京故宫的太和殿，对这座南华寺的大雄宝殿应该会感到亲切。看来在非洲设计这座南华寺的人，肯定是有故宫情结的。大雄宝殿高大宽敞，比中国的大雄宝殿都要大，供奉的也是三世如来佛，即正面是三尊如来佛像，从左至右象征着过去、现在、未来。不同的是，中国大部分大雄宝殿在三世如来前面有二尊站立的佛像，是如来佛的弟子迦叶尊者和阿难尊者。迦叶尊者，佛陀十大弟子之一，以头陀第一著称。阿难尊者，也是佛陀十大弟子之一，是佛陀之堂弟，出家后二十余年间为佛陀之常随弟子，善记忆，对于佛陀之说法多能朗朗记诵，故誉为多闻第一。

南华寺中的三世如来前面没有这两位弟子的立像，但是在三尊如来两旁，却有另两尊立像。左边是红脸关公，右边是一尊身披盔甲战袍的将军韦陀，他的武器是一根降魔杵。大雄宝殿里请来了关公和韦陀，应该是寓意深刻的。关公，代表着忠义、忠良、忠诚、忠信，寓意来非洲的中国人在此生活要多些真诚。韦陀，则是寓意中国人在南非要团结一致，互助互利，对待那些害群之马要用非常手段。省了天王殿，将韦陀直接放在如来身边，不用弥勒佛，改用关公，充分体现了南华寺的设计者对非洲文化的领悟之深，给人在非常之地要用非常之法的感觉。

菩萨低眉是在金刚怒目之后。金刚怒目，所以降伏四魔（四魔是指烦恼魔、五阴魔、死魔及天魔）。这四魔似乎在非洲表现得更明显，影响更大，所以寺庙才会这样布局。当然对待那些善良的人们，还是要菩萨低眉的，所以慈悲六道（六道是指天道、阿修罗道、人道、畜生道、饿鬼道、地狱道）。《涅盘经》中指出，如有人危害社会而使他人受难时，菩萨会予以制止，阻其作恶，而菩萨已发愿承担制止恶人的一切结果。

心善则行善

刘总走在最前面，其他人跟随其后。先脱鞋，从左侧门跨步进入大雄宝殿，跪拜忏悔。刘总首先做的是小忏，立于佛像前，双手合十，从头上移至胸前，再跪地叩拜，右手扶于膝前地上，左手再扶于右手前方地上，右手向前与左手平行扶地，额头触地，双手慢慢攥拳，翻手，慢慢摊开，再攥拳，翻转，伸平手掌，左手先退一掌，右手收回胸前，左手再收到胸前和右手合十，同时双腿起立。再次重复上述动作，共三次，同时口中默念“做好人，做好事，说好话”。据说这句话出自宗教大师星云法师的开示，也是放之四海而皆准的，是人类不断提升自我的一种追求，也可以视为普世价值。善恶发乎于心，心存善，则行必善。

良哥学着刘总的动作，口中默念“阿弥陀佛”三遍，赵辉紧跟着他们叩拜，第三拜结束时还多做了个问讯的动作：双手合十收于胸前时变化成为左手拖右手的姿势，两手的拇指指尖轻触，抬起叩拜时两个食指呈三角形，指尖轻微触碰，当食指尖指于眉心位置，停顿三秒，接着双手合十收于胸前，转身离开。罗海平仔细观察每个人的动作，本来把刘总的动作刚学会，又被赵辉的新动作搞懵了，当时也不方便询问，只好“照猫画虎”地去模仿，没成想一紧张把赵辉的最后一个动作给搞错了，三拜后收手问讯又拜了一下。

寺庙给人的第一感觉特别好，庄严肃穆的大厅内，宁静、整洁、优雅、大气，关键是丝毫没有强迫人“捐款”的“杂音”干扰。殿内回响着悠扬绝美的佛乐，让人情不自禁忘掉了一切杂念，放空自己，身心彻底得到解脱。但罗海平丝毫不敢懈怠，超常发挥地从大脑里调出自己仅有的一点佛学知识，把现有的佛像和看过的《地藏经》里 88 佛建立起关联，竭力多记些佛的名号，当然还有些《无量寿经》和《金刚经》的经文。

刘总叩拜完又走过去虔诚地抄写经文。等罗海平叩拜完走过去，瞥见刘总桌上的一条白纸上工整地写着“有出息的人能将不好的事物转化为自我奋发的动能；有作为的人能将刺耳的语言转化成慈悲喜舍的音乐”。这让罗海平联想起自己在大学期间背过星云大师《佛光菜根谭》里面的一段话，也是台湾佛光山上一座石碑上刻过的一段话：“病，是接近道心的捷径；苦，是接近奋发的机会；忙，是接近价值的要途；缺，是接近圆满的阶梯。”

一行人从大雄宝殿出来，在大殿的回廊里漫步，回廊是由几十根红色的柱子搭建而成，蔚为壮观。绕到大雄宝殿背面，见上面高挂着一块匾，上写“法传非洲”四个大字，意为中国的佛教要普济非洲，为非洲人们造福。

出来的时候，正巧遇到慧礼法师。

刘总示意赵辉把事先准备好的一万兰特随喜给大师，捐献给寺庙用于接下来工程的修建。慧礼法师双手合十，表示感谢，并要求在捐献册上为刘总署名，以便日后刻于石碑上以资纪念。刘总婉言谢绝，之后众人随大师来到已经竣工的信徒会馆。

“法师，弟子有个问题想请教一下。”

“请讲。”

“本寺将来是否会从其他圣地请舍利子来供奉？”

“哈哈哈，施主真是与佛有缘啊，阿弥陀佛，善哉善哉！”

“众所周知，舍利子是佛家高僧坐化后体内之圣物，究其成因，乃是僧人坐化前因戒定慧的功德熏修而自然感得。民间多数人则认为，人久离淫欲，精髓充盈，久而久之就会形成坚固的舍利子。在这个欲望丛生、艾滋遍地的区域供奉舍利子，对人们戒淫戒乱，有着十分重要的警示作用，你的善念会为你积累福报，为善必昌，为恶必殃，阿弥陀佛。”

与慧礼法师告别后，一行人驱车返回。

“刘总，有个问题我想请教下。人们捐款的金额和福报量是成正比的吗？捐 10 万兰特就比捐 1 万兰特能多获得福报吗？”理工男罗海平，较真的性格让他习惯用量化思维来考虑问题。

“哈，佛法里有三种布施：财布施、法布施和无畏布施。第一种财布施，又分外财布施和内财布施。身外之物叫外财，像衣服、汽车、金银首饰、房子、妻子儿女都是外财，我们的身体叫内财。内财布施又分三种：一是用我们的劳力替别人服务，这种是以体力布施；二是用我们的智慧替别人筹划；三是头目脑髓，如若人有需要，菩萨也能布施。内财与外财，菩萨绝不吝惜，会非常慷慨地施舍。第二种法布施，包括世间法与出世间法。法布施是指教学，热心认真地教导人。凡是我们会的，别人想学，我们就应当热心帮助他，把他教会，不要怕别人学会之后比自己还强，其实果报功德不可思议。第三种无畏布施，就是帮助他人远离一切恐怖，使他人身心安稳。布施是不能量化的，即便财布施也不能量化。”

“这样说来那些做慈善的企业和个人主要做的是财布施；老师、教练主要做的是法布施；军人、警察主要做的是无畏布施。前两种还好理解，可是第三种人在布施时是要杀人的，那岂不是杀生破戒了？”

“所谓正人用邪法，其邪亦正；邪人用正法，其正亦邪。军警为了保障人民的正常工作生活，同敌人做斗争，这种情况不算杀生。就像我们在南非受到歹徒的恶意攻击，奋起反抗将其击毙，本身也是一种无畏布施。如果不杀他们，他们还会祸害其他好人。但反抗时要讲究方式方法，要用智慧去化解和解决问题。”

“明白了。刘总，您太渊博了。”罗海平发自肺腑地钦佩刘总的博学与智慧。人活世上，既要随遇而安，也得随机应变。拿杀生这件事来说，尊重、敬畏生命的前提，是我们的人身安全有所保证。遇到歹徒攻击，哪怕仅仅出于自保、自救的目的，也要果断迅速地加以还击，妄想牺牲自己度化他人，至少在南非这片土地上，是迂腐可笑的。

一路上轻松的谈话让罗海平觉得时间过得很快，不知不觉就到家了。

接待富豪客户

新一周的工作进行得很顺利，销售节节攀升。

虽说通常圣诞这个月是一年中生意最好的时段，但受益的主要是零售商，对建筑工程的影响远没有那些经营百货的大。尤其是年初开始的东南亚经济危机已经通过蝴蝶效应渐次波及非洲大陆，影响到南非。嗅觉灵敏的印巴商人早已把手头流动的兰特减持到最低，以降低货币贬值带来的损失。以索罗斯为代表的华尔街财团正在东南亚大肆掠夺财富，充分体现资本嗜血本性的同时，其连锁效应也冲击着刚刚回归祖国的香港金融市场的稳定。

随着泰铢、印尼盾、马来西亚元、菲律宾比索等东南亚货币兑美元汇价的一路狂跌，几乎所有在南非经商的华人都认为美元会持续飙升，但金融危机对兰特的汇率影响应该不大，毕竟这里距离东南亚有上万公里之遥。

周二早上上班不久，厂里就接待了一位世界级的富豪。由于名字太长姑且称他为穆罕默德先生。

这批客户来时开有三辆车，前面是一辆宝马 528 开路，通过方向盘的位置猜测可能是比勒陀利亚的罗斯林工厂制造的，中间是一辆加长版的林肯轿车，后面是一辆丰田 Land Cruise。跟随穆罕默德先生进入厂里的有四个随从，后面两个为身材魁梧的白人保镖，左边跟着的是一位身材高挑、波浪式金色卷发的白人女秘书 Linda，右侧跟着的是一位满脸连毛胡子的印巴翻译 Bubb。

他们简单看了下展厅后被 Laurence 请到了办公室。两个保镖背手站在门口，程庆军、罗海平和 Laurence 接待了穆罕默德先生。

此前程庆军和罗海平从未接触过阿拉伯客户，更不用说这种顶级富豪式的阿拉伯人物，对他们的文化习俗和思维方式知之甚少，甚至连他们是逊尼派还是什叶派都分不清楚，压力可想而知。除了简单问候，其他的只能静观其变。

罗海平心中最大的困惑是他们这种人物会来公司做什么，难道要买什么产品不成？当得知他们是要购买公司的法式百叶窗产品后，惊讶程度不亚于国内工厂里一个普通工人正在做工，突遇中央领导来视察慰问。原来刚才他们在门口展厅主要看的就是这款产品，穆罕默德先生甚至饶有兴致地亲自试开了一下连体法式百叶窗样版。

好不容易一块石头落了地，大家又被翻译讲出的话吓了一跳，原来穆罕默德先生要求百叶窗的表面是镀金或类似颜色的。土豪就是土豪，要求就是如此有个性，不在乎价格，在乎的是独一无二的至尊享受。这种要求对罗海平他们来说还是头次遇到，也可能是一生中唯一一次遇到，虽然程庆军对铝型材的表面处理和各种工艺驾轻就熟，但对是否能满足穆罕默德先生的要求心里还是没底。

这种看上去表面像烫金的效果，根据现有条件有三种工艺可以达成：第一种是做铝合金的氧化，使表面更接近镀金；第二种是做铝合金电泳 K 金；第三种是做氟碳喷涂。目前公司的型材都是普通的白色粉末喷涂，成本比较低，万一划伤修补起来比较容易。但像这种客户，要求是很高的，现有品级应该无法满足。公司现有的建筑门窗型材，都是国内大厂生产的，原料都是 A 级铝棒，挤压成型后又经过脱脂、碱蚀、阳极氧化、活化、染色和封孔等工艺，远远高于国标标准，但如果给穆罕默德先生做活的话，生产过程中的氧化膜厚度还要高于 100 微米。虽然表面做成拉丝工艺比较耐磨，但穆罕默德先生不同意。

经过一番周折总算说服他将百叶窗做电泳 K 金表面，可配件问题怎么解决？客户坚持要把窗把手表面做成镀金，原本在国内用纯铜加工完再电镀的这种高级工艺，非要换成土豪工艺，为此客户不惜承诺可提供等质量的黄金，但程庆军并不确定南非哪里有电镀厂可以实现这个工艺，要是在国内加工好再发过来，报关审批又是一大难题。好在电话里刘总的答复给程庆军和罗海平吃了一颗定心丸，刘总答应亲自负责把手的镀金处理，最后终于到了签约阶段。

其实总共就 28 个法式百叶窗，属穆罕默德先生别墅工程的一部分。程庆军思前想后，把各种预测到的损失风险都计入报价，又查了当天的金价，最后以 50 倍的毛利报给了客户。当罗海平第一眼看到报价单的总价时竟没反应过来，仔细在心里反复计算着数字的位数，生怕自己看错，最后确认了三遍才说服自己，毕竟这个价格可以买 10 辆宝马车了。都说约堡产黄金，但把黄金能用到这个份上的土豪恐怕这世界上没有几个。

签完合同，付了定金，罗海平和程庆军起身与穆罕默德先生握手告别，罗海平借机问秘书“是否需要介绍下公司的其他产品”，秘书的回答让他知道了自己想要的答案。原来穆罕默德先生有次在朋友家聚会，看到朋友家的卫生间窗户很特别，把手款式和他私人飞机的操纵杆相近，他非常喜欢，当即询问朋友是哪里买的，朋友告诉了他。而这个工程商是非铝公司的一个客户，最终穆罕默德先生找到了公司。其实像他这样生活在金字塔顶层的富豪应该什么都见过了，但遇到喜欢的东西还是不惜代价，一定要得到，土豪的世界我们不懂啊！

这件事让罗海平内心久久无法平静，也可以说是对自己二十来年接受国内教育的一次巨大冲击。回想起自己儿时看过的一部印度影片《流浪者》，尽管多数人都会在头脑清醒的状态下否定“血统论”的荒谬，但回到现实又不得不接受彼此悬殊的差距。虽然说历史总在给人经验教训，但效果似乎并没有人们预期的那样明显。

《流浪者》中扎卡的做法能得到多数人理解和同情，他毕竟没有接受过儒释道的文化熏陶，也没有幸运到有丽达这样不离不弃的女友帮助，为其做无罪辩护，所以他的命运是可想而知的。由此想到自己如果去美国读书，毕业后最好的状态不过就是给默罕默德这样的富豪打工。汇聚了全球精英的“五大”会计师事务所不都是为这样的顶层人类服务吗？即便如此，总比“一眼看到死”的生活模式要好很多。

这么胡思乱想着，又被现实工作拉了回来。虽说“天地不仁，当以万物为刍狗”，但不管怎样，“因果报应”总是存在的，更像是说服自己的最强理由。

好不容易忙完前段 Sully 先生的订单，又开始忙默罕默德先生的订单。由于工期不紧，以质量为重，所以安排到下一年去安装完工。但各项工作都在紧张进行中，包括在国内铝厂下单、评样、校版，还多备了两套把手，以防在安装交付之前发生意外。为确保万无一失，公司要求把整个流程重走三遍才能入库。

随着圣诞节的临近，人们在日常忙碌的生产工作之余，开始着手为这个西方一年中最隆重的节日做准备。月初工人们就开始大量借支，准确说是透支，车间工人也更愿意每天都加一两个小时的班，除了赚取加班费外，还可以多得些客户的小费。最重要的是圣诞前可以领取老板给的年终红包。这个红包的重量可不轻，最少也是工人一个月的工资，最多可以是三倍月工资。圣诞一周后的年底，如果表现好，无旷工，还可以领取考勤奖和本月分红，为新年狂欢做好充分的物质保障。

在南非，每年这个时候，由于过节都是销售旺季，华人手里增加了大量的兰特收入，对美元的外汇需求会突然升高，导致银行和黑市上的外汇比价都陡然高涨，直到新年过后，到一月底外汇比价便逐渐降温，最多二月末又会拉回到圣诞节前的比价。

虽然非洲本地货币对美元长期呈现贬值态势，但可被 GDP 增长等因素抵消，也不算什么大问题。像 1990 年时 1 美元兑换 2.8 兰特，1997 年底已经接近 3.9 兰特，虽然趋势是奔着 1∶4 的方向去，但在可控范围内的货币贬值也算是一件好事：第一可以在增加本国产品竞争力的同时满足国家对 GDP 增长的数据要求，是政府工作政绩的直接体现；第二可以平衡工人工资增长的需求，是企业和员工成长的数据补充；第三是刺激消费。虽然当地人没什么储蓄概念，但华人大多数还是过着省吃俭用的朴素生活，凑够一定金额的外汇就汇走，这主要是经济安全上的考虑，大部分华人并不把南非账户上的钱当作是自己赚到的钱，只有打到国内或第三国的指定账号里才能安心。

工人们从 12 月 1 日过完艾滋病日就开始翘首企盼，终于等到了假期安排：24 日，周二，早上来公司开会，发奖金，之后举办庆祝活动，结束后开始放假，29 日早上正常上班。

这个假期是罗海平来到南非后的第一个假期，刘总事先已安排好，几个中国人去太阳城（The Sun City）放松一下，一年下来需要给一直紧绷的神经松松弦，为来年的奋斗打好基础。虽然也会担心大家离开后家里的安全问题，可毕竟上帝的归上帝，凯撒的归凯撒，波斯没能击败对自由的信仰，罗马也没能击败对生命的信仰。

Chinese in South Arica

第九章

纵欲太阳城

不经历七情六欲的洗礼，不足以云淡风清。修行，也许并不是隔绝人世的一味自持，于滚滚红尘中守得自在，又何尝不是佛之大成。

失落之城

终于熬到了 25 日，大家早早起来，以最快速度吃完早餐，收拾完开着 Land Cruiser 向太阳城驶去。

太阳城也叫“失落之城”（The Lost City），距离弗里尼欣有两百多公里，可以说是南非最豪华、最具知名度的综合度假村（Resort）。这是一座具有非洲特色的娱乐之城，类似美国的拉斯维加斯，对来到南非的人来说绝对值得去体验一次。虽然亚洲的新加坡政府也仿照修建了类似的圣淘沙岛，但无论规模还是景观都无法与之媲美。

太阳城汇聚了顶级酒店、餐厅、人造海滩、水上娱乐场、赌场和中央商务区所具备的所有功能，可以满足游客一切享乐和生活所需，可以说是一面人性放大镜。车子首先来到大门，这是一排由类似城堡大门组成的大门群，有点像国内主要城市高速路的入口，大门上写有编号和适用人群类别，像中国海关的关闸。

由于刘总持有太阳国际集团的白金卡，并且预定了皇宫大酒店的客房，所以可以从右侧的小门开车进入。其实只要预定太阳城里任何一家酒店都可以免费进入，区别是其他酒店的客人不能进入皇宫大酒店游览。这有点像澳门，若没有在赌场领取乘车票，是不可以坐酒店的免费巴士到关闸的。而其他没有预定酒店客房的游客只能通过左侧的大门进入，单独游览的门票是 60 兰特，进门后停好车（要付费）再换乘里面的小火车继续参观。

太阳城里有四个比较著名的酒店：卡巴纳斯酒店（The Cabanas Hotel）、太阳城酒店（The Sun City Hotel）、瀑布酒店（The Cascades Hotel）和皇宫酒店（The Palace Hotel），景点分布在各家酒店内和酒店之间。最先经过的是卡巴纳斯酒店，它应该算是里面最便宜的一家，后面有一个很大的人工湖，也是一家水上运动场，经营游艇、摩托艇等水上项目。

按照指示牌又经过一段山水瀑布等人造景观后，一行人来到了皇宫酒店。这座酒店远看像一座欧洲中世纪的城堡，灰色的主体建筑，几个大小不一的浅蓝色屋顶像蛋糕罩一样扣在“底盘”上，罗马柱上雕刻着各种非洲风格的纹路，建筑的棱角上还雕刻有非洲的动物形象。

停好车，大家拿着各自的行李步行进入。迎面而来的水池里有一幅非洲大草原上豹子捕猎图，前面一群羚羊在奔跑，后面两只豹子在追赶、捕食。这让罗海平想起了在新东方上课时老师讲过的一句话：在非洲大草原上，每当夕阳西下，趴卧在地上的狮子在思考，思考自己要追得上跑得最慢的羚羊；与此同时站在地上的羚羊也在思考，思考自己要跑得过速度最快的狮子。而无论你是狮子还是羚羊，你所能做的就是奔跑，现在，立刻，马上。人生没有如果，有的只是结果。

水池的后面是拱廊，中间的圆心部位又是一座喷水池，水柱四周有六个石墩，上面矗立着六尊羚羊头状的雕塑，两个向上翘起的长羚羊角顶部向圆心喷着水。接着进入酒店大堂。皇宫酒店大堂内的穹顶很像梵蒂冈大教堂，它由六根雕画梁柱撑起，天花板上热带雨林的油画搭配地上38种颜色的大理石，呈现出欧洲皇宫般的宏伟气势，不愧为超五星级的“皇宫酒店”，也是世界十大著名酒店之一。

根据酒店的记录，仅仅大厅中的油画，高级画匠就篆画了5000多个工时。至于其他内部装修，大至浮雕，小至桌面摆设，均以非洲草原野生动物造型为主，尽显欧洲建筑奢华的同时又恰如其分地融入了非洲元素与风情。

罗海平随刘总来到前台办理入住，出示了订单和各自的证件。前台是一位身材苗条的黑人小姐，一身浅色的工作装，至少C罩杯的胸围把胸前托出了一道人为的“峡谷”，标准的英式英语让罗海平能听清每一个单词的尾音。等待的同时，还有服务生为每人送上一杯新鲜果汁。一边看着酒店里进出的各色美女，一边品味着香甜的果汁，罗海平仿佛忘记了时间的存在，天堂也不过如此吧。

“峡谷”美女再次把罗海平唤回了现实，原来刘总订了四间房，其中有一间没有打扫完，还要等半个小时左右，美女建议先出去转转，一会再来前台取房卡。

这家酒店共有338个房间，由于赶上圣诞假期，全部满员，要不是刘总订得早，这段时间即使提前两三天也根本订不上房。刘总开玩笑说，要是现在有朋友要房，他转租出去都能赚一笔。皇宫大酒店的标间平日价格是4000兰特，套房要7000多兰特，圣诞期间至少加价1000兰特以上，想想住这里的客人真是不差钱。不过罗海平下意识地把房费换算成厂里的门窗，这样一算，一天的房价不过几扇窗的价格，也就自然不觉得贵了，真是阿Q精神的活学活用啊。

但对比迪拜的帆船酒店，这里依然堪称“物美价廉”。

签字，刷卡，拿好房卡和押金单，大家先来到二楼刘总入住的套房，放下行李，拿好相机整装出发。

一路游览，首先看到的是人造海滩浴场。泳池由一个“几”字形状的人造海滩墙围成，象征印度洋上祖母绿色的海水，在机械的加压下，制造出酷似海浪的一浪一浪的人造波浪。“几”字口对应的是一个扇形的“海滩”，“海”边种有椰树，搭建了茅草亭，柔软的细沙上摆放着一些木椅，供游客慵懒地躺在上面晒日光浴。

这样的场景在非洲并不罕见，无论是岛国的塞舌尔、毛里求斯，还是肯尼亚的蒙巴萨和坦桑尼亚的桑给巴尔岛，亦或是马达加斯加的诺西贝岛和圣玛丽岛，都有这样的天然滨海浴场，但在一个高原的内陆山地修建这样的人造景致，非洲只此一处。

旁边是冲浪滑水道，共有五条不同坡度的滑道，和国内建造的水上乐园滑道大同小异。人在顶部平躺，手抱胸前掐鼻，顺着流水滑下，在滑到底的几秒钟里可体验半失重状态下的刺激感。让此处声名大噪的另一个原因是曾经举办过世界小姐选美大赛，美景和美人有机结合在一起，叠加效应带来几何倍数的经济效益。

继续前行来到核心景点——失落之城（The Lost City）。传说在西方拥有文明以前，来自中非的游牧民族就在位于山之巅、水之央的“太阳之谷”（Valley of Sun）建造了一座伟大的城市，其山光水色巧夺天工，水塘飞瀑令人赞叹。但后来一场毁灭性的大地震和火山熔浆将它掩埋，故称失落之城。

南非富翁梭尔·科斯纳（Sol Kerzner）在20世纪70年代中期开始构思，希望能在盘根错节的灌木丛深处、古火山的中心重建这座传说中的城市。直到1990年，梭尔·科斯纳才正式着手打造传奇的失落之城。富翁不惜耗资 8 亿 3 千万兰特，移植了 120 万株各式树木和植物，用以建造人工雨林和沼泽区，耗时两年零四个月，终于在 1992 年 12 月，使传说中的失落之城得以重现。

失落之城内的每一样景物，完全仿造传说中古城的模样修建。走在 100 米长的地震桥（Bridge of Time）上，两边分别矗立着一排大象雕塑，白色尖尖的象牙对着桥上的游客。由于正赶上每隔一小时的“地震”表演，只见从各处裂缝中不断冒出白烟，伴随着模拟地震和火山喷发时“轰隆隆”的音效，让人有一种身临其境的恐怖感觉。罗海平他们由于是头次来，急忙本能地用手抓住桥上的护栏，只有刘总一人边笑边悠闲地看着远处的景致。

其实特效的声响并不大，还没有在电影院里看到的灾难片刺激，设计者科斯纳只是想通过这样一个场景告诉人们，当年美丽的失落之城就是被这样的一场大地震和火山岩浆毁灭的。在自然灾难面前，人类无比渺小和脆弱，所以人类要正确认识自己在宇宙星辰中的位置，处理好与大自然的关系，不能为了一时贪念而尽毁前程。

洞口上方的一尊母石狮子雕像引起罗海平的注意。这是一尊趴着的母狮子，颈下有一处倒三角的裂痕，双目圆睁，傲视天空，在洞中冒出的浓浓白烟环绕下，忽隐忽现。这里随处可见破裂倒塌的石柱和巨门，让罗海平差点产生错觉，误以为堕入时空隧道。加之桥上的一条条裂痕，他不由自主想起了中学地理课上学的地球板块构造说，眼前景象彷佛是地球表面各大板块挤压变形场面的浓缩版。

此时刘总和良哥正在热火朝天地聊着，罗海平也不便插话，只是在一旁默默地看着风景和人流。地震桥旁边还有草地和花园，里面生长着各种美丽的花朵，五颜六色，姿态各异。

几个大老爷们对这些花花草草不太感兴趣，索性聚在一起聊天。从该建筑的结构力学聊起，一直聊到公司门窗产品的更新升级，最后赵辉诙谐幽默的一句话把大家都逗乐了。

“我们公司将来研发的抗地震窗在随墙体震荡的过程中能保持不变形，只是表面的喷粉掉落，由穿着白色的大衣最后变成裸体，内扇与窗框之间的距离有效稀释掉地震带来的外力破坏，这种动能最终转化成分子运动的形式，既符合能量守恒定律，又最大限度保障了使用者的安全，让历史的悲剧不再重演。”赵辉边说边做身体动作，仿佛他自己就是一扇在经历地震的铝合金窗户，两只胳膊不停挥动着。

程庆军在一旁打趣地问道：“也没看见你裸体啊？”

“你肉眼当然看不见，无数的尘埃和分子被我抖落，已经化解了地震释放的动能。”

刘总深深地打了个哈欠，随之伸了个懒腰，然后示意大家继续前进。罗海平瞥见刘总的表情，直觉刘总憋在心里的郁闷并没有完全释放出来，但好像找到了些解决的思路。

沿着雕刻大象头下的山门进入，内部幽深曲折，大家边走边聊，不一会就来到另一头的出口，原来这里正通往太阳城酒店。出了太阳城酒店，旁边就是瀑布酒店，景色和风情大同小异。一圈逛下来感觉很像珠海横琴的长隆海洋王国，后者内部也有企鹅酒店、横琴湾酒店和马戏酒店。其实名字就是个噱头，实质都差不多，只是装修外形上有差别，神同而形不同罢了。

品酒之道

午饭时间早就到了，一行人就近来到瀑布酒店的餐厅就餐。坐在雪白的餐桌旁，看着不远处“哗哗”流淌着的人造瀑布，好不惬意。其实整个非洲的度假村酒店大都是这种人与自然零距离的风格，餐桌边有飞来飞去的小鸟和蝴蝶，它们既是人们在就餐时的一幅开胃画卷，又是不小心掉到地上和桌上食物的清扫员。

按照事先计划，这三天是用来彻底放松的，无须开车，也不用考虑安全问题，所以可以尽情畅饮。刘总点了 1 瓶意大利 BROTTO DISTILLERIE 的 RUTA 和 6 杯龙舌兰酒（Tequila），不一会服务员就把酒端了上来。RUTA 是一种装在葫芦状瓶子里的琥珀色白兰地，有 50 多度，应该属于烈性酒。龙舌兰酒则是用小玻璃杯装的，五颜六色，杯子口上还盖了一片柠檬片。

“这里有 6 杯不同口味的 Mezcal 龙舌兰，有窖藏陈酿和新鲜出炉的，口味自然有区别。其中四杯是不同水果味的，还有两杯巧克力味的。我们不妨玩个游戏，每人可以任选一杯，猜这杯是 Blanco、Reposado 还是 Añejo。猜对了有奖，猜错了挨罚。”

“啥是 Blanco、Reposado 和 Añejo？”良哥被刘总这一串外文给整蒙了，急忙问道。

“这三个词都是西班牙语，Blanco 原意是白色，用在形容酒上是指没有经过长期陈酿过的意思，也不需要放入橡木桶中陈年。还有一个词叫 Plata，原意是银色，也是一个意思。Reposado 原意是指休息过了，用在形容酒上是指酒经过一定时间的橡木桶陈放，但时间还不满一年。木桶里的存放过程通常会让龙舌兰酒的口味变得比较浓厚一点，因为酒会吸收部分橡木桶的风味甚至是颜色，时间越长颜色也越深。

“Añejo 原意是指陈年过的，简单来说，就是指在橡木桶存放的时间超过一年以上。必须使用容量不超过 350 升的橡木桶封存，并且由主管人员贴上封条。虽然理论上只要存放超过一年的酒都可以叫 Añejo，但品酒师会认为陈年期四到五年的为极品。存放时间过长也不行，这样会使桶内酒精挥发过多，影响口感。”

“那我先来一杯。”说着良哥拿起一杯巧克力龙舌兰，左手拿开柠檬片，右手举杯一饮而尽。

看良哥的面部表情，大概他并不太习惯酒的味道。

与此同时刘总也就近拿过一杯水果龙舌兰，只见他在左手手背靠近虎口的位置撒了点盐，先用舌尖舔了舔，然后用右手拿杯，一口闷，放下杯子后马上嘬柠檬片，这才满意地笑了笑，好像想要的正是这种味道。

程庆军、赵辉、陆军三人也学刘总的样子，各自喝了一杯，桌子上就剩一杯巧克力龙舌兰了。罗海平无奈地把杯子拿到自己盘子旁边，仔细看了下杯里的酒，闻了闻又放下了。

“刘总，我实在喝不了，但我能猜出您问题的答案。”罗海平羞涩地说道。

“好啊，但猜错了要双倍受罚啊！”

“怎么罚？”

“先把桌上这杯咖啡喝了。”说着刘总把RUTA兑进一杯咖啡中。

“啊？原来还可以这样喝。”桌上几人都对刘总这种做法吃惊不小。邓丽君那首《美酒加咖啡》的曲调和歌词瞬间出现在罗海平的脑海里，曾经哼唱多年的歌曲原来还有这层意思，顿时茅塞顿开。

“有什么不可以的，南非这边就这样喝，国内还雪碧兑XO呢。”

碍于面子，罗海平只得勉强喝下半杯。对一个从不喝酒的人来说，只要闻到酒精味就头疼，再高级的酒也喝不出个所以然。刚刚喝下去的这一大口，感觉就是加了辣的苦咖啡，难喝死了。火辣辣的感觉瞬间从嘴里沿喉咙一直蹿到胃里，什么猫屎咖啡，简直比加了黄莲的中药还难喝。

看着罗海平痛苦的表情，刘总他们都乐了，不过每人也喝了口和罗海平一样加了酒的咖啡。

“这样吧，每个人说下答案，答错的要为答对的每个人做一件事，答对的人还可以在答错的人中任选一位，问一个有关酒的问题，答不上来这次是一杯RUTA。”刘总宣布规则。

“做什么事？”赵辉调皮地问。

“什么事都可以。”良哥不耐烦地抢先答道。

“那答错的人晚上帮答对的哥们捏脚吧。”程庆军开始加料了。

听到程庆军的话，除罗海平之外的其他人乐得前仰后合，看来都是老司机。

“我这杯是第三种。”良哥忘记了Añejo这个单词怎么读，只好这么答。

“我这杯是Blanco。”程庆军兴奋地表达着自己的看法。

“我这杯也是 Blanco，第一种。”陆军腼腆地跟着答道。

“我这杯是 Reposado，第二种。”赵辉不甘示弱。

“我这杯是 Añejo，第三种。”罗海平说。其实他根本分辨不出自己喝的是哪种酒，但他有一套在中国学会的考试技巧：三长一短选一短，三短一长选一长，齐头并进选 2B，参差不齐选 4D。关键是自己那杯和良哥的都是巧克力龙舌兰，要错一起错，只要不站错队就好。

“现在公布答案，四杯水果龙舌兰都是 Blanco，两杯巧克力也是 Blanco，所以庆军和陆军答对了。”

赵辉和良哥二话不说，一人一杯一饮而尽。良哥接着又拿过一杯，说是替罗海平喝的，也一饮而尽。

“我来问个酒的问题，威士忌和白兰地的区别及分类？”程庆军首先发问。

“啤酒陈酿成威士忌，红酒蒸馏成白兰地。威士忌的酿制工艺分为六个步骤：发芽、糖化、发酵、蒸馏、陈年和混配。按照成分可分为纯麦威士忌酒、谷物威士忌酒和黑麦威士忌酒。按照产地可分为苏格兰威士忌、爱尔兰威士忌、美国威士忌和加拿大威士忌四大主要类别。而白兰地属于一种蒸馏酒，按照产地和原料的不同可分为：干邑、阿尔玛涅克、法国白兰地、葡萄渣白兰地、水果白兰地等几大类别。级别大致有四个等级：特级（X.O）、优级（V.S.O.P）、一级（V.O）和二级（V.S）。而在白兰地酒的商标上标注‘Napoleon’（拿破仑）和‘X · O’是为了强调其奢华品级，就像包包上加个‘LV’。我们通常把克罗维希（Courvoisier）、马爹利（Martell）、轩尼诗（Hennessy）和人头马（RemyMartin）并称为四大干邑。”罗海平为了感谢良哥代自己受罚，抢先回答。

“答得好，没想到一个不喝酒的人还这么了解酒。”刘总笑呵呵地说，“南非产的白兰地通常采用不加糖的新鲜葡萄酒蒸馏调配而成，其中不少于 30% 是采用壶式蒸馏锅蒸馏的酒精［酒度 <75 %（V/V）］，余下的是酒度为 75%~92%（V/V）的葡萄酒精或葡萄酒酒精［95%（V/V）］，并且至少要在橡木桶中陈酿三年。”

大家不由自主为刘总的补充鼓掌，兄弟归兄弟，马屁还是要拍的。

在众人热火朝天的聊天中饭菜陆续上桌了，整张桌面都被摆满。大家在一片欢乐的气氛中开始补充能量。螃蟹、龙虾、三文鱼，一个都不能少，配上咖喱炖野牛肉，炒饭上了一盘又一盘，直到所有人撑得实在吃不下。刘总又点了一瓶大象酒（Amarula）、一瓶南非干红（Rupert & Rothschild）和一瓶法国香槟（Champagne）。

餐间刘总还演示了大象酒的喝法：杯子里先放上一块冰块，将酒缓缓浇在冰块上，看着上面冒着的一缕缕白烟，用舌尖扫过冰块，抿上一小口在嘴里像漱口水一样转来转去，一点一点入喉，再用舌头环扫一圈嘴唇，夹杂着辛辣的奶油醇香在嘴里绵延回荡，随着冰块的融化，反而把大象酒的火热凸显了出来。虽然只有 17 度，但香甜的感觉让人久久不忍弃杯。其实几个大老爷们喝这种酒有点不应景，如果座中还有一位曼妙的美女，气氛会更好。

除了罗海平和程庆军，其他人都没少喝，刘总和良哥都很尽兴。之后大家各自回房间休息。本来今天就起得早，加上一路奔波，小酒一再催化，这个午觉睡得真是解乏。

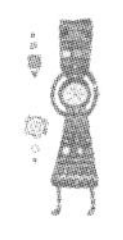

牌后有牌，局中藏局

等罗海平再次醒来，天已经黑了。看了下表，快晚上8点了。叫醒同房的程庆军，此时赵辉和陆军也过来敲门，大家聚到一起聊了没几句，刘总的电话就过来了，要大家到良哥的房间汇合。良哥其实还没醒，被大家起哄式地给闹了起来。刘总过来后，真正精彩的“节目”即将上演。其实每个人都很期待，但又不好意思开口。

“目前全球的赌场大致分三种：第一种就是拉斯维加斯式赌场，这类赌场最豪华，博彩项目最多，下注金额范围最大，设备最先进，管理也最高级，也是相对最公平的。太阳城的赌场就属于这一种；第二种是云顶式赌场，这类赌场跟第一种的主要区别是没有前者公平，也就是加了些有利于赌场的限定条件，比如筹码兑换成现金的数量和赌博时间的限制等；第三种是金三角式赌场，这类赌场几乎完全是人为操控的，庄家看哪方下注的钱少就让哪方赢，但问题是赌客里面你不知道有多少是赌场的‘托’，表面看上去押注少的一方可能实际反倒是押注多的。

“赌场能赚钱的秘诀主要有三点：第一，赢家赢输家的钱并不是简单数学意义上的矢量和，赌场的利润不仅来自输家，也来自赢家。要从赢家和输家所贡献的赌资里扣除各种各样的税费，像澳门葡京赌场会从赢家每 100 元中拿走 6 元的‘抽水’，这招被多数人所忽略。事实上，输者给赢者所赔的钱数比真正应赔付金额少，其中的差额正是赌场的收益。第二，赌场的收益率和赌博频率成正比，赌场会尽可能地让赌客玩的次数和时间多一些，用尽各种方法挽留赌客；第三，赌场的盈利之道尤其值得我们深思，在一个 1∶1 的博弈中，长期来看，输赢的结果是一半对一半，但由于赌客的时间和金钱是有限的，所以赌客在概率上肯定是输钱的。

“至于博彩项目种类繁多，从入门级的‘老虎机’到赔付比例最高的‘俄罗斯轮盘’，从‘百家乐’到‘21 点’，这个就看个人喜好，一般专业赌客比较倾向于玩‘21 点’。我对此稍有研究：首先从一副扣除大小王的扑克中，按照先赌客后庄家的顺序每人发两张牌，A 可作 1 点，也可作 11 点，J、Q、K 均为 10 点，其余皆以牌面点数为准。将手中牌点相加，如总点数不足 21 点，任何一家均有权补牌，补牌一次一张，次数不限。当任意一家总点数大于 21 点时，称为‘爆牌’，自动认输。如果赌客总点数大于庄家，即为赌客赢，反之则庄家胜。总点数相等时视为平局。

“每盘发牌前，赌客必须押一定数额的筹码，庄家默认押与各赌客相等的筹码，赌客如果前两张拿到 20 点以上（即 A、10、J、Q、K），可将其分拆成两副牌，同时要求补牌，若两副牌的总点数均大于庄家，赢两倍筹码，反之则输两倍。一胜一负，视为平局。当庄家小于或等于 16 点时，必须补牌，赌客随意。

“一般每张牌桌上庄家最多面对七位赌客，当庄家与赌客分别拿到两张牌后，由赌客按顺序先行决定是否补第三张牌，然后庄家再根据自己的总点数是否小于或等于 16 点进行补牌。如果赌客补第三张牌后出现‘爆牌’，其筹码归庄家所有，而不受庄家第三张牌是否‘爆牌’的影响。

“这个看似公平的博弈，其实规则仍对庄家有利，因为毕竟不是庄家和赌客同时亮牌计数，若所有赌客全超过21点，庄家的牌如何根本就不重要。即使庄家的牌最后输给部分赌客，也是拿先‘爆牌’的赌客的钱给赢的赌客而已。

“最后总结一下，相对赌客而言，赌场就像一台‘永动机’，无论是赌资还是能量都是‘永恒’的，而我们以十分有限的条件对抗赌场，必须把握好五大控制：即心态控制、赌本控制、时间控制、方法控制和体力控制。简言之就是借助赌场这个大平台，让各位了解一下南非的另一面。”

一口气讲了这么多，刘总终于停下，接过赵辉递过来的水，“咕咚咕咚”喝起来。

“这里给你们每人3000兰特，建议止损点设为2000，以时间为限，现在是9点30分，11点我们在门口汇合，比试战绩。谁要是赢了，我这还等额再奖励一份。

“最后再补充一点，赌场里很多服务员和发牌员都是穿着超短裙和低胸衣的漂亮女孩，我们要尽量离她们远些。最起码不看她们，不和她们搭讪。因为当男人看到漂亮女孩时，我们的边缘系统在大脑前额皮层（pfc）的作用下被激活，于是大脑的判断系统会失灵，这将是对我们男人致命的攻击，会使我们丧失人作为最高级动物的明显特征。前额皮层这个部位正是掌管男性判断是非、控制情绪、组织行动等重要行为的大脑核心部位。”

说战就战，很快一行人就来到太阳城娱乐中心。晚上这里感觉比白天更热闹，配上夜幕下凸显的各色灯光，更让人充分感受到工业革命后人类都市文明的繁华。

经过安检，大家从侧门顺利进入大厅。罗海平跟着刘总先大致转了两圈，了解一下里面的布局。这个场子实在是太大了，连老虎机都不下几百台，各色人种摩拳擦掌，简直就是一个“联合国”。不过最令罗海平震惊的还是此间中国面孔的数量，比自己来南非这段时间见过的华人总和都多。

细心品味赌场和赌桌的布局，总体感觉还好，至少没有发现像澳门赌场那么多的风水阵，虽然也感受到了百川入瓮聚财阵和百鸟入巢困笼阵，但还好煞气没有那么重，以自己的阳气估计可以抵挡一阵，关键是里面不冷。

通常赌客从踏入赌场大门开始，就开始了泥足深陷的历程。只要自控力不是很强的人都忍不住想玩两把，渐渐好像被灌了迷魂药，一步步深入，直到身陷其中，甚至输光身上所有钱财。

赌场一般都开在地下，四周被封闭起来，不见天日，只能看到头顶巨大的壁画。赌场里虽然阴气极重，但最大的好处是绝对安全。身在赌场时可以忘记自己身处南非，可以全身心放松下来做自己想做的事，不用因为安全问题而分心。

罗海平在心中默念：通常修行养生的人都睡子午觉，为顺应天道，不要在这两个时辰下注。之后终于找到一张玩 21 点的台子，虽然闲家押注未占满，但感觉人气还不错，最起码方位上有利于自己。于是深吸一口气，双手合十走了过去，选择左边的第二个位置开始下注。

在下注之前罗海平把闲家的赌客挨个研究了一遍，共有两个白人、两个黑人，还有五个亚裔和混血。其中有两个亚裔比较急躁，似乎要和庄家较真，总希望庄家“爆牌”，一口地道的“CUT”，从口音上听不出来是哪国人，但大多数时候结果都事与愿违，看样子没少输。最左侧的一位 50 多岁的白人倒是很冷静，每次下注 100 到 500 兰特不等，还使用什么“三三一”战法，看样子是位行家。

根据刚才的观察，罗海平决定采用稳扎稳打的策略，不贪心，每次押注 200，赢了抽回赢的筹码继续保持 200 的押注，输了就暂停下，等认为自己又能赶上牌点的正态回波曲线时再押注。就这样经过十几轮的拼杀，罗海平感觉自己裤兜里的筹码有点鼓起来了，其实他心里是有数的：赢了 1000 放兜里，不足 1000 的筹码在手上拿着，手上输光了再从兜里一次拿 1000。

罗海平看了下手表，10 点整，距离离开还有一个小时，要规划好自己这宝贵的一小时。人们在赌场里往往感觉时间过得很快，如果运气不好加上情绪没有把控好的话，一个小时不到就可以输光身上所有的钱。于是罗海平留出 1000 刘总建议的保本钱，放入左侧的裤兜，拿出 2000 放入右侧裤兜，手里还剩 1800 兰特的筹码，这就是自己今晚的“学费”，一定要花得有意义。

通常一个赌客每天下注的好运期不会超过两个小时，自己一上来就赶上好运，小试牛刀，可能一会就不会那么幸运了——理性在心里如此告诫罗海平，但感情上还是不愿意离开这张台，最终输掉了 800 筹码，这才抽身离开，一边平复情绪一边寻找下一个目标。

虽然从进来到现在不过一个多小时，但罗海平深深感觉自己的大脑能量消耗掉有一多半，可能是刚才在计算点数时太专注了，以至于抽身出来后才发现储备能量不足。由于进门后踩过点，罗海平心中已经有数要再玩哪几张台子，只是闲家的频繁更替让他不太确定情势是否有利于自己，不过想下注还是随时都有位置的。

罗海平坚信一条，下注时绝不坐着，即便有空位也站着，并且坚决不在狮口正煞位下注。即便如此，经过一番折腾，他还是输光了手里的筹码，只剩了几个硬币，临了依然也没弄明白玩的这几个项目的技巧和规律，恍惚间感觉自己就像做了一场梦。去了趟卫生间，顺带用凉水洗了把脸，再次看了下表，还有十几分钟到 11 点，干脆去老虎机上消磨掉这剩下的一点时间。

在一台机器前居然碰到了赵辉，看他座位旁边的塑料盆里有一堆硬币，应该收获不少。在还差 5 分钟到 11 点时，赵辉面前的机器上突然三盏灯同时亮了，也算一个完美的结局，统计下来共赢了 6200 多兰特。

众人如约在门口汇合，大家互相通报战绩：刘总小赢几百，良哥全部输光，程庆军输了 2500，陆军还剩 1000，罗海平持平，赵辉赢 6200，总的来看还是赌场亏了几百。

水疗 SPA

一行人边说边笑地走向天幕下的快餐店。

“今天我们几个就赵辉赢的最多，谈谈感受吧。”

正在看菜单的赵辉同时被五双眼睛羡慕地注视着，羞涩地放下菜单，敞开心扉，开始在兄弟中“吹牛”。

“首先我认为刘总才是赢得最多、收获最大的。在刚进来时，我跟着刘总漫步在各个赌台之间，发现刘总时不时会遇到一两个认识的熟人，与之寒暄两句的同时，刘总也会和朋友一起押注玩几局，无论输赢，然后再转战其他赌桌，这种交际方式能巩固朋友之间的友谊。这些熟人有的可能是公司客户或潜在客户，刘总通过和他们一起押注可以拉进彼此的距离，也可以从客户那里了解一些信息。有时刘总也会给手气不佳的朋友一些筹码，这对他们来说可是雪中送炭，做人就要雪中送炭，而不是锦上添花。所以跟着刘总这两年我学会了很多知识和经验，从这个角度我自认为是赢得最多的。

“庄子在《田子方》里讲述了列御寇射箭的故事。列御寇为伯昏夫人表演射箭，他射箭时拉满弓弦，胳膊上放了一满杯水，第一只箭刚射出去，第二只箭就紧跟着射出去，并且正中目标，而第三只箭已经在弦上瞄准了，手臂上的那杯水一点没有洒。射箭时列御寇像个木头人一样，双目紧盯目标，岿然不动。伯昏夫人看后不以为然，评价‘是射之射，而非不射之射’。然后伯昏夫人倒退着走到高高的悬崖边上，脚下风化的石头不时掉下悬崖，直到已有半个脚掌悬空露在悬崖之外，她才拉弓射箭。轮到列御寇时，他吓得只能趴在地上，吓出的冷汗都流到脚后跟了。伯昏夫人总结说‘夫至人者，上窥青天，下潜黄泉，挥斥八极，神气不变’。这个故事告诉我们永远不要过分相信技巧，结果往往跟环境有很大关系，当一个人对心境的把控可以抵消外在影响的时候，他才可能成为真正的赢家，才有可能获得成功。

“刚才来赌场观摩时，我就观察了各个赌台前赌客的颜容仪表、心境技巧。我发现几乎每桌都有一些高手在博弈对局，以我的能力想赢这些赌客的钱，是很困难的，再加上庄家强大的吸钱‘磁力’，我这点赌资很快就会被吸进去。所以我必须在心境的把控上超越赌台上的所有人，才有可能获胜。

“我先选了张我认为赌客比较‘水’的台子，观察一段时间，直到台上大部分赌客都被庄家‘打击’得丧失信心的时候，我才开始押注。也许是庄家怕赌客因输得太多而离开导致撤台，所以运势开始转变，我在一连押注庄家赢的 10 局中，共有 8 局获胜，赢的筹码超过 1 万兰特。接着我拿出 2000 筹码，像刚进来时的那样，继续搏杀。我换过四张台子，除了赢过一局外，其他基本全输。

“我知道自己的运气已经用完，对心境的把控力也迅速下降到 60 分以下，索性离开赌台转战老虎机。这时刨除刘总给的 3000 筹码和我赢的 5000 筹码，手里还有接近 4000 筹码。我选了两台‘只吃未吐’的机子，先花了大约 3000 筹码摸清机器的‘规律’，然后把手里剩余1000的筹码全部赌上了，抱着就算全输也要带着5000‘回报’离场的心态开始最后一搏，没想到离场前5分钟居然还小中一把，赔率也不算太高，有900兰特，加上手里剩的300兰特，博弈得到1200兰特。离场时小赢一局，不仅比预期好，还赢得一个好心情，真是双赢啊！”说完赵辉豪气地一口气喝完了手里的一杯啤酒。

刘总认真听赵辉做完经验分享，情不自禁地翘起左手的大拇指，右手拿杯向赵辉的杯子碰过来，庆祝他的双赢。

程庆军也举杯祝贺，一边起哄式地要求赵辉一会请兄弟们SPA。

“SPA”源于拉丁文“Solus Par Aqua”，即健康之水。据说比利时烈日市有个小镇叫SPAU，古罗马时期，居民发现此处涌出许多含丰富矿物质的热温泉，饮用或沐浴可以治疗各种疾病与疼痛。到18世纪时，SPA风靡德国并迅速走红整个欧洲。没想到几百年后，在遥远的东南亚，泰国在继承SPA原有风格内容的基础上又演绎出了美丽传说，在某些场合甚至成了色情的代名词，在香港和澳门更被音译成“马杀鸡”，而这种带有浓郁泰国特色的SPA也传播到了南非，传播到了太阳城。

如果说女性SPA最具代表性的地方是巴厘岛的话，那男性SPA可以说是全球开花。人类第一大古老的产业随着社会经济的发展也在同步得到提升和完善，在传入中国时甚至被冠以莞式ISO9001之名，这点可以从人类神经元末梢的感知程度上得到充分的体现。

其实人由精、气、神三方面构成，SPA疗程也是以水、土、风、火这四大元素为主题。水代表放松平静，土代表存储和平衡，风代表美容，火代表能量。根据每个人的身体需要，选择天然元素加以搭配，最终使人达到精气通畅、神清气爽的“自然境界”。国外经常见到“CHI”这个中文“气”的译音，简单说它是一种主宰人生命力的力量，意指一个人要想健康，必须使体内的气顺畅。如果遇到阻碍，便会有麻、胀、酸、痛、疼的症状，依气的阻塞程度而逐渐加重。气阻则血滞，血滞则病生，积少成多，生命终将终结。

运动是使气通畅最简单有效的方式，又可分为外动与内动，而SPA是内动的一种，使人在水疗按摩中通过放松和冥想相结合，是协助身体自然更新的温泉哲学法门。但由于大多数凡人体内的经脉并未完全打通，能控制自如，正向循环的附带效果也带来了性欲的唤起，尤其对于男性，精足到精满的修炼过程没有几个人能达到，故而SPA也会引发思淫。对于绝大多数凡人来说，行周公之礼本身并无不妥，只是受限于环境和对象。佛家所讲的“五戒”和“十善”只是基本要求，目的是告诫人们通过上述行为控制意识，使自己走入智慧的殿堂，人类最珍贵的是智慧，而不是钻石。

“刘总讲讲SPA的注意事项吧，这个《南非一百问》里没有介绍啊！”罗海平按捺不住急性子，期盼地望着刘总。

“哈哈，你们知道‘日’字的文化含义吗，太阳不就是日嘛，那太阳城不就是日城嘛。”说到这几个人不约而同地暗笑起来，中国文化就是博大精深。

“过程就是先选技师，然后带入房中更衣，沐浴。在豪华的按摩浴缸里，泡在加有药水和花瓣的水中，享受着皇帝般的洗浴服务，然后出来躺在气垫上，接着享受人体洗浴。技师在你身上涂抹完沐浴液，然后对你进行全方位按摩，然后用清水冲干净，上床。接着是正宗的穴位按摩，打通身体的穴位，让精气和能量汇聚到肾源，然后再疏通管道，直到体内污秽从管道排出。

“技巧方面我讲一条：我们人类通常有32颗牙齿，其中4颗智慧齿，分布在口腔左右两侧的最里面。西方医学认为这四颗牙齿对咀嚼食物不起太大作用，所以如果有牙疾一般都建议拔掉。现今国内的牙科医学盲目学习西医的经验，也采用相同的治疗方案，把老祖宗留下的宝贵经验毫不留情地抛弃了。事实上，人类这四颗智慧齿功能太重要了，要不也不会叫智慧齿了。

“信为道源功德母，长养一切诸善根。首先，后面的智慧齿分布在上下颌骨上，从受力角度可以缓解上下颌骨向菱形发展成‘尖嘴猴腮’之丑陋面相；其次，智慧齿相当于我们人类牙齿的‘备胎’，当人老的时候，前面的牙齿由于多年磨损，对食物的‘加工’能力已经非常弱，这个时候后面的智慧齿能起到延长生命的作用，就像老鹰‘脱胎换骨’后能多活 30 年一样；最后，对我们男人来说，在行周公之礼时，紧咬后面的智慧齿，可以最大限度守住精关阳气，或功力高深者又可以通过此法采阴补阳，为最后的羽化成仙修炼功力。道家修炼有一法，讲的是男子小便时都要紧咬智慧齿，防止阳气大量外泄。”

“好，讲得实在太好了，可惜这些知识在学校里没有老师教。”罗海平在一旁激动得快要跳起来了。

“演而优则艺，学而优则离。我们不能改变环境，但我们可以改变自己对事情的态度和想法。转境要从转心开始。上次去南华寺，法师送给我们的佛经中记载了一个小故事：有一天，佛陀从树林里回来，手上捧着一撮落叶。他看着比丘们，笑着问他们自己手上的树叶和森林里的树叶相比，哪个多？比丘们当然回答是森林里的树叶多，并且感到佛陀的问题幼稚可笑。可是佛陀接着说：‘你们的回答没错，但换个角度看，我手里的树叶是通过努力‘转化’而来，而森林里的树叶本身就长在大树上，大树拥有树叶并不需要‘转化’。我有许多想法，但没有讲给你们听，因为你们需要为了自身的‘转化’与治愈而努力，如果我告诉你们太多观念，你们反而会被困住，最终没有机会得到自己的智慧。’人若想进步和提高，就要不断放弃原来那个“不够完美”的自己，不固执己见。”说完，刘总把手中杯里的啤酒一饮而尽。

一行人在补给站休息和“加油”后，纷纷冲上第二个战场。刘总示意大家尽兴，不用考虑时间等因素，明早 8 点在大厅门口汇合吃早餐即可。

人皆有七情（喜、怒、忧、思、悲、恐、惊）六欲（眼、耳、鼻、舌、身、意），不经历七情六欲的洗礼，不足以云淡风清。一切有为法，如梦幻泡影，如露亦如电，应做如是观。修行，也许并不是隔绝人世的一味自持，于滚滚红尘中守得自在，又何尝不是佛之大成。

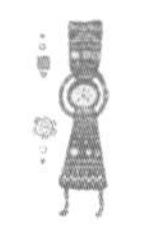

奇珍异果

早上再次碰面的时候，每个人都感觉其他人面色红润，神清气爽，彼此一边聊着一边迈入自助餐厅。

大厅放眼望去有一个“个”字型的取餐台，粗略估计有几百样食品，众人订了两张四人桌后，开始拿盘子取餐。对罗海平来说，这是有生以来吃得最丰盛的一餐，他跟在赵辉后面，酌量拿取自己爱吃的食物。但只走了四分之一圈，盘中食物已经堆满了，遂要了杯新榨的百香果汁，坐到桌前开始“战斗”。

刘总和良哥坐在旁边并排的一桌，罗海平挨着赵辉，对面是陆军和程庆军。六人中除刘总慢条斯理品尝着美食外，其他五人像饥饿的狮子一样大快朵颐。两轮下来肚子里打完底后，几人吃的速度明显减慢，开始聊天。

“刘总，刚才看到大厅里铝合金隔断用的立柱型材好像和公司的材料是一样形状的，这些工程是我们公司做的吗？”

“肯定不是我们做的，但做这个的工程商可能是在我们那里买过材料。如果你们走遍南非，几乎在每个大一点的城市都会找到我们卖的型材，但可以肯定地说都不是我们做的工程。就像 Sully 那个客户一样，我们基本只做源头供货商，避开最有争议的环节，采用‘以非制非’的经商策略，让利于我们的工程商。香港富豪李嘉诚先生说过，‘能赚 10 元的时候我只拿 6 元’，而我的要求是能赚 10 元只拿 3 元，不给自己留出太大的利润空间，让绝大多数客户觉得和我们合作他们可以赚得更多，这样我才能在环境这么复杂的异国他乡生存下来。

“记得有一次我去比勒陀利亚的法国大使馆办签证，在上厕所的时候发现里面的窗户原来是自己公司的百叶窗，我相当震惊和激动，回去后通过调查才得知是我们的一个工程商订购的材料，买回去自己加工安装完成的。若不是这次偶遇，我还以为自家产品只适用于人家的小工程，没想到还能用在这么高大上的地方。此后我信心更足，在公司产品研发完善方面更舍得投入，要求更高了。”

“是前些天那个富豪订的那种百叶窗吗？”

“是的，不过当时那款产品还没有现在这么完善，质量也没有现在这么好。”刘总若有所思地说，继而岔开话题，“一会你们取水果时拿个苹果尝一下，这些产自开普敦的苹果很有名，味道绝对称得上全球极品，还有红提也不错。”

“刘总，水果区靠近苹果位置的盘子里的火龙果怎么那么小呢？”

“那个不是火龙果，是仙人掌果。”

“仙人掌果？”

“是的，就是仙人掌开花后结的果实。盘子里摆的是粉白色的果肉，实际外面还有一层皮，皮的表面全是小刺。为了方便客人食用，厨师带着手套把外面的皮剥掉了，直接把果实呈现给客人。虽然果肉里有好多小籽，但口感绝对极品鲜美，最重要的是维生素含量极高，对身体非常有益，一定要尝一下。”

“我刚才吃了一个啤梨，感觉很好吃，有点像我们烟台产的老头梨。”

“以前我有次去克鲁格公园看动物，居然发现了杈把果，红色小‘心’的形状，也叫无核樱桃，当时并不认识，只是觉得这东西好神奇，特别想吃一个尝尝，但又怕有毒，没敢动，回来一查肠子都悔青了，之后再没有遇到过，所以说没见识真误事啊！”

“南非这边还有一种水果叫神秘果，它原产自西非，在南非极少。神秘果属于水果中的大熊猫，很罕见。它外形像细长的红色槟榔，果肉酸涩，但含有神秘果蛋白，吃后两个小时内再吃其他酸性水果，嘴里都不会觉得酸，而是感觉清甜。这种水果如果有幸遇到一定要尝尝。”

听刘总这么一说，罗海平瞬间感觉自己知识实在太贫乏了，回去后一定要恶补一下。为了能加深记忆，又朝本来已经吃饱的肚子里加了几种新的水果。

“在中国北方生活的人可能一辈子都没吃过几种水果，而生活在东南亚的人们最起码可以吃到榴莲、山竹、番石榴等一些热带和亚热带水果。等到了非洲，水果丰富到你需要开始做减法了，也就是说可以算算自己还有多少种没吃过的……对了，你们知道世界十大难吃水果是什么吗？”

听刘总这么问，赵辉好像立刻来了精神，抢先回答：

“榴莲，木鳖，槟榔果，水椰，西印度醋栗，巫婆柠檬，榴莲蜜，青梅，象橘，诺丽果。”

“答得好，完全正确。你怎么知道的，在书里看到的吗？”刘总显然对赵辉的回答十分吃惊。

“这个问题我在一篇 GRE 的阅读题里遇到过，当时全是生词，我头都大了。为了搞懂意思，我挨个在牛津词典里查，最后又在维基百科里搜，搞了很久才弄明白，完事后就记住了。”

“考‘寄托’的人就是不一样啊，如果你参加香港陈启泰主持的那个百万富翁节目，肯定能赢不少钱。”刘总看着赵辉，眼神中带有些许羡慕和期盼。

关于信仰

早餐吃完已经上午 10 点，周围圣诞节的气氛依然浓厚。没在太阳城过上平安夜，但却过了一个经历了人生两次考试的圣诞节，也算是十分有意义的一件事。等众人收拾妥当已经快 11 点了，遂开车去匹林斯堡国家公园（Pilanesberg National Park）看动物。

匹林斯堡国家公园地处南非、津巴布韦和博茨瓦纳三国交界处，面积 550 平方公里，是南非第四大国家公园。公园建于 1979 年，当时这片保护区内还有相当多的农户，为解决搬迁问题整整花了 15 年时间，直到 1993 年保护区人口迁移结束后，才迁入大约 6000 头野生动物，并在各个关键路口和山口拉起 110 公里长的围栏。

公园大门修建得非常简单，一个砖房加上四根柱子支起两个伞状的棚顶，左侧是公园管理者办公室，右侧是柱子围成的两个汽车通道，一进一出，算是大门。由于公园免费，来到太阳城游玩的客人大都会来公园看看动物。通常观察动物的最佳时间是一早一晚，但由于刘总六人此行并非专为看非洲五大兽，所以也不在意能否看到，一切随遇而安。

匹林斯堡公园铺设有 188 公里观光马路，整体路况非常好，即便没有铺设柏油路的地方，土路也很平整，对他们开的Land Cruiser来说，根本就是小菜一碟。一路沿着观光公路慢慢行驶着，刘总开车，其他人从各个角度全力寻找动物。也许是大家找得比较仔细，居然看到了角马、野猪、长颈鹿、羚羊等野生动物，但大象和狮子没有看到。罗海平初次在非洲看到这么多野生动物，兴奋不已。

在公园里转了三个多小时，一行人回到酒店。

晚餐后，大家在酒店后面的公园内漫步，享受着非洲大地上难得的悠闲时光。

来南非这段时间，罗海平从未有这么美好惬意的感觉。

“刘总，想请教您一个问题。”

“你说。”

“您来南非这么久，每天面对这么多问题、这么大压力，您有什么好方法化解难题和负面情绪吗？”

“非洲人大多数都信教，对他们来说宗教是他们的第一信仰，也是他们的精神支柱，所以他们无论做好事还是坏事，都认为是有‘理’的，在内心深处并不觉得空虚。而我们中国人大多数信的是钱，为了钱，不远万里，不辞辛苦，一年365天都在为赚钱奔波拼命，有些不幸的同胞甚至英年早逝。

“我刚来非洲时由于经济原因，也是信钱的，每天都在围着钱转。随着时间的流逝，我很幸运达到了马斯洛理论的第三个层级——‘情感和归属感’的需求层级，加之阅读国学书籍使知识积累到一定的量值，我开始慢慢对一些事物有了新的感悟。比如人为什么会恐惧，是因为有忧愁，没有忧愁就没有恐惧。没有自私心，也就没有恐惧心。不争，不贪，不求，不自私，不自利，不打妄语，这样就没什么好怕的了。

“就好像我们凡人看那些习武高手，总是怀疑他们是否有什么特异功能，其实他们的状态都是通过长期苦练，把体内大筋大皮强烈的内动感觉表现了出来而已，我们感到神秘是因为我们没有修炼到这个状态。人们常说‘筋长一寸，寿长十年’，我们每个人都有一条最粗最长的大筋，从颈部开始引向脊柱，经腰和大小腿，最后到脚跟。修炼的人弯腰直腿手可够地，而没经过修炼的人弯腰直腿手仅能按膝，筋短筋长，一目了然。

“如果说筋是我们体内的高速公路的话，那血脉就像储存着能量的运输车，向身体各个部位持续不断地输送营养。所以身体越柔软，生命力越强。当然除了大筋大皮外，还有大骨大肉、大经大络、大血大脉、大精大神、大魂大魄等，修炼可以大化天地，神形合一。而非洲这块神奇的土地又尤其适合我们修炼，既让我们脱离世俗的影响和干扰，又被互联网拽着没有脱离信息现代化的轨道，于喧嚣中独守一份属于自己的宁静。”

看来大道至简，万法归一，罗海平暗自庆幸自己读过老子的《道德经》，得以快速理解刘总这番话。

“你知道改革开放后为什么东北与东南沿海城市的经济差距越来越大，导致像你们这样的人才都外流了吗？核心问题就是信仰缺失。东北本来就地广人稀，曾是少数民族聚居区，现在的东北人大都是当年山东和河北人移居过去的后代，其祖辈闯关东时只是为了能有口吃的，不至于被饿死，所以他们的信仰可以说处于马斯洛理论的第一个层次。但从本质上说，活着只是生存的最基本要求，是本能，算不上信仰。

“建国后，计划经济的思维模式在东北人头脑中根深蒂固，也确实创造了一时的繁荣，但随着改革开放后计划经济体制的衰落，这个信仰崩塌了，能接替它的新信仰又未出现，所以东北人的信仰长年处于真空期。

“就拿我刚来南非那阵来说，人没有信仰是很痛苦的一件事情，可以说是生不如死。但我体内毕竟流淌着祖辈那自强不息、顽强奋斗的血液，深厚的文化功底与坎坷的人生经历，终于在我心中重新燃起更高信仰的火苗，并且越烧越旺。

“但对一个国家或地区而言，这种信仰通常要靠乡土、宗族和家庭来影响和传承，而在东北，这些因素被完全阻断了，随着物质资源的枯竭和时间的流逝，东北人的信仰不但未被更高级的信仰所取代和提升，反倒在浅层次上恶性循环，所以人才流失是无法遏制的，此外还有更多的负面影响。”

“您分析得太透彻了，我在东北出生成长，对这种环境及其负面影响感触颇深，简单说一个字‘冷’就能概括一切。举个例子，因为气候冷，我们通常要准备好多套衣裤和鞋子。就拿鞋子来说，有凉鞋、皮鞋、二棉鞋、大棉鞋、加厚军勾，再加上球鞋、运动鞋等，跟南方一年穿一双皮鞋就能对付过去相比，不甚其烦。

“由此导致的后果，首先比较费钱；其次要有柜子存放，这就使室内活动面积大大减少。南方室内面积 60 平米，相当于我们 80 平米，因为同样是住人，我们除了要在房间内放置暖气片，还要存放当季不用的衣裤和鞋帽。如今房价高企，这多出来的面积若折算成房价，吃亏得不是一星半点；最后无论保存还是每天更换衣裤，都要耗费我们大量的时间成本，相对于南方较为温和的外在环境，我们再次处于劣势。

“综上，本来北方人的工资就低，可支配资源就少，加之马太效应的影响，两级分化使我们负担越来越重，沦落到彻底的衰败之中。我读书时曾把我的想法说给大人听，希望他们能竭尽全力，离开东北，移居南方。但他们不但嘲笑我的想法幼稚，还苦口婆心地规劝我大学毕业后进入他们认为的‘优质国企’，过那种论资排辈的生活。就这样我被当成一个异类，在这种环境下艰难地生活，直到上大学。

“如果说学校的知识来自于‘道听途说’的话，那行万里路的方式绝对可以使我充分验证自己的想法。沿着京广线一路向南，无论是在沪浙一代的小区，还是珠三角的城市公园，甚至是海南岛的‘黑龙江三亚市’，我都能听到‘嘎哈去’（去哪里）等熟悉的乡音。

“走出去交流让我感觉到终于找到‘组织’了，也更加让我领悟到郑和当年说的那句‘人如果不出去看看，就不知道该将自己置身何处’的至理名言。所以我追求信仰的过程是：读万卷书、行万里路、阅人无数、名家指路、专家带路、自己领悟。刘总就是我的名家和专家，感恩今生遇到您，感谢您对我的指引和帮助。”

“我有今天也是刘总栽培的结果，感恩今生遇到您。”赵辉见状，也适时接过话茬，拍了一下马屁。

良哥他们三个听罗海平这么一说，也直言不讳，各抒己见。当晚的聊天拉近了彼此的距离。也许在没有压力的环境下，人们比较容易敞开心扉，如果说做爱是身体的放纵，那谈话则是心灵的放纵，这样心灵放纵的夜晚让人性亲善的一面表露无遗。

又是恬淡好梦的一夜。第二天一早，还没等第一束阳光照进房间内，大家便不约而同在酒店外的草地上散步晨练，接着再次享用丰盛的早餐。收拾完毕，退房开车返回弗里尼欣，一路上还采购了些蔬菜和水果。

经过一个圣诞假期的休整，再次上班的时候，罗海平他们的精神状态格外好，反倒是工人们好像没从假期里缓过劲来，做事迷迷糊糊的。好在任务量不大，工人们轻松地就把穆罕默德先生的 28 个窗户都加工完了。因电镀厂要新年后才上班，窗户做好后先包装起来，并按序号排列好放在一个房间里。

赵辉已经把手头的工作彻底交接给了罗海平，上班三天后罗海平开始全权负责公司财务事项。月底这两天他忙着核对当月的各种报表，并校对打印工人工资单。越是这样的压力环境，越能锻炼人的意志。

人的心理承受能力在顺境中往往体现不出来，成功容易使人轻率，考虑问题会变得简单，遗憾总在这时产生。一个胸怀大志却又在逆境中能够忍受挫折和痛苦的男人才是靠得住的男人，刘总作为这种男人的代表，给所有人做了个榜样。有榜样的鞭策总是好的，就像永动机一样为大家的工作源源不断注入新的动力……

1997 年的最后一天，经过一上午的忙碌，加之赵辉的辅助，罗海平终于顺利处理好手头的工作。归拢好相关文件，开始为新年里去克鲁格探险做准备。

第十章

驰骋克鲁格公园

若能读懂动物的内心世界，就会对大自然产生敬畏之心，对世间生命产生怜爱之心，自然也就不会杀生了。

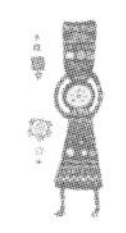

非洲五大兽

新年的第二天早上，大家起得都很早，不到六点钟就开车出发了。

克鲁格国家公园（Kruger National Park）位于普马兰加省（Mpumalanga）、北方省（Northern Province）与莫桑比克交界地带，是南非最大的野生动物保护区。它长约300多公里，宽约60多公里，占地约2万平方公里。大部分在南非境内，还有一部分属于莫桑比克。

“普马兰加”本意是“太阳升起的地方”，虽然它是南非最小的省份之一，但却拥有世界上最著名的野生动物公园、世界第三大峡谷和世界上最古老的洞穴系统。40亿年前，在普马兰加省的布莱德河峡谷（Blyde River Canyon）地带，由于地球板块分裂，此地与南极洲和马达加斯加分离开来，留下了壮观的风景：美丽的布莱德河环绕着海拔超过1000米的大峡谷，险峻中蕴藏着和谐宁静，让游客流连忘返。

克鲁格公园背靠气势雄伟的山峰，面朝一望无际的大草原，保护区内零星分布着该地区特有的森林和灌木。公园内蜿蜒的山口、陡峭的峡谷、宽阔的河流和原始的森林为游客提供了绚丽多彩的自然美景，其中包括30亿年前形成的桑德瓦拉洞（Sudwala Caves）、约克眺望点（Jock's View）、伯克的幸运壶穴（Bourke’s Lusk Potholes）、上帝之窗（God’s Window）、古斯塔夫·克林毕尔自然保护区（Gustav Klingbiel Nature Reserve）等诸多景点。

克鲁格公园的建立与布耳共和国最后一任总督保罗·克鲁格息息相关。19世纪末，由于人类恣意猎杀，南非的动物数量急剧锐减，克鲁格惊觉如果不设法保存这块野生动物的栖息地，我们的子孙后代可能再也看不到羚羊、长颈鹿、大象和狮子等动物了，于是筹划建立了这个保护区。

一百多年后，克鲁格公园成为世界上动物保护措施最完善的野生动物园之一，也是非洲十大顶级国家公园之一，其他九个分别是：马赛马拉国家保护区（肯尼亚）、喀拉哈里野生动物保护区（博茨瓦纳）、河谷国家公园（乌干达）、恩戈罗恩戈罗火山保护区（坦桑尼亚）、埃托沙国家公园（纳米比亚）、冈比亚河畔的国家公园（冈比亚）、阿哈加尔国家公园（阿尔及利亚）、奥卡万戈三角洲（博茨瓦纳）和皮瑞奈特自然保护区（马达加斯加）。在克鲁格公园西侧的平原地区，还分布着大大小小的私营动物保护区和狩猎场。

中午，罗海平一行顺利抵达克鲁格公园Nelspruit（内尔斯普雷特）的大门口。这次他们事先规划好了路线，并且制定了明确的动物观察方案，锁定非洲五大兽：狮子、大象、豹、犀牛和水牛。

非洲狮，大型猫科食肉类动物，是陆地上最凶猛的野兽，有百兽之王的称号。一般分为8个亚种：巴巴里狮、努比亚狮、刚果狮、东非狮、克鲁格狮、开普狮、加丹加狮、西非狮。其中最大的亚种是克鲁格狮和加丹加狮。颜色以浅黄、棕色为主。

雄狮站立时肩部高达 1.1 米以上，体重可达 180 至 350 千克。雄狮的头部较大，脸型颇宽，鼻骨较长，鼻子是黑色的。狮子的耳朵既短又圆，非洲雌狮的耳朵是个短短的半圆，而美洲狮的耳朵则比较长，耳尖也比较尖。非洲狮的四肢非常强壮，爪子也很宽，尾巴相对较长，末端还有一簇深色长毛。在所有的猫科动物中，狮子的群体意识最强，头领雄狮的主要职责是保卫领地，其他的雄狮负责保护雌狮，而雌狮主要负责捕猎。

众所周知非洲狮是一夫多妻的，而同侍一雄的各个雌狮之间能够和睦相处，甚至允许其他雌狮生的幼狮吃自己的奶，这在哺乳动物中是很少见的。一个狮群中的雌狮基本是稳定的，它们一般从生到死亡都会待在同一个狮群，当然狮群也会接纳新来的雌狮。但雄狮常常是轮换的，它们在一个狮群通常只待两年，当现有的狮王被年轻力壮的新雄狮打败后，往往自动离开这个狮群，另觅生存之地。

非洲象，陆地上最大的哺乳动物，雄性和雌性呈二态性（雌雄两性在体形或身体特征上都有所不同）。一般分为 2 种 6 个亚种：非洲草原象和非洲森林象。

非洲象的耳朵非常大，上下可长达 1.5 米，而亚洲象耳朵更圆、更小。大象的耳朵可以散发热量，以此保持身体凉爽，由于非洲大陆的温度通常比较高，所以非洲象需要非常大的耳朵散热。非洲象前足五蹄，后足三蹄，有 21 对肋骨和最多 26 个尾椎骨。前额突起，背部更加倾斜，肩部是最高点，鼻子前端有两个指状突出物，而亚洲象只有一个，来帮助它们控制物体。

非洲象雌、雄均有长獠牙，但雌性的小得多，亚洲象只有雄性有獠牙。成年非洲象体长 6 到 7.5 米，尾长 1 到 1.3 米，肩高 2.3 到 4 米，体重范围从 2 吨到 7.3 吨，平均寿命 60 到 70 岁。和亚洲象一样，非洲象也用它们的鼻子来闻、吃、交流、控制物体、洗澡和喝水，它们喝水是用鼻子先吸水后再喷入口中。

大象属于群居动物，一般 20 到 30 只组成一个家族群，每群都由雌象统帅，成员大多是它的雌性后代。雄象在群体中地位低下，长到 15 岁时就必须离开群体，只有在交配期间才偶尔回到群体中。群体中有严格的等级制度，行动时要按照地位高低排序，无论吃喝、交配和走路都秩序井然，群体中的成员之间通常十分和平、友好。大象具有复杂的情感，是最有灵性的动物之一。它们能互相帮助，甚至会全家到死难亲属遗骨前凭吊。

非洲象没有固定的发情季节，常年均可交配繁殖，雌象的孕期为 21~23 个月，是哺乳动物中孕期最长的动物，幼仔一般在 7 到 8 月间出生，每胎产 1 仔，两次产仔的间隔期约为 4 年，每只雌象一生可以产 4~5 胎。在幼仔 5 岁前，雌象会一直守护在幼象身边，雄象最晚在 15 岁会被逐出家门。

每只成年象每天要吃掉 150 到 225 公斤的植物，是名副其实的“毁林高手”，所以它们为了寻找食物要不停地跋涉，平均一年要走 16000 公里，迁徙的路线往往还要穿过溪流、湖泊、沼泽等，使大象的一生就像一次极有耐性的漫长的寻食旅行。虽然行程万里，但它们不会迷路，因为每个群体都有内部保持联络的声音和气味，无论走出多远，都可以找到家族的去向。大象用低频象语交流，依靠额上一个能震颤的部位发出声音信号，频率大多在低频 14 到 24 赫兹之间，人耳无法分辨。

非洲豹，是花豹的指名亚种之一，大型肉食性猫科动物。头小尾长，四肢短健，尾尖粗重，有助于它在高速奔跑时保持身体的平衡。前足 5 趾，后足 4 趾，爪子白色，可以像猫一样收回肉垫里。

犬齿及裂齿极为发达，上裂齿具三齿尖，下裂齿具二齿尖，臼齿较退化，齿冠直径小于外侧门齿高度。舌头的表面长着许多角质化的倒生小刺，嘴的侧上方各有 5 排斜形的胡须。额部、眼睛之间和下方以及颊部布满了黑色的小斑点。

非洲豹肩高 60 到 70 厘米，尾长约 90 厘米，重 50 到 90 千克。身体的毛色鲜艳，体背为杏黄色，颈下、胸、腹和四肢内侧为白色，耳背为黑色，有一块显著的白斑，尾尖黑色，全身都布满了玫瑰花形的图案和斑点，头部的斑点小而密，背部的斑点密而较大。

非洲豹有一种近亲，叫猎豹（Cheetah），人们通常将其与花豹混淆，加上中文都含有一个“豹”字，所以很多大陆来的游客误把猎豹也算进了“非洲五大兽”。其实花豹与猎豹的区别在：花豹体型较壮硕，头部较大，四爪伸缩自如；而猎豹全身都有黑色的斑点，从嘴角到眼角有一道黑色的条纹，左右两条黑纹有利于吸收阳光，从而使视野更加开阔。

猎豹两颊有类似眼泪的斑点，尾巴末端的三分之一处有黑色的环纹，后颈部的毛比较长。猎豹的体型纤细，腿长，头小，耳朵短，瞳孔为圆形。因为体型呈流线型，猎豹跑起来显得十分轻盈，加上其脊椎骨十分柔软，在急转弯时，大尾巴可以起到很好的平衡作用，身体的这种特殊结构使得猎豹成为陆地奔跑速度最快的动物，最高速度可达每小时 120 公里。

但由于猎豹在进化过程中过分追求速度，放弃了咬合力，使其短小的犬齿只适合咬住猎物的喉咙。爪子进化成了像钉子鞋的鞋钉那样，不能像猫咪一样收回到肉垫里。由于豹子独来独往的习性，它捕获的猎物常被其他猛兽抢走，甚至有时母豹在捕猎时，幼豹会被其他猛兽吃掉，所以导致其种群数量锐减，也就显得越发珍贵。

犀牛，现存仅有 4 属 5 种：黑犀牛、白犀牛、印度犀牛、苏门答腊犀牛和爪哇犀牛，属于一类保护动物。犀牛体肥笨拙，身长 2.2 到 4.5 米，肩高 1.2 到 2 米，体重 2800 到 3000 千克。

犀牛拥有异常粗笨的躯体、短柱般的四肢、庞大的头部，全身披以铠甲似的厚皮，吻部上面长有单角或双角，头两侧还有一对小眼睛。它们虽然躯体庞大，相貌丑陋，但却能以相当快的速度行走或奔跑。非洲黑犀牛在短距离内最快速度能达到每小时 45 公里。

非洲常见的犀牛有两种——黑犀牛与白犀牛，它们的区别并非颜色，而在于嘴部形状。黑犀牛嘴部呈尖形突出，以树木嫩枝、树叶、块茎等为食，肩高在 140 到 160 厘米之间，脾气暴躁；白犀牛并非白色，而是来源于它宽大而平的嘴唇在南非荷兰语（Afrikaans）中“wijd”的谐音，它通常以地面的短草为食，肩高在 165 到 180 厘米之间。白犀牛的角相对长些，体型比黑犀牛要大得多，喜群居，性情温顺，不易激动。黑白犀牛均是重度近视，但嗅觉敏锐。

非洲犀牛和亚洲犀牛的牛角有两点主要区别：1. 犀牛角底部的形状（亚洲犀牛是椭圆形，非洲黑犀牛是圆形，非洲白犀牛是长方形）；2. 犀牛角底部凹腔处旁边的“裙边”（裙边开阔的是亚洲犀牛，裙边窄的是非洲犀牛）。此外，通常非洲犀牛有两只角，并且比较大，最大的长度可达 80 至 90 厘米，质硬，易裂，半透明；亚洲犀牛只有一只角，角小，最大的印度犀牛其角也仅 30 厘米，而最小的印尼苏门答腊犀牛，角只有十几厘米，质细性糯。

犀牛体表皮肤虽很坚硬，但其褶缝里的皮肤十分娇嫩，常有寄生虫在其中，为了赶走这些虫子，它们要常在泥水中打滚抹泥，借此来保护自己。此外还有一种牛椋鸟，特别喜欢吃犀牛身上的寄生虫，所以常与犀牛为伴，落在犀牛背上为其“警戒”。体态笨重的犀牛和小巧轻盈的牛椋鸟相映成趣，构成了非洲大草原上一幅美丽、和谐的画卷。

非洲水牛，也称非洲野牛，是一种产于非洲的牛科动物，非洲草原上体型最大的动物之一，狮子也敬它三分。平均高度约 1.4 到 1.7 米，体长 2.1 到 3.4 米，体重约 425 到 850 千克，平均寿命 15 到 20 年。非洲水牛胸膛宽阔，四肢粗壮，头大角长，雄性的角会像大盾一样覆盖在头顶，身体覆盖稀疏的黑毛，耳朵大而下垂。非洲水牛和亚洲水牛的亲缘甚远，在演化上非洲水牛的祖先尚不清楚。

非洲水牛为群居动物，通常只有年老或受了伤的才会落单，牛群中最强壮的公牛会成为族群的领袖。虽然是食草动物，但由于它的脾气很坏，所以也是最可怕的猛兽之一。它们通常集体作战，由一头成年雄性水牛带头，组成大方阵冲向入侵者，数量可达数百头甚至上千头，时速可高达每小时 60 公里。

非洲水牛每天至少喝一次水，并且从不远离水源。它们是夜行动物，日间会避开烈日高温，常躲在阴凉处或浸泡在水池、泥泞中，给身体降温。非洲雄水牛大概 7 岁开始交配，雌水牛怀孕期为 340 天左右，通常在 5 岁左右诞下第一胎，之后隔年生产。新出生的小牛几小时后便可自己走动，但夭折率高达 80%。

随缘观察动物

入园后，大家简单吃了顿快餐，就开车向北出发。

郁郁葱葱或高或矮的树丛，头顶上的蓝天白云，美丽的自然风光让身处其中的人在远离城市的喧嚣和纷杂后感觉到天道的真朴，心情无比轻松愉悦。

随着汽车缓慢行进，陆续看到有羚羊在草丛间漫步。也许是见多了游客的缘故，悠闲吃着嫩草的跳羚们并不惧怕人类，只当越野车靠近到一定距离时才警觉地跳开，保持一定的安全距离后停下，继续寻找它们的嫩草。

三五成群的狒狒悠闲地跨过马路，淘气的小狒狒会在母狒狒的背上动来动去，时而还会双手环抱妈妈而挂到母狒狒胸前，而母狒狒走累了或发现紧急状况，也会坐在地上环视四周。

“你们看狒狒屁股，基本都是光秃秃的两块浅红色嫩肉，毛都被磨没了，而周围是一层厚厚的棕黄色绒毛。它们身上还有一处没毛的地方，就是脸。在游客眼中，每张狒狒脸都长得差不多，但其生动的脸部表情反映出它们内心世界的丰富。那个靠近树根坐着的母狒狒，胸前两个干瘪的乳房耷拉着，怀里依偎着一个出生才几个月的小狒狒。母狒狒在专心致志剥着果壳，当她剥开后，小狒狒机灵地用手把果仁快速放进自己的嘴里，母狒狒目光慈爱地看着她的孩子，眼神里都是满足。”刘总边开车边给大家做专业级的向导。

两只野猪低着头在地上拱吃的，远看它们的獠牙，似乎不像书上说的那么恐怖。远处在平顶树上露出了长颈鹿的脖子，开车绕过去，只见几只长颈鹿一边悠闲地走着，一边寻找鲜嫩的树叶。长颈鹿的舌头很长，最长有半米多，颜色呈灰黑色，而且很灵活，取食高处的树叶时只要用舌头轻轻一钩，便可轻松送到嘴里。长颈鹿的舌头呈现灰黑色并不是吃的树叶“脏”，也不是被非洲的“毒太阳”晒的，而是舌头上分布的神经和血管反映出来的颜色。

“刘总，雌性和雄性长颈鹿头顶上都有两只带毛的角吗？”

“长颈鹿头上有三对角，最大的一对长在头顶，最明显。小的一对长在耳后，最小的一对在眼睛后面。因为长颈鹿很高，我们观察时视线是从下往上的，所以通常只看到它们头顶最大的一对角。其实雄性长颈鹿在额头中间还有第 7 只角，这个也是鉴别雌雄的一个重要特征。

“长颈鹿的角正常情况下都是毛茸茸的，如果看到某只长颈鹿角的顶部是光秃秃的，或者只有稀稀拉拉几根毛，就可以推断是雄性。因为雄性长颈鹿之间常常打架，打架时它们用头上的角相互顶来顶去，所以角顶上的毛就被磨没了。我们辨别长颈鹿性别时，受高度所限，往往只能观察它们屁股下面的生殖器，由此判断它的性情。别看平时它萌萌的，一旦发起脾气来，一脚能踢死狮子。”

“那长颈鹿身上的花纹是用来隐藏保护自己的吗？”

“很多动物学家认为长颈鹿身上的花纹是用来伪装保护自己的，当一些视力不好的食肉动物从远处看到长颈鹿，会误以为是一棵枯死的老树，而放弃捕猎。小鸟会把它的角当成树枝，落在上面休憩。不过我认为这是一种动物进化的结果，通过增加身体外部明显的'标记'来巩固自身的身份特质，简单来说就是使长颈鹿在种群内部不会被'张冠李戴'。"

"我觉得长颈鹿最神奇的是没有高血压症。长颈鹿正常血压有300，是我们人类的三倍，心脏也重达11公斤以上，加上坚固的血管，具有很强的收缩力。你看它喝水时把脚趴开，头从几米高的地方落到水面，这种动作都没有造成脑溢血，真是牛。不知道长颈鹿突然跌倒的话，会不会死于脑溢血。"

"长颈鹿大脑下部的血管网络相当发达，动脉和静脉分成很细的支状网，颈静脉中有一个多功能的瓣膜，作为调控器官。当长颈鹿突然抬头时，大脑里的血液在器官的调控下只会缓慢流动，并不像我们想象的那样剧烈，所以长颈鹿的血压虽然很高，但却均匀顺畅，而不会像我们人类感觉的那么危险。也许正是这个原因，导致长颈鹿奔跑时，和其他动物不同，呈现双拐状，看起来一蹦一蹦的，但速度一点也不慢。"

"快看，犀牛。"顺着程庆军所指的方向，大家看到一只白犀牛悠闲地在草地上漫步。宽而平的大嘴在离地不过30厘米的高度慢速移动，时不时张开嘴咬咬地面上长得比较高的草。

"犀牛的眼睛位置很怪，我们根本无法通过眼神知道它在看哪里。很多人认为它的视力很差，其实不然，犀牛可是森林的义务消防员，只要它发现明火，就会义无反顾地跑过去扑灭它，非常尽职尽责。我想可能是犀牛的灵性很高，厌倦了动物界的那些'市侩俗气'，为了'眼不见心静'，进化使其眼睛处在一个不容易看到外界那些'市侩俗气'的地方，独自'修炼'。所以犀牛在动物界里是比较自视清高的，大多独居，只有在发情期才跑去找同伴交配。

“犀牛对爱情相当执着，我们人类会认为它们固执，或许‘羊左之交’、‘士为知己者死’才是它们追求的境界。公母犀牛的热恋期有四个月左右，他们会非常珍惜这段宝贵时光，直至母犀牛怀上宝宝，公犀牛才恋恋不舍地离去，并且深刻领悟‘刹那即永恒’的道理，继续独自去‘修炼’。母犀牛很独立，并不像很多怨妇妈妈一样指责‘爸爸’不称职，而是独自把小犀牛抚养大。”

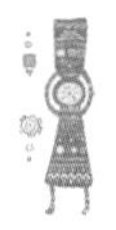

夜宿小木屋

太阳已经落山，天也渐渐黑了下来，刘总开车就近找了一家公园营地入住。

克鲁格公园的住宿大致有三种选择：

第一种是住在公园大门外的小镇上，比如 Komatopoort（科马蒂普尔镇）、Malelane（马莱拉内镇）、Nelspruit（内尔斯普雷特镇）等。这些小镇上的酒店档次从低到高都有，选择面广，住宿条件和设施相对齐全，缺点是 Safari（游猎、观兽旅行）受限，像凌晨 4 点的 Sunrise Safari 就没法参加，要参加一定要住在公园里。

第二种是住在公园的营地里，其住宿条件很一般，但近水楼台先得月，主要目的是看动物。公园营地的住宿，分为帐篷（Camp）和小木屋（Hut）两种。

一些背包客在网上发的博文大多配的是帐篷营地的图片，仿佛自然保护区的帐篷酒店是多么高端大气上档次似的，实际上这种帐篷宿营是整个营地档次最低的，当然也是最便宜的。帐篷里连个卫生间都没有，洗漱上厕所需要去营地的公共厕所解决。但这种方式却颇受很多欧美自助旅行者的喜爱，尤其是情侣。爱旅行的法国人会在帐篷外支起折叠餐桌，点上蜡烛，插上几枝林间采来的野花，打开一瓶红酒，边吃边聊，好不惬意，好不浪漫，真是酒到高潮排山倒海，酒到深处情暖人间。

不知道有多少对中国的情侣体验过这种浪漫之旅，不过比起花钱营造浪漫氛围，中国人精打细算更实际，即便独特的旅行经历会让恋人们情定终生，甚至成为人生最宝贵的一段记忆。中国人反而更愿意把钱花在买房而非体验上。很多中国女孩往往更钟爱像海天盛筵这样的精英聚会，而不是和大自然、动物的零距离“接触”，所以见自身、见天地、见众生的修炼过程真的是任重而道远。

第三种是住在私人营地（Game Reserve）里。能获准入住的人，往往都是圈内人士，某种意义上就是指高端商务团。这些私人营地有点像国内的高尔夫俱乐部，强调尊贵和专享。分布也比较零散，在私人营地四周一般都围有一圈铁丝网。有的私人营地还有狩猎场，供土豪们充分地消遣娱乐。至于消费，人均每天至少过万，其他特殊项目另算。相对于第二种，帐篷宿营加门票加自驾 Safari，平均每人每天 1 千多，实在是天壤之别。

刘总经常说“一个真正的男人能够与皇帝一起吃饭，和乞丐一起生活”，所以这次选择了第二种的小木屋住宿。这种小木屋有点像国内旅馆的单间，建筑很有南非本土特色，树墩围成的墙，缝隙很小，抵御毒蛇猛兽绰绰有余。每个房间都有一个独立的卫生间，上厕所很方便。餐厅在户外，厨房餐具和烧烤架一应俱全，各种调味蘸料自己选择。

不远处就是鳄鱼河，静下来能听到水流的声音。这里景色秀丽，视野开阔，可以说是花最少的钱体验到最原始的非洲风情、最地道的南非特色。虽然环境比较原生态，但由于外面有铁丝电网的保护，所以不用担心安全问题。

人言落日是天涯，望极天涯不见家。非洲人喜欢用歌舞和乐器来表达内心的喜悦，欧洲人喜欢用舌头和身体来奏出完美乐章，而这群单身中国男人在这样一种彻骨宁静的孤独中，更愿意让大脑里的神经系统通过思考，产生奇妙的化学变化，来感悟生命和自然的真谛。

此情此景，适合吟一首东晋诗人陶渊明的《饮酒 · 其五》：

结庐在人境，而无车马喧。
问君何能尔？心远地自偏。
采菊东篱下，悠然见南山。
山气日夕佳，飞鸟相与还。
此中有真意，欲辨已忘言。

Safari

早上天还没亮，一行人就出发了。

克鲁格国家公园内有 147 种哺乳类动物、114 种爬行类动物、507 种鸟、49 种鱼和 336 种植物。其中羚羊数量超过 14 万只，在非洲名列第一，非洲野牛 2 万只，斑马 2 万匹，非洲象 7000 多头，非洲狮 1200 只，犀牛 2500 头，此外园内还有数量众多的花豹、长颈鹿、鳄鱼、河马、鸵鸟。

本以为出来这么早路上不会有太多人，没想到碰到一车又一车有相同想法的游客，大家彼此挥挥手，默契地组成一条车队。这其中有一辆绿色的“骆驼”越野车，车上的导游是个能通兽语的本地黑人，通过口哨示意其他司机各种路况信息。刘总为了省事，就一直跟在他车后面，找动物的工作一下子变得简单起来。

大家全神贯注地通过车窗仔细眺望周围的环境，远处能听到河里河马发出的响声，不知道是不是汽车的行驶声惊扰到了它，还是公河马靠近了母河马身旁的小河马，总之河马发出的恐吓声连续不断，好在它们生活在水里，只要不靠近河边，它们是没有什么威胁的。

突然，前车导游做出手势，示意大家有情况，慢慢分散开来观察。原来前面草丛中有六只狮子在分食一头野牛，野牛的内脏已经被吃光，身上的肉也被吃掉大部分，只剩外面一层皮毛和四肢。这六只狮子初步判断可能是一个狮群的，有两只母狮子，其他是小狮子。

观察了一阵，前面的车陆续离开，刘总也跟着，继续寻找新的“景点”。此时太阳刚刚升出一多半，晴朗的天空下星星已经没有之前那么明亮，但也没有完全褪去，只变成一个个白点，悬挂在头顶。

前面的车队再次停下，罗海平他们仔细观察也没看到什么，旁边几辆车上的游客也在互相询问“景点”在哪里。过了好一会儿，众人才在其他游客的指引下发现了“目标”。原来在前方四五十米处的一根树杈上，趴着一只花豹，它眯缝着眼睛，和观察它的游客互相对视着。

远远看着这只花豹，总体感觉就是它很漂亮，一根黄棕相间的尾巴时不时摆动几下，仿佛跟来观看它的游客在打招呼，人们也礼貌地向它挥挥手。过了一段时间，花豹看游客没有离开的意思，就一个箭步，“腾”地一下从树上跳下来，跑到那个会兽语的导游车前，张开嘴巴，伸出它那满是倒刺的舌头，好像在说“快看，给你们看，看完就别再烦我了”。

也不知道那个导游对它说了什么，转瞬之间，这只豹子就侧身消失在树林里，罗海平他们连花豹是公是母都没来得及分清，只能等到回去把相机拍的照片上传到电脑里再细细分辨。也许花豹是“五大兽”里数量最少，也最难观察到的动物，所以南非政府把豹子的图像印在面值最大的200元纸币上。

随着Safari的车流，一路大家又看到了鸵鸟、斑马等动物，不知不觉太阳已经升得老高，逆光观察动物时有点睁不开眼睛，索性沿着鳄鱼河看看有什么发现。河里主要看的是河马和鳄鱼。在安全距离外，河马和鳄鱼和睦相处着。

河马往往是成群结队的，母河马对小河马更是寸步不离，从远处岸上只能看到河马肥胖的上身和头部，间或有些小鸟在河马头上抓“虱子”。至于鳄鱼，飘浮在水面上的鳄鱼就像一段段枯木头，顺水漂流，水下的情况根本看不到。由于河水有些浑浊，罗海平只能在大脑里想象动物们在水下拼杀的激烈场面。有时很难相信生活在河里的鳄鱼居然不是靠吃水里的鱼类为生，而是靠捕食来河边饮水的大型陆地动物为食。

由于事先计划把克鲁格公园尽可能绕一小圈，所以原则上不走回头路，按着指示牌，有计划有步骤地尽可能都转转。为了节省时间，连早餐都是在车上解决的。

罗海平还记得刘总说过的杈把果，一路瞪着眼睛寻找，也没有发现，不过倒是发现了其他一些珍奇植物，像大象果、银桦、柽柳、山龙眼、海岸松等。最让大家惊奇和兴奋的是看到了生石花和帝王花。

生石花，顾名思义，就是像石头一样的花，属多年生小型多肉植物，茎很短，表面很像小块的鹅卵石子，开花时花朵可以将整个植株都覆盖，花谢后结出果实，并产生非常细小的种子，由于花期很短，几乎很难看到生石花开花。作为南非的国花，帝王花则以其花朵硕大、花形奇特、瑰丽多彩、高贵优雅著称，被誉为“花中之王”。帝王花的花期很长，可以说是久开不败，又被誉为全世界最富贵华丽的鲜花，代表着旺盛而顽强的生命力，并象征着胜利、圆满与吉祥。

虽然罗海平早就听说公园里有些非常著名的豪华旅馆，像 Londolozi、Mala Mala 和 Ulusaba 等，在里面随时可以看到“五大兽”，但这些地方并未列入此次的 Safari 计划。

一行人努力追寻动物的足迹，并不觉得时间过得快，只是感到日晒的程度和角度在不断变化。临近中午时分，就在大家疲惫“偷懒”的时候，从前方约几十米处走过来一队象群。在这个等级严格的母系社会的家族中，一头成年母象走在最前面，接着是三头母象和两只小象，小象调皮地围着母象跑老跑去，离它们十几米开外有两头公象。最后面一头公象的左侧象牙前面一小段折掉了，露出参差不齐的断纹，使人不禁好奇其断牙背后的故事。

大象的眼窝凹陷，灵动的眼神透露着聪颖。虽然视力不好，但它们通过声波交流，在无干扰的情况下，声波一般能传播 10 公里以上，但如果遇上气流等因素导致介质不均匀，只能传播 4 公里，如果在这种情况下不能满足彼此间的交流，它们还会采用跺脚的方式辅助沟通。如果一个象群的全部成员一起跺脚，产生的强烈“轰轰”声最远可传播 32 公里。而对方接受“信息”的方式也很奇特，不是把耳朵贴在地上，而是使声波通过大象巨大的四肢传导到身体的骨骼，再传导至内耳，而大象脸上的脂肪可以用来扩音，使信息反馈至大脑的中枢神经。

追随了一段大象的脚步，一行人在一个岔路口再次与车队分开，按着路牌的指引继续回归到计划的路线当中。沿着 4 号公路一路前行，最终在下午四点钟来到了 Nelspruit 小镇上。

这是一座圆形的建筑布局类似八卦造型的小镇，有点像新疆特克斯城。大家在 Buffels 大街上的 Red Falcon Spur 餐厅大吃了一顿，毕竟持续 12 个小时追逐观察动物，所有人都消耗了大量的体能。车上的汽油快耗光了，刘总把车子加满油，然后在“八卦”的外圈边缘找了家旅店安顿下来，众人进屋后倒头便睡。

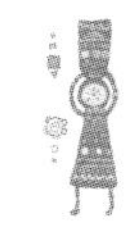

生死禅悟

再次醒来已经是晚上了，刘总把大家都叫起来，到室外吃夜宵。所谓的夜宵不过是一边在烤炉上烤着肉串，一边喝着啤酒和饮料，同时仰望着壮丽的宇宙星河。

“看了一天的动物，大家谈谈各自的收获和感想吧。”刘总一边在火上翻转着肉串，一边看着程庆军和赵辉。

“此次克鲁格之行对我来说真是收获甚大，就拿五大兽来说，我统计基本都是‘3+2’模式：三类群居动物加两类独居动物，三类食草动物加两类食肉动物等。原以为食物链越高级的动物会越快乐，繁殖的种群数量也会相对增加，毕竟它们的天敌少，食物可选择面广，但事实并非完全如此。

“比如大象，就算人类没有因为对象牙的贪婪而过度捕杀，它们也会因为自身庞大的身体需要消耗过多植物而导致食物匮乏进而饿死，所以大象要不停地在草原上奔波来寻找食物，而这种长途跋涉又大大增加了它们对食物的需求量，或者说它们要靠抢夺其他食草动物的食物来保持自己种族的生存和繁衍。动物界没有它们的天敌，而自然界的平衡法则恰恰是它们最大的天敌。虽然非洲气候炎热，光照充足，植物生长速度快，但也赶不上大象吃植被的速度，所以为了觅食，大象一年可能要走 16000 公里以上的路途。

“也许正是这种‘生命在于运动’的习性，赋予大象较长的寿命，跟人类差不多。其长寿的另一个原因可能是情感的‘发达’。大象的脑容量在陆地动物中是最大的，交流表达的方式也多种多样。比如公象在发情期撩妹的时候，一般会先吼上两声，大概意思就是夸母象好美，好有气质，接着会用鼻子在母象身上抚摸，像恋爱中的男生用手抚摸女生的头发，之后再用鼻子相互纠缠，像情侣间的拥抱，有的时候公象还会把鼻尖塞到母象的嘴里，这大概算是大象的强吻吧。婚后公象依然承担着家庭义务，是典型‘妻管严’的家庭妇男。

“别看大象在家里‘相妻爱子’，百般温顺，在外面可是真正的群兽之王，连有‘百兽之王’之称的狮子，在路上碰到它都要避让三分，防止大象发脾气时把自己像皮球一样踢飞。这不正是我们男人追求和修炼的境界吗？在外面是个叱咤风云的‘大哥’，在家里是一个温柔的丈夫、和蔼可亲的爸爸。

“有些女性总把丈夫的出轨归结为‘渣’，却不能好好反思自己的领导能力是否有所欠缺。一场战争的失败，指挥官永远承担着最大责任，多向大象学习学习，看看人家母象是如何领导整个家族的，女性或许会有所启示。人性总是有很多相通的地方，多反思才能提高，多提高才能进步，进步到一定程度才能从根本上解决和规避问题，抱怨和指责只会增长自己的业障，消减自己的福报。”程庆军首先开腔。

好在听众都是男性，都认同他的观点，要是有女性听众，没准就要辩论起来了。

“人类观察动物通常有三种境界：第一个境界是看动物，找到目前人类所发现的各个物种的动物，然后观看它的体貌特征，与书本上所讲进行参照比对；第二个境界是辨动物，在第一个境界的基础上，能够掌握一些单个个体的动物特征。比如这次我们看到的那只长颈鹿，下次遇到是否能认出来，这里面有对人大脑抽象思维的极高要求，不但要有极高的天赋，还要经过长期和大量的训练才能达到这个境界，比如清华美院的王昱珩先生，以及一些终身研究某类动物的科学家；第三个境界是听动物，在第二个境界的基础上，通过观察动物个体的体貌变化，通过与之交流，来读懂动物的内心世界，知晓它的喜怒哀乐，用动物的标准审视它，以及它所经历的‘故事’。”刘总像拉开了话匣子，开始滔滔不绝。

“当我们能够达至第三重境界后，就会对大自然产生敬畏之心，对世间生命产生怜爱之心，自然也就不会杀生了。衡量是否杀生的真正标准在于杀害的对象是否是具有脑细胞的生物，如果一个人伤害了具有脑能量的生物，对方的脑能量亦会作用于此人，其负面作用将时时刻刻辐射影响此人。因此过去的老人都劝诫人们不要吃蛇、龟之类灵智高的生物，又怕世人不听，便在民间把动物代入‘鬼’、‘仙’的传说。

“早期的佛教侧重开发自身的脑能量，自然不希望有任何外界的脑能量对个人修炼造成负面影响，所以要吃斋，食素。食用无脑的植物，自然可以免受对方脑能量的影响。但对于并不修行的普通百姓来说，生存模式不具备完全吃素的条件，一旦憋不住想要吃肉怎么办呢？那就要做到‘五不’：不自己杀生，不因为自己而杀生，不见整个杀生过程，不要浪费已被杀的动物，吃前念经为其超度。还有就是趁动物尸体新鲜时吃掉，这样可以最大限度地减少脑能量散发出来的负面作用。一般食物对老百姓脑能量的影响从低到高依次是：植物类、昆虫类、鱼类、家禽类、鸟类、猪牛羊类、猫狗类、龟蛇类、灵长类，极具灵性的生物，比如狗、蛇、龟之类，最好就别吃了，在市场上看到有卖烧烤大猩猩等动物时，要尽快远离。民间认为大部分的鬼都会害怕屠夫，因为屠夫身上的怨气重，连鬼都不敢靠近，屠夫那把屠刀更是被认为有辟邪功效。事实上一般的脑能量体生物害怕经常杀生的人，不是它们怕这个人本身，而是害怕沾惹上环绕在此人身边的各种乱七八糟的脑能量体，就像一个人身上沾满屎尿，常人都会躲得远远的。假如一个屠夫每天都杀猪，那么他的脑能量就会长期受到猪脑能量体的辐射作用，积少成多到一定程度后，还会发生质变进行融合反应，那么这个屠夫的样貌、个性等也会因此越来越像猪。

“佛家的‘九想观’同样适用于杀生，从‘新死想’、‘青瘀想’、‘脓血想’、‘绛汁想’、‘虫啖想’、‘筋缠想’、‘骨散想’、‘烧焦想’到‘枯骨想’，完全想过一遍，你还想吃肉吗？”

“不想，因为吃饱了。”赵辉在一旁开玩笑地回答。

大家都被这句话逗乐了，好在众人已经把肉串吃完了，否则真的是吃不下了。

“我们常人不能坚持长期吃素，平时就要多放生，以积功德。放生是消除罪孽的最好方法。在放生的过程中，最大受益者还是放生的善信者本身，因为通过放生的行为，善信者不仅偿还了宿世的杀债，更为自己无形中创造了无数的福德因缘，所以素食利于我们的身体健康，放生利于我们增强福慧能量。

“放生是慈悲和善行的义举，能够较为理想地抵消和清除历史时空中诸般杀业的历史印记，是一种重要的清因化业的举措。所以放生灵性越高的生物，得到的回报也就越大。只要你不断地帮助众生，这股不断壮大的良性能量波终究会冲破你的身体磁场，融入你的脑能量之中，你的身体磁场亦会因此更加强大，慢慢会和外界传送过来的良性能量波形成良性能量循环，受外界恶性能量波辐射的影响也就越小，所以善者越善，恶者越恶。我们应该在自己的能力范围内尽量帮助众生，多做善事，这样真正遇到困难时上天才会帮助我们。”

罗海平一边点头，一边想到在大学里读过吕祖的放生偈：

汝欲延生听我语，凡事惺惺须恕己。
汝欲延生须放生，此是循环真道理。
他若死时你救他，你若死时天救你。
延生生子别无方，戒杀放生而已矣。

当时没什么感觉，只当是天道循环，报应不爽，处世宜多行善。如今身在南非，危机四伏，险情不断，人身安全都得不到保障，才切身体会到怀着一颗善心多做善事的重要性。多行不义必自毙，如果迫不得已而要行不义之举，必须通过多行善事来弥补，防患于未然，这大概就是刘总常去南华寺敬香布施的原因吧。

不知不觉又聊到了半夜。明月当空，仰望浩瀚宇宙，感叹人类之渺小，天地之伟大。

男人与钻石

第二天醒来，太阳已经升得老高，看了一下表，九点一刻。原来昨晚大家聊得太尽兴都睡过了头。罗海平洗漱完毕叫醒了同伴，收拾完便踏上归途。

刘总并没有直接把车开回家，而是朝比勒陀利亚方向驶去。在R21和1号公路立交的交汇处拐下Van Nikkelen大街，放眼望去是一排排的高档别墅。汽车终于在68号门前停下来。刘总下车去按门铃，并对着门口的摄像头挥挥手，不一会儿，只见一个60多岁，满头白发的白人老者走出来，和刘总亲切地握手拥抱，之后打开大门示意把车停进院内。

老人名叫Brody，为人和善。一行人分别和他问候，握手。老人的院子很大，房子后面还有一个100多平米的泳池，院内种了很多花草，一派世外桃源的景象。家中还养了一只断尾、没裁耳的黑色杜宾犬，身上的皮毛油亮油亮的，被主人打理得很干净，它时刻跟在主人身边，当主人坐在沙发上时，它也支起前腿坐立在主人旁边。这种狗体型很大，虽然不喊不叫，但看上去就很渗人，可以说不怒自威。

老人把刘总六人请到客厅，聊了起来，刘总也和他分享了此次克鲁格 Safari 的经历，对方时不时插上几句。看得出刘总和 Brody 应该是老朋友，好久没见了，今天重逢格外开心。

Brody 吩咐太太和佣人准备午餐，中午留他们在家吃饭。聊着聊着就聊到钻石，刘总说我这边有个兄弟下周要离开南非回中国，走时想带颗钻石。老人起身走进里屋，不一会拿出一个盒子，打开一看，在场的人吓了一跳，里面有 8 颗晶莹剔透的钻石。Brody 示意刘总自己挑选一下，刘总叫赵辉过来选，赵辉很紧张，笨拙地拿着镊子夹起其中一颗左看右看，Brody 微笑地在旁边看着，一边指导如何分辨钻石，一边解释这颗钻石的优缺点。

男人对于钻石的留恋可能还不及香烟，毕竟它只是一块石头，管它是白钻还是彩钻。从功用上，钻石分为工业钻和首饰钻；从来源上，分为天然钻和人造钻。最早人类发现钻石时，并没有觉得有什么特殊，只是认为以其硬度指标或许在工业上有点用处，于是玻璃刀、拉丝模等金刚石制品被应用到一些领域中。

到了 1955 年，GE 公司通过高温高压获得人造钻石的技术后，天然钻石的最后一点工业价值也失去了。这个时候戴比尔斯公司站出来，通过能被女性接受的数学推理（因为钻石 = 美好 + 永恒，而爱情 = 美好 + 永恒，所以钻石 = 爱情），把钻石和爱情画上了等号，加之广告效应（A Diamond is forver. 钻石恒久远，一颗永流传），使女人们深信：没有钻戒的求婚是不够真诚的。

以男人的逻辑，一块破石头怎么就能证明爱情的坚贞，怎么就能保证婚后不会移情别恋呢，真是荒谬。不过女人就是这么好骗的一种情感动物，她们就是喜欢那璀璨、亮闪闪的破石头。要是不信，若两个男人去求婚，一个送的是钻戒，一个送的是 M16 步枪，你看姑娘会嫁哪一个？于是男人因为爱情被钻石绑架了，很多男人辛苦半辈子奋斗，换来的只有一块破石头。用创意蛊惑女人的是男人，为此而受苦的也是男人，男人何苦为难男人。

虽然不少男人认为钻石是20世纪全球最精彩的营销骗局，但当很多因素融入到这场营销过程中时，钻石作为能够体现人性弱点的最具代表性商品，依然无可替代地出现在历史的舞台上。与此类似，还有一个重大发明，就是女人穿的丝袜，一个为男人生产却穿在女人身上的商品，由此可见，经商的最高段位是研究人性，差别只在你是做魔性经济的商品，还是做佛性经济的商品。

南非从1868年挖出了第一颗大钻石后，奇迹在这片土地上就一直被刷新，戴比尔斯公司对钻石的垄断也使这个产业链的下游从业者尝到了甜头。更加规范的管理和专业的资质认证使人们对钻石的保值、增值功能深信不疑，垄断所带来的暴力也引发了大量纷争，但不管怎样，这个行业在全球快速发展、壮大起来。

在Brody的建议下，赵辉挑中了其中一颗钻石。由于没有身份，只能算是一颗“黑钻”，不过对于一个工作不久的年轻人来说，它的全部意义是为了挽救一段不想失去的爱情。刘总写了一张支票递给Brody。Brody收好剩下的钻石和支票，热情地请大家品尝午餐。赵辉明显很激动，一个人消灭了一瓶红酒。儒家讲止于至善，佛家讲明心见性，道家讲返璞归真，也许男人之间的情谊于平淡中藏着炽烈真挚。

Chinese
in
South Arica

第十一章

谜底

良哥持格洛克 17 朝着右前方的丰田小车就是一梭子子弹，两个拿 AK47 的蒙面劫匪被击中倒地。与此同时，陈庆军也朝旁边开过的丰田面包车连续射击，直到弹匣里的子弹全部打光，枪管口漫漫升起一缕青烟……

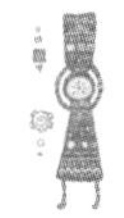

离别

告别了 Brody，六人在天黑前回到了家里。

由于明天下午赵辉就要去机场了，罗海平抓紧这最后一晚，与之进行最后的工作交接。赵辉交给罗海平两个纸箱，一大一小，不但有公司财务账本和相关票据，还有圣诞新年期间大家外出的消费单据，罗海平一边听赵辉介绍，一边随手翻看着。

公司这块没什么问题，基本都搞清楚了。又拿过送给自己的私人物品，主要是一些英语学习和考试的书，还有几本社科类的书。罗海平拿出最上边的一本《英语词汇速记大全》，打开封面，是一页白纸，上面以对联的格式手写着“若不撇开终是苦，各自捺住即成名”，上面横批是“撇捺人生”，下面对应写着“进退自如”。好有蕴意的一副对联，可能是赵辉在背此书时的状态吧。下一页标注的是作者和出版社，接下来是前言和目录。第一、第二部分讲的是通过前缀认识单词，第三、第四部分是通过词根认识单词，第五部分是其他可以寻根究源的单词，最后第六部分是通过后缀认识单词。

这类单词书都是按字母从“A”到“Z”的顺序排列，罗海平粗略地翻看着，发现有的单词前面用笔打了一个勾，有的单词前用笔画了一个圈，还有什么都没标注的。以自己学习的经验判断，大致这本单词书赵辉背了两遍，不会的用圈标注，不熟的用勾标注，会的直接跳过，不过里面很多单词感觉看着面熟，但具体又说不出准确意思。

在 51 页最上面的单词“proabortionist”上面写了一句话：“你今天所受的苦难程度决定了你明天影响别人的能力。”继续往后翻，每隔一段都会有类似这样鼓励的话出现在书页上，“穷人用悬崖来自尽，富人用悬崖来蹦极”，“格调决定格局，格局决定结局”，“得意时别得心，失意时别失口”，“困境是造就强者的学校，却也是弱者的墓场”，“有为有不为，知足知不足”，“锐气藏于胸，和气浮于面，才气见于事，义气施于人”……

看着这些激励的话语，罗海平感觉就像是赵辉亲口说给自己听的，鼓励自己继续努力，并在达特茅斯商学院等着自己。也许只有“寄托”人才能明白“寄托”人的情怀，“寄托”人才能明白“寄托”人的悲哀，若干句激励的话语在罗海平的大脑里，通过描点法呈现的是一幅正弦曲线的波形图像，代表着英语学习和考试的起起落落，代表着人生经历的坎坎坷坷。

下面还有一本《六祖坛经》，这本书罗海平以前只是听过名字，并未读过，今日得赵辉的馈赠，一定手不释卷。《六祖坛经》为惠能禅师所撰写的佛教典籍中唯一称“经”的佛教著作，它阐述了四大禅学思想：一、佛法不二；二、顿悟成佛；三、不立文字；四、三无思想。全书分十章，分别讲述了慧能禅师修佛有成的经过，他所主张佛法的基本要求以及他与人论佛、对徒众的教诲。书中提倡涅槃佛性学说和般若空观理论，强调人人本性中就有佛心，只要回归本心，见性就可成佛的顿悟思想，从而将修佛成道与日常生活紧密地联系在一起。

翻开封面，第一页的白纸上手写着一首诗：

身是菩提树，
心如明镜台，
时时勤拂拭，
勿使惹尘埃。

一页一页快速向后翻阅此书，在封底的前一页又看到了一首手写的诗：

菩提本无树，
明镜亦非台，
本来无一物，
何处惹尘埃。

看来一本书间隔着人生的两种不同境界，不知道等自己仔细阅读完，能否从前一种提升到后一种境界。不过六祖天性法器，慧根是常人远远无法企及的，虽不识字，但出口偈子，自己无论怎么努力也无法达此境界。想到此罗海平稍微有些气馁，但转念一想，六祖慧能随猎人一起生活 15 年都能坚持素食，最终因缘圆满，出道传播禅宗，期间遇到的艰难险阻要比自己不知道艰辛多少倍，他都能安静下来，坚持内修，而自己又有什么理由放弃心中理想，颓废堕落呢？想到此，罗海平又在内心对自己说：

“有些女生，孤单寂寞的时候多半听歌买醉，抱怨没人陪，但我们男人不能这样，我们要慎独憬悟，须知戒定慧般的禅修是永无止境的。南非这片蓝天白云下的净土，很适合我们在工作之余修身养性，相对于繁华喧闹的都市，这里可能是使我们获得更多智慧的一条捷径，好好珍惜。”

“谢谢赵哥这段时间对我的教诲和指导，小弟我铭记此生。”说着罗海平跟赵辉紧紧拥抱了一下，嘱咐其早点休息后便离开回自己的房间了。

渭城朝语浥轻尘，客舍青青柳色新。
劝君更尽一杯酒，西出阳关无故人。

回到床上，罗海平辗转反侧睡不着，总感觉精神一下被抽空了。

这世间，无论何种别离，你若知道必定会有再相聚的一天，哪怕是十年、二十年、三十年，甚至是生命终结前，你都不会如此紧张。但若这分离再无相聚的可能，离去的人便像是从你灵魂里抽去的一部分，空了也便空了，再无被填补的可能。丧失之痛，对人来说是最持久的疼痛，无论你多么久经沧桑，多么平和安详，这种痛都会在你的心里不停荡漾，像是海面的波浪一样，翻滚不停。生命如海，还存在的东西，就像是海面上来回飞翔的海鸥，即便它飞得再远，你都知道，它终究还是在海面上。

从军玉门道，逐虏金微山。
笛奏梅花曲，刀开明月环。
鼓声鸣海上，兵气拥云间。
愿斩单于首，长驱静铁关。

新年新气象

第二天早上，吃过早餐，罗海平和程庆军四人开车去公司了。长假过后上班的工人们好像久别重逢的亲朋，再次见面后又搂又抱，好不亲热，而且有聊不完的话。

年后第一天上班，要把去年底没有了结的工作重新捡起来，有的还要重新理清头绪。本着抓大放小的原则，挑大事先办。安排完销售人员工作后，罗海平坐到赵辉办公室的座椅上。终于有了自己的办公室，虽然大大的老板桌上可以分门别类摆放各类文件，两台电脑一台对内一台对外存储各种数据，但罗海平没有一丝的兴奋，反倒是感觉莫大的压力。桌上的便签单越贴越多，颜色又增加了好几种。

大约工人们吃完间食后，Laurence 把上一年的季度报表和工人们的考勤卡送了过来，并告知穆罕默德先生工程的那批把手周三就可以提货。这可是个大事，罗海平先和庆军商量工程的施工计划，然后向刘总汇报情况。刘总的意见是派张子良和程庆军先去电镀厂看下把手质量，如果没问题再打电话请 Mapogo 公司派人把货押运出来。与此同时联系下客户，看他们什么时间方便安装。

Laurence 打过电话，告知客户那边随时都可以去，但要提前一天通知。考虑到货品的贵重，程庆军和罗海平商议的方案是直接把把手送到客户家里，同时工厂这边也出车把百叶窗送过去，起早贪黑争取一天把所有窗子都安装完。

不知不觉一天就过去了，晚上在家吃饭的时候看到餐桌边空了一个位置，罗海平一时还有点缓不过来，好在忙不完的工作让他无暇伤感。

“赵辉走的时候还算顺利吧？”

“很顺利，只给了相关人等 100 兰特小费，明天我们吃早餐时他都在香港了。”

“下周我们还有四个货柜到，庆军，把卸货的准备工作做好。”

“后天我和良哥直接去电镀厂提货，然后送到客户家。工厂的工人将被调走 8 个，工厂这边恐怕海平一人忙不过来啊！”

“这个也是我担心的，不过陆军和海平在厂里，应该没什么太大问题。把这两天的其他工作排后，先搞定穆罕默德先生的工程再说。”

大家一边吃饭，一边把具体工作事宜安排完毕。

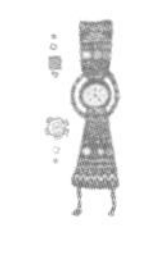

坐镇工厂

周三大家都起得很早。吃完早餐，良哥和庆军把防弹服穿在里面，带好枪和子弹，还有一箱原版的白色喷涂把手，开着 X3 出发了。刘总则开车把罗海平和陆军带到厂里。由于前一天已经把货及工具装进卡车，所以等到前往安装的工人一到就出发了。司机、Hery 和一个工人乘卡车先走，刘总开车载着剩下的 5 个工人紧随其后。

时间还早，除了安装的工人外，其他工人还要一个小时才上班，罗海平和陆军一边在工厂门口巡视一边聊着当天的工作安排。

突然一辆印有“Mapogo”标志的皮卡车刹停到门口，后排门打开，下来两个身穿制服、手挎长枪的黑人保安。两人径直朝罗海平和陆军走过来，先是礼貌地向两人握手问好，然后从车里拿出一个本子让罗海平签字。起初罗海平一下子懵住了，心想刘总不是安排他们去电镀厂押运吗，怎么跑到厂里来了呢?

打电话向刘总核实，原来刘总担心厂里的安全问题，所以临时打电话给保安公司，让他们加派两个持枪保安加强一下厂里的安保。罗海平一直暗自握着“泰瑟”的手终于抽出来，心也放松下来，开始带着新来的两个保安巡查工厂，并讲解着注意事项。

工人们陆续都来了，各司其职地开始工作。年后 Fily 休完产假也上班了，收银那边罗海平轻松很多，也能不时抽身在车间和销售室之间巡查。刚上班时客户不多，都只做短暂停留，但间食过后突然来了三波客户，都是大客户，除了其中一份订单不需要加工外，其他两份单子加起来有一百多樘推拉窗和门，而且客户还都要得很急，下班前就要提货。

罗海平把剩下的工人分成三队，各挑一个负责人，自己先领导一队给那个不需要加工的客户出货，其他两队各自负责一个需要加工的客户，销售那边负责接待新客户，只要需要加工的一律推迟工期。非常时期就得用非常之法，不走出库一种登记一种的常规流程，电脑资料也没录入，而是集中全力先把客户订单加工完，等晚上利用业余时间再登记入账。

就这样，连午饭都没吃，两人一直忙到下班，才把手头的客户订单处理完。看着天马上就黑了，罗海平一边叮嘱陆军在门口协助工人付货装车，一边急忙跑去财务结账。今天的生意不错，光现金就有 25 万多兰特。交接完，等工人们下班离开，吃点东西，接着开始记账。

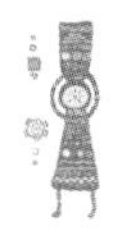

富豪家工程安装

话说良哥和程庆军先来到电镀厂，清点完货拿出一半放到自己带来的箱子里，又用普通把手把拿走的数量填补上，贴上封条，交给 Mapogo 的押运负责人。负责此次押运的共有四个人，开的是印有他们公司标志的押运车，前面两人，后面两人。办完交接手续，两车一前一后出发了。

程庆军第一次经历这样的场面，多少还是有些紧张的，一边开车，一边从后视镜里警觉地观察着周围的车辆。由于一路高速，出来得又早，一路上没堵车，很顺利。客户给的地址是在约堡去往比勒陀利亚的方向上，正常开车大约两个小时。

终于汽车到达路口的一个山脚下，山上是郁郁葱葱的松树，仿佛一座森林公园。大门是一座顶部呈现导弹状尖形的双扇大铁门，宽度有四米半，高度有四米。大门右手边有一个保安亭，里面有两个手持长枪的黑人保安。由于事先打电话和穆罕默德先生的秘书联系好了，报告了车牌及人员信息，两个保安只是简单检查了一下车上的人员和货物，并登记了每个人的身份信息。

接着，从里面出来一个黑人女佣，带领程庆军他们沿盘山道开到大厅前的一处停车场，这块平地有 500 多平米，周围环绕着各色花草，一下车就能闻到一种大自然的芬香。Linda 已经等在门口，一身职业套裙的打扮，举手投足间流露出十足的优雅和干练。

“Oh, my god, are you Miss Linda’s young sister ? how are you?”程庆军虽然来南非时间不长，但却能活学活用欧美人的嬉皮调侃，尤其擅于恭维国外的女客户。

“I am ok, thank you, and you?”显然，外国的女性都很受用来自异性对其身材形象的赞美，尤其是来自相对保守的中国男性的法式幽默。

“I am almost fine except a little acalcerosis, for that I lack the light of your graceful body, your fascinating eyes, your slender crus...”

“Stop, please do it soon.” Linda 嘴上这么说，但通过表情还是能看出她今天心情不错。

Mapogo 的保安把箱子放到门口的桌子上，程庆军和良哥确认封条完好无损后，他们便收好程庆军签好字的本子离开了。此时良哥也从车里把那箱把手搬到了桌子上，从里面拿出 12 套，然后当着 Linda 的面把封条划开，从中取出出发前放进去的普通把手，凑齐 28 套镀金的把手放入纸箱中。其他的放入另一个箱中，包好纸箱，贴上封条，再次放入汽车后备箱。

这些把手采用统一包装，每个镀好的把手外面都用白色的高级纸巾包裹，再包一个带气泡的塑料袋，并且都是塑封好的。塑料袋外面是一个小的长方形纸盒，纸盒上标注有工程的代码标号之类信息，纸盒的封口贴有防伪的圆形标签，上面印有号码。刚才在桌上“排列组合”的只是这些纸盒，具体里面装的什么只有程庆军和良哥知道，即使 Linda 盯着看半天，也不清楚这个中门道。

此时一个黑人壮汉用铁链牵着一只花豹从大厅里走出来，庆军听到 Linda 嘱咐那个工人把花豹放到一个铁笼里栓好，之后门开了，两只看上去壮如牛犊的罗威纳犬跟着走出来站在门口，观望着桌子这边。庆军本来想把这一箱把手抱进室内，没成想突发状况让他小腿直打哆嗦。

坦白说，只要是外来人，见到这两只罗威纳基本都不会有什么非分之想，唯一能想的就是怎么活着离开这个院子。它们实在太渗人了，看上去要比刚才牵走的那只花豹凶狠得多。Linda 看出他们的顾虑，嘱咐程庆军他们不要在没有她在的情况下从房里拿取任何东西，否则这两只罗威纳会发起攻击。不过，看得出它们是受过训练的，不喊不叫，甚至未得到主人允许连到陌生人脚下闻一下都不会。

良哥和程庆军对视了一下，从庆军手里接过纸箱。

随着汽车的引擎声，又有两辆车在门前停下，原来是刘总和工人们带着货也赶到了。为方便工人们快速卸货和安装，Linda 吩咐两名工人给两只罗威纳戴上项圈，并把它们领到距离卸货区 30 米左右的平地，注视着这边。

工人们在业主工人的带领下，分别按照订单号把窗子依号码排列好，先在屋内指定的洞口处测量尺寸，再把在外面场地拆除包装的窗子一次性抬进去直接放入洞口安装，当然把手要在抬进去前换好。

整个过程要求很高，配合一定要到位，安装三人一组，门外换把手两人一组，关键是把手要在安装工取窗前换好，早了放在一边容易划伤，晚了会影响工程进度。最重要的是，刘总他们眼里的把手只是一个工程配件，但在其他人眼里它却是一块价值不菲的金子，若生贪念诱发犯罪就麻烦了。

刘总和良哥在外面负责换把手，程庆军和八个工人分三组，进行安装。接近中午的时候，每组安装完四个窗户，只剩下最后的工序——打胶和清洁。两个黑人保姆端来 11 份套餐，摆在旁边不远处的一张桌子上，刘总一边对两个保姆表示谢意，一边示意大家快点吃。

原以为吃完可以接着干活，但 Linda 过来告知下午两点以后才可以继续安装，因为主人中午要午睡，不能吵到。Linda 善解人意地准备了咖啡、茶和水果，示意大家好好休息一下，享受美好的午休时光。工人们起得早，又经过这一上午的忙碌，确实都累了，索性直接躺在草地上打起瞌睡来。刘总、良哥和庆军坐在桌前，商量着剩下的工程。按照这个进度，恐怕要到五点钟才能全部搞定。

不知不觉时间就到两点了，众人又开始紧张地施工。大约到了四点半，刘总和良哥在外面把所有把手都换好了，便把没有安装的六樘窗轻轻放在木板上。经过安检，刘总进到安装窗子的各个房间。这一看，解开了刘总之前的很多疑问。

虽然全世界的人都喜爱黄金，但对黄金的认识和态度有很大不同。这间房屋整个装修是阿拉伯风格，充分体现了阿拉伯人以控制东西方商路发家后，又通过石油等矿产继续保持对巨额财富的把控，骨子里充满了对黄金的追逐和极度崇拜的思想。这种思想不仅体现在阿拉伯女性对黄金的穿戴上，甚至连建筑装饰也不惜大量使用黄金。

比如眼前这个更衣室和卫生间的布局，真是满目皆金，要不是借这个机会，恐怕刘总一辈子都见不到这么多黄金饰品，尤其是用在建筑装饰方面的。对刘总来说，以前对阿拉伯的印象只停留在

“三多”（石油多、黄金多、女人多）状态，现在算是更确切体验到怎么个多法。

卫生间靠墙摆放的按摩浴缸，在左侧修了两级台阶，台阶两侧是两根金属管状的围栏，表面镀满黄金，四周墙壁铺的都是金砖，北侧的墙上距离地面180厘米处是新安装的一扇百叶窗，由于整体风格和布局都是“黄金风”，所以显得格外搭。在这样一个举架有四米多近20平米的卫生间内，人们无论身材如何，舒适之外还能深切感受到一份奢华与尊贵，其奢华程度真是让我们中国香港的金厕所汗颜，确实相距甚远。

其实中国文化对待黄金的态度就像太极思想一样充满了矛盾：一方面是书中自有黄金屋，无数人把它作为追逐的目标；另一方面则是视金钱如粪土，淡泊名利，轻财重义。这类情结在历史上屡见不鲜，对黄金爱恨交织，犹如对故乡百转千回。

此方面还是美国人看得开，著名投资大师沃伦·巴菲特（Warren Buffett）如此描述，“黄金是从非洲或其他什么地方挖出来的，熔化重铸后再另外挖一个坑把它埋起来，还要花钱派人保护，没任何用处，来自火星的人看到这里恐怕要抓耳挠腮，搞不清楚地球人为何如此愚蠢”。

所以说若有人修行到了一定境界，比较适合“出家”，而出家人看社会众生有时是很难融入的，原因就在于凡人之间过招的一些方式，有时候是出于自我蒙蔽，有时候是揣着明白装糊涂，可是对于出家人而言，个个都是玻璃人。

大开眼界之后，刘总退出房间，回到施工现场，亲自出马为安装好的窗户打胶。

虽然不常在一线施工，但刘总的打胶技术在公司内无人能及，连一个刮胶模板都不需要，一气呵成，十分钟定型，一天彻底粘牢。

打胶这个工作看似简单，任何工人都能干，但要干到一定水平还是需要相当高的理论和实践水平的。首先，对胶体结构、特性、用途等要十分熟悉，当然也包括胶干后的膨胀系数和状态等。其次是掌握胶枪头开口的大小和角度，像这款百叶窗是浅状小拱弧度包边，从外面打进的胶量占到之间空隙的 80% 左右为最佳，原理在于室温下表面封口的粘滞阻力 f 的大小与物体的截面积 ΔS、流体的粘性系数 η、流体的速度梯度（dv/dy）存在线性关系：$f = \eta \Delta S (dv/dy)$。最后还有一个技术要求就是均匀，像射击一样，手不能抖，保持匀速直线运动，在抵至终点前瞬间结束胶与窗体之间的接触，保持胶体分离面为弧状表面。

不到十分钟，安装好的窗户全部打完胶。这时 Linda 跟着穆罕默德先生出现在刘总面前。虽然客户不懂安装，但看到百叶窗的效果和刘总的“身手”还是赞不绝口，邀请他到客厅就坐。

Linda 双手递上一张签好的支票，结清了所有尾款。刘总一边接过支票，表示感谢，一边示意良哥从车里取出剩下两个已经镀完金的把手，客气而恭敬地把它送给穆罕默德先生，并说了很多感谢和祝福的话。

车子开出大门已经晚上六点了，径直朝工厂方向驶去。

回程遇袭

回去的时候刘总开的宝马车在前面，程庆军和良哥紧随其后，司机和 Hery 开着卡车殿后。由于卡车的速度无法跟上小车的速度，渐渐地被落在后面。

当汽车行驶到弗里尼欣公路路段时，良哥发现有辆丰田面包车一直保持一定距离地跟在后面，立刻电话通知了刘总。在一个十字路口处，右侧路口突然左拐出一辆黑色的丰田小车，在距离刘总车前十米的地方停下，后排下来两个手持 AK47 的蒙面劫匪，他们端枪朝前走向宝马车，与此同时后面的面包车也从逆向车道加速围拢过来。

此时程庆军开的车距离刘总的车只有四米左右，前排车窗早就摇下来，良哥持格洛克 17 朝着右前方的丰田小车就是一梭子子弹，两个拿 AK47 的蒙面劫匪被击中倒地，前排的挡风玻璃上出现一排弹孔，司机好像受伤了，副驾驶位的另一劫匪也已中弹身亡。与此同时，陈庆军也朝旁边开过的丰田面包车连续射击，直到枪里弹匣的子弹打光。

所有的劫匪显然被这突如其来的反击吓住了，坐在车里的几个当地工人本来在迷迷糊糊地打盹，突然被枪声惊醒，也吓得不轻。从现场情况看，歹徒是有计划、有目的地实施抢劫，但对良哥和程庆军的反击能力明显估计不足，继而宣告行动失败。面包车中枪后加速朝前方驶去，经过程庆军他们车时抛出一连串“POES”（南非俚语，骂人的脏话）。

夜幕下，丰田小车孤零零地停在马路上。刘总已经打完报警电话，等待着警察的到来。期间程庆军负责警戒，良哥端枪靠近这辆丰田小车查看。车里的两人和车旁倒下的两人都已被击毙。大家拿出应急牌摆在出事位置前后方 30 多米的地方，并且两辆车都停到了马路旁边，打着双闪，让路给其他车辆通过。

过了十多分钟，来了三辆警车，一个叫 Philip 的白人警官负责做笔录，其他警察有的勘察现场，有的维持交通。这期间公司的卡车已经赶上来，载着轿车里的工人先回工厂，只留下 Hery 和三个中国人待在现场。

警察赶到后，刘总他们随警察近距离观察被击毙的歹徒。当警察扯下副驾驶的面罩时，在场的所有人都大吃一惊，原来他就是 Alex，警察一直在通缉的疑犯。倒地的一名劫匪也是 L 帮的成员，看来公司真的是被 L 帮盯上了。从 Alex 到公司工作开始，直到今天被击毙，串联起来看简直就是一场有预谋的无间道啊，刘总他们简直不敢往下再想。

做完笔录回到工厂已经半夜了。罗海平和陆军听程庆军讲述这一路经过，也唏嘘不止。这一夜所有人身边都放了一支枪，而且子弹都已上膛。

第二天，工作照旧，只是 Laurence 来了后，跟着程庆军和良哥去警察局继续“工作”，罗海平一边兼顾程庆军那摊工作，一边为下周的到货做准备，加之前几天订单被推迟的客户都找上门来，一时忙得不可开交，连午饭都顾不上吃。

下午程庆军他们回来了，一脸的疲惫，眼神中还留有些许惊恐和慌张。下班后大家利用吃饭及休息的空档，不断谈及 Alex 及对该事件的推断。其实刘总前段时间把陆军从国内找过来就是专门来处理此事的，怎奈当时调查一番后线索断了，现在人又死了，死无对证，更不知道警察从何处下手。

案子没有头绪，好在生意不错，所以大家每天忙得没时间多想。一晃一周就过去了，新的一周货柜到了，这次全部利用工作时间卸货，刘总也多雇了两个持枪保安，保持 4 个持枪保安 24 小时执勤。中国员工也格外谨慎，集体出动，除了上下班就一直在家里，而且家里也增加了两个 24 小时值勤的持枪保安。

第十二章

生与死

当人生种种境遇不期而至，我们需要从这煎熬得来的宁静中觅得安慰，寻找寄托，让自己安然度过是是非非。

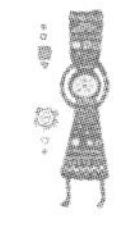

金融危机

一晃到了月底。1 月 27 日，是中国的除夕，在南非的各大超市和华人聚集区，节日气氛浓郁。当然，节假日也是治安最差的一段时期。由于进口商在圣诞、新年期间手头积累了大量的兰特，现在开始通过银行和黑市返汇到国外，导致美元对兰特的比价一路飙升，更关键的诱因是 1997 年的亚洲金融风暴终于波及到南非，比价突破 1 美元兑换 4 兰特后就一直飙升。

罗海平眼睁睁看着公司账上的兰特数量暴增，但又无法立刻兑现成美元继而兑换成人民币，真是心急如焚。仅仅半个月时间，净利润这块就损失了近 40 万人民币，直到此时他才深深感受到大学里所学的财务金融知识离自己那么真切，风险近在咫尺。

不像国内有政府干预维持固定汇率来保护出口，南非这个状况自己也无能为力。产品提价最快也要下个月执行，而国内的外贸公司和厂家都在放假，南非这边银行返汇也要排队，表面看似平静的南非市场，实则内部暗流涌动，已逐渐走向衰退。

1981 年，经济学家诺斯提出一个理论——诺斯悖论，它是指一个能促进经济持续快速增长的有效率的产权制度，依赖于国家对产权进行有效的界定与保护，但受双重目标的驱动，国家在界定与保护产权过程中受交易费用和竞争的双重约束，会对不同的利益集团采取歧视性的政策，从而会容忍低效率产权结构的长期存在并导致经济衰退。

国家具有双重目标，一方面通过向不同的势力集团提供不同的产权，实现租金的最大化；另一方面，国家还试图降低交易费用以推动社会产出的最大化，从而获取国家税收的增加。国家的这两个目标经常是冲突的、相悖的。

诺斯悖论描述了国家与社会经济相互联系又相互矛盾的关系，即国家的存在是经济增长的关键，然而国家又是经济衰退的根源。此外，由于存在着投票的悖论、理性的无知，加之政治市场的竞争和交易的对象更难以考核等因素，政治市场的交易费用高昂，政府作用的结果往往是经济增长的停滞。显然，前者是既得的私利，而后者则是国家整体的公益，这两个目标始终处于无法调和与冲突之中。如果前者压过后者，则是国家衰退的开始；反之，则国家开始兴荣。

基于这个理论，结合当时全球大环境和南非小环境的情况，专家对南非经济的预期是短期呈现明显的下滑趋势。虽然所有人都期望尽快走出低谷，避免亚洲金融危机的负面影响，但现实是减速下滑就是最好的安慰，就像美元对兰特从 1∶4 到 1∶4.1，再到 1∶4.2 逐步下滑，而不是快速贬至 1∶6，当然实际上最惨的时候曾下滑到 1∶6.5。

1998 年注定是多灾多难的一年。除 1 月 1 日中华人民共和国同南非建交这个好消息外，无论是 5 月份的印尼全国性反华暴乱，还是接下来的中国洪水，都让海外华人揪着一颗心。

刘总经常挂在嘴上的“我们刚来的时候美元对兰特的比价是1∶3”，让罗海平时常幻想着前些年在南非赚钱犹如捡钱般容易的情形，跟现在的状况相比，心里非常失落。看来世间一切愈快愈强，尤其是人生学业和事业的发展。试想一个1970年出生、1990年大学毕业的人，若敢于去国外拼搏，哪怕努力打工，就算进不了福布斯富豪榜，到现在也可以轻松退休了，最起码可以实现财务自由，并自由安排自己的时间，这不能不说是人生的另一种幸福。

早期来南非的华人说过一句话，“如果你能把在南非赚的钱拿走50%以上，你就很危险了；如果能拿走90%以上，就离死不远了”。所以在南非甚至是整个非洲，存在一种难以名状的怪现象，就是华人一边拼命挣钱，一边又狠劲花（当然不包括赌博）。

由于南非是个外汇管制的国家，加之治安等原因，使兑换美金的成本居高不下。如果通过银行汇款，银行还要收取差价和高昂的手续费。很多进口商为了增加销量、占领市场，采用各种方法和手段来提高竞争力，例如在进口货柜时，把申报FOB的金额尽量调到最低数额，这样就可以少交些税金，但赚到的钱就不能全部直接通过银行汇出去，所以黑市上兑换美金或其他外币就成为必要的补充手段。虽然出境时将这些美元带上飞机也存在巨大风险，但“走钢丝”的回报还是让很多贪婪的人屡试不爽。

提到法国的拿破仑，多数中国人想到的是他征服了整个欧洲大陆，像蒙古的成吉思汗一样，但实际上拿破仑感到最骄傲的却是由他主导编纂的《法国民法典》。而对于南非总统曼德拉来说，除了我们所熟知他的消灭种族隔离的思想外，他还主导了《南非BEE法案》（Black Economic Empowerment），即黑人经济振兴法案。此法案是南非政府1993年在消除种族隔离后推出的一项特殊法律制度，它要求政府应加大政策倾斜力度，鼓励黑人发展中小型企业，积极参与国家大型企业的发展，并从法律上对各企业黑人持股比例设定硬性目标，以期全面提高黑人融入经济的程度。

《南非 BEE 法案》所推动的黑人经济融入白人经济的改革，本质上是一种混合所有制结构的措施，但颇具争议，各方立场不一。其发展历程有两个阶段：狭义的黑人经济振兴政策实施阶段（Narrow Based Black Economic Empowerment）和广义的黑人经济振兴法案实施阶段（Broad-Based Black Economic Empowerment Act，2003）。

狭义 BEE 从 1993 年 Sanlam via Sankorp 出售其股权开始至 2003 南非政府颁布广义 BEE 止，为期 10 年。在该阶段，BEE 政策实施的主要特点是：政府颁布了一系列的法案来促进南非经济向黑人参与的转型，其次是设立了黑人经济振兴委员会，推动公司混合所有制和黑人进入公司董事会，使得黑人参与到公司的利益分配和决策管理中来。

狭义 BEE 的实施虽然取得了一定效果，但由于没有明确具体的操作细则，黑人并不能够真正行使股东的权利，在公司治理中更是参与有限，结果是 90% 的经济仍然掌握在不到 10% 的白人手中。因此在狭义 BEE 实施经验的基础上，2003 年南非政府颁布了广义 BEE 以及严格的 BEE 评级体系。该法案并不是强制每一个商业实体贯彻和实施 B-BBEE 法案，但如果实施该法案的商业实体拥有较高的 B-BBEE 评级分数，将会拥有更多的商业机会以及优惠措施，较容易获得成功。

而根据蒙代尔的三元悖论、不可能三角理论，一个国家不可能同时实现资本流动自由、货币政策的独立性和汇率的稳定性三个要素。如果南非既想允许资本流动，又要求拥有独立的货币政策，那么只能放弃汇率稳定。尽管政府和央行实施了一些经济政策来挽救货币贬值对进口商的冲击，但进口商们真正感受到的依然是“经济过山车”的刺激与刻骨铭心。

当 2 月份的银行对账单邮到公司，罗海平看到账上返汇时所消耗掉的兰特时，不得不说是触目惊心，圣诞节期间在太阳城那点消费和其比起来真是不值一提。拿给刘总看，刘总却并不惊讶，表情依旧是那么淡然，只是告诉罗海平：“南非兰特对美元的贬值幅度在非洲算小的，不必大惊小怪，而且长期看还是有反弹的可能。但要是在其他非洲国家，一夜间贬值几十倍也是有可能的。在邻国津巴布韦，甚至出现了连现行货币都作废了的情况。”

刘总来南非熬得久了，在千锤百炼的磨砺中，越挫越勇，屡败屡战。闲暇时他常鼓励大家成为一个可以被打倒，但内心永远不会被击垮的人。

林语堂先生说过，“捧着一把茶壶，把人生煎熬到最本质的精髓。这壶不仅萃取了茶的精华，更以其煎熬涵养了一份宁静”。当人生种种境遇不期而至，我们需要从这煎熬得来的宁静中觅得安慰，寻找寄托，让自己安然度过是是非非。

如果把每天的工作看作是一种禅修的话，那么首先应该具备正念，这种“正念”指的就是专注地活在当下。走路时专心走路，吃饭时专心吃饭，干活时专心干活，不执着于过往发生的事，也不为未知的未来感到忧虑。这种状态自然是快乐的，同时也是无我的，不把过去发生的事情当作自己的事，也不把将来的我看成是现在这个我的延续。

正念可从简单易学的“正念饮食”开始。以“香蕉禅”为例，首先把香蕉拿在手里慢慢观察，从头到尾，分析辨赏它的形状、色泽、香味，然后“啪”地剥开香蕉头，慢慢使皮和肉分离，尽量把果肉上的白丝随皮一起剥下。随着皮被剥成三瓣分开，中间的肉显露出来。一边用鼻子深深呼吸散发于空气中的清香，一边通过用眼睛观察香蕉上的纹路来感悟它生命的历程，接着一边用舌头舔舐香蕉，一边用门牙咬断一截放入口腔。用舌头搅动再用臼齿磨碎，直到它几近液化，被喉咙吞咽下去。重复以上动作，直至整根香蕉被吃掉为止。最后把三瓣香蕉皮合起来，扔到垃圾桶里。

通过上述过程，我们会对一根普通的香蕉产生前所未有的全新感受，这种感受不仅仅是识别香蕉的种类、产地和品级，你会对“吃香蕉”的过程产生更丰富深邃的体验。以一形而练其法，这种修行能引导我们关注吃的过程，仿佛不曾吃过，进而对自己人生所经历的痛苦产生相同的感觉，仿佛不曾经历过一样。

美国有位佛学导师康菲尔德，他提出一种“葡萄干修行法”，教导学生们用十分钟去吃一颗葡萄干，据说很多人吃完之后竟然觉得太饱了。虽然法门不同，但最终目的是相同的。东西方人的慧根不同，法门也有巨大差别，但追求、探索智慧的的心是同样积极的。

生活还要继续，公司还要正常营业，只是做工程的比例越来越小了，对现金的流动速度要求更高了，渐渐朝贸易商转化。

经济的恶化和急剧上升的失业率加速了犯罪率的提升，十几万豪登省华人往往更容易成为歹徒袭击的目标，隔三差五就会有约堡的华人遇袭被害之类的新闻，除了减少外出办事的次数，罗海平实在找不到其他加强安全保护的措施了。

恶战 & 真相

六月下旬的一个周五，罗海平下班后照例要去原来住的“安全屋”办理些必要事宜，于是带着当天的营业款和陆军开车先来到以前的住处，打算办完事再回到刘总那边。

自从上次搬到新的住处后，这幢别墅作为“仓库”很少住人，但这个秘密只有几个当事的中国人才知道。有时为了迷惑公司内部的人员，刘总他们下班后会故意先到这幢别墅小坐片刻后再回去，毕竟“狡兔三窟”的戏份要演足了才能让外人摸不清套路。此外，这幢别墅的地址一直是注册的信函接收地址，客观上最迟三天也必须来查收下信函，所以刘总隔三差五会进来看一下。

汽车驶进小巷，跟往常一样，没发现什么异常。到达别墅门口时，罗海平又仔细环顾了一番，也没发现什么异常。遂按下遥控器，车库门缓缓升起，把车倒进去停好。刚熄火，借着外面的光亮，罗海平突然看到门口地上有一团东西，便示意陆军先不要关闭车库门，两人迅速下车查看。

罗海平是急性子，一个箭步走在前面，看到地上竟然躺着一条死狗，嘴角有些血迹。奇怪，刚才进来时没看到这么个东西……没等他反应过来，脑后便挨了重重一击，两眼一黑晕倒在地。

陆军毕竟是行伍出生，身手极为敏捷。当罗海平低头盯着死狗看时，他下意识注视着事发方向，发现有个黑影用枪托袭击罗海平，遂赶紧掏枪射击。“砰！”歹徒被击中，一个趔趄倒在地上。紧接着陆军又补了两枪，射出的子弹直接命中歹徒的头部，把歹徒击毙。

确认歹徒已死后，陆军跑过去查看罗海平。

“海平，海平，醒醒！”陆军一边呼唤，一边把枪换到左手上，腾出右手按罗海平的人中穴。按了几下后，罗海平缓缓睁开了眼睛，但大脑晕乎乎的，意识还不太清楚，只是努力回想自己被击前那一幕，竭尽全力想把断片补上。

“陆军……这是怎么……”

“你怎么样？感觉哪里不舒服，挺一下，我扶你上车，咱们现在去医院。”说着，陆军扶起罗海平，准备把他放进副驾驶的位置上。

“我没事，就是头晕，喝点水缓一下就好了。给刘总他们打电话，报警。”

“这个你不用操心，我已经打过电话了，并且也按了保安公司的报警器。”

“我包里有两份工人的带薪年假文件，你帮我放到二楼上次被盗房间的文件柜里，同时把标注报表的档案袋拿下来。”即便在这个时候，罗海平想到的还是工作。

罗海平刚说完就发现陆军脸上表情的变化，警觉的他环顾四周，发现他们已经被一圈持枪的歹徒包围，目测有五个人，而且被五只枪瞄准了身体致命部位。

看到劫匪手中的枪，陆军慢慢放下自己左手的枪，扶起已经恢复意识的罗海平，二人不约而同地把双手举过头顶。

一个歹徒上前缴了两人的武装，用“一拉得”（一种用强力塑料带子制成的带有锯齿状的扣带，一端伸进扣里，只能紧不能松）把他们两个反绑了。但在绑两人时，罗海平和陆军的双手都有意识地撑着，歹徒以为勒紧了，其实如果双手放松的话很容易挣脱开束缚。

歹徒在车上拿走了罗海平的公文包，里面有当天的营业款和账本等公司文件。

“Habha you febha.（当地骂人脏话，相当于国骂 CNGM），more money?”歹徒显然因抢走的钱太少而不满意。

罗海平也许是经过刚才的惊吓，立刻清醒过来，大脑高速运转，思考着如何应对。在与陆军瞬间交换了一个眼神后，告诉歹徒楼上房间还有些钱。由于歹徒戴着面具，所以罗海平也不清楚他们的底细，但有一条在南非放之四海而皆准的定律：给钱！给钱！再给钱！只要给的钱能让歹徒满意，就不会有生命危险。再说能通过歹徒找钱的过程给自己争取时间，只要刘总他们一来，自己和陆军再里应外合，危机就能解除。

罗海平一边思索一边告诉歹徒钱存放的位置，并极力要求带歹徒上楼拿钱。歹徒中的一个又高又壮，看上去像是他们的头，此人认可了罗海平的建议。歹徒们用土语交流了几句，留下两个人在楼下看着陆军，大个带着另两个歹徒押着罗海平上了楼。

三个歹徒打开了二、三楼所有的房间门，显然他们已经“第一次亲密接触”过但无果，便喝令罗海平找钱。文件柜的底层有一个小纸箱，里面里三层外三层包裹着六小捆塑封的“纸钞”，大个歹徒野蛮地直接用手中的刀划开包装，一张张纸钞散落一地，这下暴露了——每捆“纸钞”最上和最下面都是货真价实的面值 100 的兰特，但中间都是复印的假钞，复印得很逼真，罗海平原以为歹徒不会仔细看，拿了便走，但对方实在太狡猾，又或许是在此之前曾“上当受骗”过。

为首的大个歹徒显然被激怒了，径直一拳把罗海平打倒在地，接着一刀直刺罗海平大腿，鲜血瞬间染红了裤子，伴随着的还有一声惨叫和接下来粗重的喘气声和低声痛苦的呻吟。罗海平用变了调的声音质问歹徒为何伤害自己，1200 兰特也是钱。但明显歹徒期望的是货真价实的 60000 兰特。

看着自己的小伎俩被歹徒识破，罗海平又生一计，当然他很清楚这次机会是决定自己生死的最后一次，歹徒若再找不到钱，定会一枪结果自己。而现在这座“空房子”里确实没有钱了。歹徒并不知道这里的中国人早就搬走了，认为只要是中国人住的地方就一定藏有大量的兰特现金，运气好的话还有大量美金。

罗海平想，跟歹徒解释没有保险柜钥匙只能让自己身体上遭受更大的痛苦，若对方打开保险柜看到没有钱，自己也只有死路一条。他一边尽力与歹徒周旋，实在无法再拖延时，便直接告诉歹徒：保险柜钥匙在老板那，建议他们把保险柜抬下去放车上拉走，之后再慢慢搞开它。歹徒显然知道罗海平和陆军两人都是打工的，无奈之下也只好采纳了罗海平的建议，齐心协力往楼下抬保险柜。

不得不承认这帮歹徒的体力真好，上百公斤重的保险柜被除大个的两个歹徒踉踉跄跄抬下楼。由于罗海平手被反绑着，腿又受了伤，歹徒显然放松了警惕，把罗海平单独留在房间而忙他们的事。歹徒不知道楼内的密道，只顾把保险柜通过楼梯抬到一楼，再从大厅的门口抬到外面，再抬到车上。这个过程显然让他们消耗了大量的时间和体力。

罗海平估摸着歹徒走到一楼和二楼的拐弯处时，双手缩骨全力挣脱开“一拉得”，以最快速度跑到卫生间，拿了条毛巾先擦了把脸，接着把腿上的伤口系住以止血，就着水龙头喝了一大口水，再打开柜子里的暗格，放下悬梯，摸黑下到了车库。

此时的车库是关着门的，因为刚才歹徒挟持罗海平和陆军到大厅后，非常机智地打扫了现场，把他们死了的同伴放到了车的后备箱，关上车库门，并且抢走了遥控钥匙。这样如果再有回来的中国人，不注意也发现不了什么异常，依旧会打开车库，停好车，再进入楼里。

罗海平不顾一切地通过机关打开藏枪库，因为新房子没有修建这样的暗室用来放长枪，所以长枪仍然保留在此。他熟练地拿出了这支 M16，插上弹匣，拉了枪栓，然后直直注视着旋梯上面，同时握枪瞄准，紧张得心脏都快跳出嗓子眼了。其实罗海平当时想把这个藏枪库的盖子盖上，但又怕在这期间有歹徒发现攻击过来，而这 19 发子弹就是自己的全部希望，生命的最后希望，尽管他知道陆军还在歹徒手里……

此时远处接应的歹徒已经把车开到门口，除了一个歹徒持枪看着陆军外，其他四个歹徒都全力在往车上装保险柜。陆军透过开着的大门注视着歹徒们的举动。这时突然听到“砰、砰、砰……”接连不断的枪响，伴随着的是歹徒们中弹后纷纷倒地。原来是刘总他们和两个持枪保安及时赶到，看到门口的情况发起了进攻。兄弟们的默契是不需要用语言来交流的。

经过短暂的枪战，门外的五个歹徒全部被击毙，包括前来接应的司机，程庆军和 Mapogo 的人也有受伤，好在只是轻伤。良哥抢先冲在前面，查看歹徒的情况，当他打开驾驶室的车门时，发现死了的歹徒竟是公司的司机 Matt，这个消息无疑使众人倒抽一口冷气，上次就是 Matt 开车去穆罕默德先生别墅安装的，回来的路上就遇袭了……

屋里的歹徒看到前来围剿他们的强大力量，只顾着警惕地往外看，忽略了陆军。陆军也像罗海平一样悄悄挣脱“一拉得”，找准机会从后面一下勒住歹徒，一番搏斗也把歹徒的枪缴了，控制住了场面。整个营救活动以胜利告终。此时车库里的罗海平还不知道外面发生的情况，但听到枪响，知道自己人来解救，便持枪顺着暗道爬回到了房间里，准备从后面包抄歹徒。

两辆警车呼啸着驶过来，倏的停到了门前。Richard 领着几个身穿制服的警察迅速赶来查看现场。接着 Richard 交代同事封锁现场，只有他一人进入室内，说是要解救人质。

押着歹徒正往外走的陆军一眼看到穿着警服的 Richard，正要微笑示意，不料 Richard 竟然拔出手枪，“砰”的一下，子弹正中陆军心脏。倒地的瞬间，看着 Richard 冒着青烟的枪口，陆军什么都明白了，原来最大的内鬼不是 Alex，而是 Richard！感叹自己没能像《黑客帝国》里的 Neo 那样，在对方射出子弹的一刹那判断出弹道的方向和轨迹，从而精准地闪避，而是被击中倒地。他输了，不是输在格斗技术上，而是输在没有辨清内鬼上。

空气凝固了，时间仿佛退回到几个月前，陆军跟着刘总第一次进入这座别墅，这个大厅，大概就在这个位置，他和罗海平他们握手的同时暗自使劲掰手腕……好像又听到手机铃声大作，刘总从饭桌上起身到隔壁房间接了个电话，回来告诉大家，有 Alex 的消息了……耳边传来轰隆隆的炮火和弟兄们的呐喊，那是老山前线上的一次冲锋行动……眼睛被血水与汗水搅和得快要睁不开，那就干脆闭上吧，歇会儿……

其实 Richard 他们早就隐藏在附近，看到刘总他们和一辆 Mapogo 的车开来，没有轻举妄动，待刘总和 Mapogo 人员与自己的人激战后才出来，以警察的名义办案。如果只有刘总他们自己来，Richard 很可能就会协助自己人暗中攻击刘总几人。刚才之所以孤身进入别墅，表面是解救陆军，实则是杀人灭口，制造歹徒拒捕而杀死陆军的假现场。

从楼梯上缓慢下来的罗海平目睹了 Richard 朝陆军开枪的场面，意外之余被彻底激怒了，一梭子子弹射向 Richard 和剩下的一个歹徒，Richard 在震惊之余也马上朝罗海平射击，罗海平的泪水混合着血水在眼前飞舞，视线越来越模糊……

也是到这个时候，罗海平才明白，原来这个“警察”Richard 是 L 帮安插进警局的内应，这便能解释，为何那天早上别墅门前突然出现一只死狗，然后警察 Richard 便叩门要求进来搜查，其真实目的是借此进入别墅勘察地形摸清底细。好在那天刘总他们警惕性高，没让 Richard 有机可乘。

虽然没有直接证据表明后来别墅失窃也是这伙人所为，但没想到南非的黑帮势力如此猖獗，居然打入警察内部，不辨形迹，防不胜防，真是现实版的“无间道”啊。原来南非社会中各派势力的鱼龙混扎，形势之复杂不输当年黄金荣、张啸林等人称雄的上海滩。继而又想到后来 Richard 电话通知并亲自带领他们去抓捕 Alex，两个地方却都扑空，一定是两人事先串通好，演给刘总他们看的一出戏，好让中国人放松警惕，没准当时他们想调虎离山，只是被刘总破解了，没有得逞。

一口气将弹匣中的子弹打光，罗海平终于像完成了自己的使命，眼中仿佛看到了天堂的大门……渐渐地瘫倒在地。恍惚中听到刘总他们纷乱的脚步在向自己靠近，耳边响起“陆军！海平！”的呼喊。

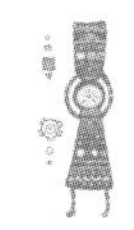

地狱？天堂？

窗外鸟儿的叫声将罗海平唤醒。睁开眼，朦胧中看到白花花的墙壁、晃动着的人影。罗海平使劲眨了眨眼睛，发现自己躺在医院的病床上，陈庆军坐在一旁。

“怎么样？感觉好些了没？”说着庆军就去拿床头柜上的水杯，递给罗海平。“陆军……”说出这个名字，罗海平脑海中又浮现出陆军倒地的场景，不禁哽咽。事情已经过去近一周，刘总他们还在处理善后，让罗海平安心养伤。身上的伤口正在愈合，内心的伤口仍然咧着，回忆那天的场景，就像做了一场噩梦，这伤痕，怕要铭刻终生。

来南非不到一年，从最初满怀期望，到现在伤痕累累，罗海平第一次体验到生活的无奈、生命的脆弱。近一年来发生了太多的事，大难不死，他痛惜陆军的牺牲，珍惜现有的一切，也感谢命运让他在南非这片土地上，对何谓顶天立地的男子汉有了更深刻的理解。

在罗海平看来，男子汉一生应经历四件事：

一、要做过农民，农民让你理解艰辛，让你有一颗仁慈、善良、真诚的心；

二、要做过军人，军人让你有铁的纪律，钢的毅力；

三、要经历过失恋，这样在情感上便像打了疫苗一样具备免疫力；

四、最后要经历过与死亡的零距离，通常只有体验过这个过程，人才能看透世间万事万物，领悟其道，升华到一个非常高的境界。

人在痛苦或享乐达到一定极限之后都会在精神上有所突破。就像打过仗的战士，极度的死亡恐惧，会让人恍若重生，对生命产生与之前截然不同的认识。同样，如果快活到极限的话，人的精神也会重生，突破到另外一种不同的状态。

> 我本来以为《血钻》里描述的塞拉利昂才是真正的人间地狱，但经过南非这一遭，感觉离开南非，到哪儿都算是天堂了。知道天堂和地狱的区别吗？天堂里其实也有坏人，但你一眼就能看出来，可以选择躲避或者其他保护自己的方式，但在地狱，你或许永远都想不明白到底是谁送你下来的。

影视剧中的反派，通常从一开始，或随剧情发展，很快就会露出马脚来，你可以躲得远远的。而现实中的“坏人”无处不在，可能是你的手下，也可能是如假包换的警察，他们如影随形，无孔不入，就像潜伏在你身边的幽灵，随时都可能突然扑上前来，把你送进地狱。而手里的钱（money）更像是呼唤幽灵的魔咒，说不好何时会发愿。金钱既能给人安全感，也会将人推入险境。人为财死，鸟为食亡，多少人因一时贪念而铸成大错，机关算尽，临了才发现只是空欢喜。金钱是人性的放大镜，运气好的时候，你在死前或许能知晓谜底，更多的时候，怕是至死都不明白，到底是谁送你下来的。可哀！可叹！

诚如南非前总统在国会就职演说中所言，“在南非这片和谐的土地上，甚至蚊子和鬣狗也与人类一样，有着同样的发言和选举权，人类只是这片领土当中的一份子，同动物为邻、为友世世代代”。

若论人类与野生动物的和谐共处，在世界上为数不多有着得天独厚资源的国家中，南非算是其中的翘楚。这片广袤丰饶的土地，孕育了丰富美好的生灵，彰显着大自然的神性。这里的人和动物没有让彼此疏远的警戒线，互相尊重对方的生活习性，和睦为邻。因此有人说，没人能真正描述伊甸园的模样，但到了南非，你也许就能找到自己心中的那片净土。

然而，就像硬币的两面，绚丽彩虹的出现，得益于之前的大雨倾盆、乌云压境。如果世间的美好需要深痛巨创来换取，脚踩荆棘才能向理想的生活靠近，这样的追寻，即便达成目标，代价几何，是否值得？人活着终要有所追求，或是成为名声显赫的高官富贾，或是成为《渴望》里宋大成式的贤夫慈父，亦或是某个特殊领域里的邓稼先，但不管怎样，当人达到马斯洛理论的第三个层次以上，都会产生对自由和净土的向往。

想到这里，罗海平不禁感到迷茫、困惑。或许暂时离开此地，好好静一静心，才能得出答案来，知道自己下一步何去何从。

生死感悟

出院后，罗海平主动跟刘总提出回国休假的申请。

“也好，回去疗养一段时间，多陪陪家人，什么时候身体恢复了再回来，随时欢迎。”虽然这么说着，但刘总的眼神中却有几分落寞。在异国打拼，同伴亦如家人。工厂业务繁忙，社会环境险恶，能真心信任、全心托付的，只有一起出生入死的这几个兄弟了。罗海平不知道自己走后，L帮成员会不会继续找上门报复，也不知道刘总他们如何应付公司、警局等千头万绪，相信不论遇到什么困境，兄弟们定会逢凶化吉，因为能在南非扎根奋斗这么多年的中国人，都有各自挣扎求存的本事。

当飞机在云层上爬升，透过舷窗向外眺望，对于即将告别的这片土地，罗海平突然有些不舍。自己在南非近一年来的经历，换在国内，也许一辈子也遇不上，想到深埋心中的美国梦，想到深埋心中暗恋多年的女神，想到从小陪伴自己的外婆，想到自己不想输给平凡的宿命，想到……也许自己还会再次踏上这片热土。

飞行渐渐平稳，罗海平揪紧的一颗心稍微放松了些。他平生有两怕：一怕老鼠，二怕坐飞机，准确地说是坐长途的飞机，空中飞行时间在八个小时以上的航空旅程。空乘人员开始分发餐食，罗海平照旧一口不动，只是拼命喝水，生怕皮肤干燥似的，之后索性闭上眼睛，默念“南无阿弥陀佛”，惟愿自己尽快睡着。

不知过了多久，罗海平被机身突然的剧烈抖动惊醒，同时听到空乘小姐通过广播告诉大家，飞机遇到一股很强的气流，大约要持续一段时间，请大家系好安全带，期间不要上厕所，不要在机舱内走动直到解除警报。

完了，罗海平有种不好的预感，感叹命运的捉弄。没有太多的时间想象后果，害怕也只是一瞬间的事，紧接着就被难受所取代。感觉飞机就像大海里航行的小船，浪来了就被推升，浪走了又突然下坠，只是失重的感觉持续的时间那么长，让人既绝望又无助。罗海平再次感到生命不受自己控制，唯一能做的是在心里一遍又一遍地默念“南无阿弥陀佛”。

这样的失重游戏，说实话正常人都忍受不了多久。紧张、心跳加速、血压升高、眩晕、恶心等一系列的症状接连不断地出现，对于已经在座位上被“捆绑”了四个多小时的罗海平来说，浑身肌肉都仿佛脱离了自己的躯干，酸、胀、疼、痛、麻的症状渐渐变得不算什么。最让罗海平担心的是说不定下个震荡过程中，他一个不小心呕吐出来，喷得前排座椅的后背到处都是，进而勾起周围的人也抑制不住吐得到处都是，那可就真是“失控”了，到时整个机舱内部将是怎样的一种“狼藉”？也许当面对死亡的时候，没有人会顾及自己的面子和形象，或者说生物本能已经使他们完全无法用大脑意识来控制和支配自己，甚至大小便失禁也是在情理之中的。

飞机像大海里的浮萍一样继续着它的“随波逐流”，虽然罗海平强忍着暂时还没有吐出来，但是情况变得越来越糟，机舱内已经有部分人吐得到处都是了，而且明显现有的状况突破了一些人的承受极限，这次强气流的严重性或许对所有乘客来说都是生平第一次。对罗海平来说，它不同于自己以往的历险或遭遇的险境。尽管前段经历的血雨腥风比之毫不逊色，但命运毕竟掌握在自己手中，最起码还可以选择一个死得没有那么痛苦的方式，并且他能预知危险的程度并进行严密推断，用大脑里生成的解决方案来消除内心的惶恐。可这次问题的严重性让罗海平不知所措，无从下手，更因为对情况一无所知而无法在大脑里生成解决方案，不知道这是一个什么样的气流，要持续多久，这个气流会对飞机带来多大程度的破坏，会产生什么样的严重后果。既然无助，也就没有选择，只能听天由命。但他深信飞机在生产制造环节中一定会考虑到如何应对强气流的影响，就像免疫力能让人体对外部的病毒具备一定的抵抗力一样，而且机长也是久经沙场的老机师，应该有他的应对措施。深呼吸，深呼吸，深呼吸，罗海平紧闭双目，幻想着苍老师和饭老师正在为自己提供双飞服务……也许此时只有用这种转移注意力的方法，才能最大限度地缓解生理和心理的双重痛苦。

不知过了多久，孩子们的哭声停了，机舱内渐渐恢复了平静。没有人讲话，耳膜里传来的都是飞机发动机正常运转时所发出的轰鸣声。危机解除了？通过强气流区域了？头顶上方的红色警示灯还没有灭，是机长也被折腾得还没来得及解除警报？虽然大家已在心里默默推断自己想要的答案，但还是需要空乘人员广播给出肯定的答复才算放心。

一分钟、两分钟、三分钟……十分钟过去了，还没有人告知预警解除的消息，这真的是度秒如年啊！耐性不好的人已经有些按捺不住，开始交头接耳，甚至自作主张解开安全带，让他们那被勒吐了的胃做个课间操，放松一下，接着准备打扫自己造成的“狼藉”……场面渐渐有点失控。空姐虽然也不敢说恢复了常态，但长期的职业训练使她们在飞机上必须尽可能维持好秩序，最大限度保证乘客安全。于是只好反复播报遇到气流前的那几句话，安抚大家坐在位置上、系好安全带等待警灯的解除。

罗海平冥冥中有种预感，短暂的平静绝不是危险过了，而很有可能是真正大暴风雨来临的前兆，更糟糕的事情也许一步步正向他们逼近，而这一次机长能否克服困难保证大家平安抵达香港，恐怕连机长本人心里也没有底。

空乘人员在接到指令后开始起身在飞机过道中巡视，安抚和帮助刚才受气流影响身体严重不适的乘客，与此同时广播内终于响起空姐那温柔甜美的声音，虽然曼声细语，但罗海平能听出对方内心无法消除的恐慌：飞机已经成功穿越强气流区域，对给大家造成的不便我们深表歉意，现在请大家抓紧时间打扫一下自己的座位，卫生间可正常使用，但请有序排队，由于需要帮助的乘客比较多，我们会依次来到您的座位前，没有轮到的请耐心等待，处理完请迅速回到座位上坐好，系好安全带，飞机警报并没有解除，请乘客配合我们的工作，谢谢大家的理解和支持。

罗海平的预感终于应验了。警报没有解除，是飞机的机械故障，还是前面可能还会遇到强气流？又或是被某恐怖组织发射的导弹追踪？为什么不告诉大家真正的原因呢？是怕引起恐慌，对，肯定严重到机长都没把握确定能排除的程度，没准飞机已被飞碟挟持正飞向某个未知的四维空间，也许整个飞机将彻底从地球上消失。大概每个乘客都有自己的推断，只是大家都不愿意往最坏处想，都在竭尽全力向自己信仰中的尊神祈求庇护。

人穷则反本，故劳苦倦极，未尝不呼天也；疾痛惨怛，未尝不呼父母也。

飞机在所有乘客的煎熬中一直平静地飞行，偶有几下小的颠簸也并无大碍。罗海平说服自己尽快睡去，也许再次醒来，已经平安地抵达了香港机场的停机坪。恍恍惚惚中，罗海平继续着自己的好梦……

突然，罗海平被空姐轻柔的拍肩惊醒，他一脸惊悚地注视着弄醒自己的空姐，对方显然也被罗海平的反应吓了一跳，马上道歉，接着重复了刚才说过的话。罗海平的英语听力虽然一般，但这几句简单的话还是听得懂的，他一边麻木地接过空姐递过来的纸和笔，一边尽快地让意识更清醒。空姐发给每个人一支笔和一张纸，让大家把还想办的事情写下来，几分钟之后回来收集。虽然没有说得那么直白，但每个成年人都懂得这意味着什么。

死亡可怕吗？来过南非的人还怕死吗？前些日子子弹从眼前穿梭飞过，罗海平眼睛都没眨一下，但依然对空难感到恐惧。通常来说，如果一个人临死前对此毫不知情，就不会害怕恐惧，死亡对他来说也许只是瞬间发生的意外，可如果能感受到死亡的临近，并且确切知道死亡的大致时间，这时生命已经开始进入倒计时，那才是真正的人间炼狱。

此时的罗海平大脑一片空白，呆呆地看着眼前的白纸，百感交集。这种压迫感远大于高考铃声响起时自己还在奋笔疾书的紧张，远远大于托福考试结束铃声响起时自己憋得快要爆炸的膀胱所带来的生理压迫感。回想自己从记事到现在二十多年的人生历程，没有不舍，没有眷恋，甚至连放心不下的人都没有一个，孤单的自己竟然注定要如此孤单地离开，想到此罗海平突然感到豁然开朗，白纸上浮现出外婆那慈祥的面庞，就像卖火柴的小女孩临死前看到她的奶奶一样，那么高大，那么慈爱，那么美丽。罗海平感觉自己化身成了卖火柴的小女孩，在外婆的怀抱里，一起飞向没有寒冷、没有痛苦的天堂。是啊，对于一个有妈无娘、有爸无爹的留守儿童，在生命的最后阶段，有什么比期盼早日见到天堂里的外婆更让人激动不已呢？

红尘中的一切都是宿命，疾风中的劲草和江河中的浮萍都是生存状态，是选择，也是被选择。罗海平在恍惚间突然想到两个字——珍惜，也就是佛家所讲的“当下”，只有珍惜所经历过的一切，人生才能做到没有遗憾。

在空姐急切的催促下，罗海平潦草地写下了自己总结的一段“名言”：一只健壮的骆驼，无论它如何耐旱，如何具有顽强的生命适应性，放在马群里也不会被选中，因为以选马的标准，它被认定就是驼背。

这段话如果有幸被搜救的人捡到、看到，或许就是对自己最大的慰藉。

机舱内喧闹了起来，夹杂着谩骂、诅咒、哀嚎、啼哭和各种奇奇怪怪的声音，场面几近失控。几乎没有一个人到这一刻还认为自己有侥幸生存的可能，面对死亡，人性所表露出来的内心恐惧都是一样的，不分种族、国籍、性别和年龄，人类在灾害面前表现得是这样不堪一击。

临死前的每分每秒都是那么煎熬，它就像刑场上的犯人明知道行刑者已经把枪对准了自己的脑袋，可就是不扣动扳机。沉重的心跳声取代了钟表，“咚、咚、咚”地一下一下跳动，可随着时间的流逝，并未出现险情，这让罗海平对幸存又抱有了一丝希望。

不知道又过了多久，广播里再次听到空姐那甜美的声音：尊敬的女士们、先生们，经过机组人员的努力，飞机的警报已经解除，感谢大家的支持和配合，谢谢大家……后面的话谁也没心情听，因为已经被掌声淹没了。机舱里充满了欢呼雀跃，每个人都用自己的方式尽情释放着心中的压抑，很多外国人都相拥而泣，借以庆祝自己再获新生。人类的本能与真情流露，在这一刻被表现得淋漓尽致。

罗海平也跟大家一起欢庆着，但表现出来更多的则是东方文明的内敛。欢庆持续了一段时间后，疲惫的人们渐渐恢复冷静，大家仿佛都忘记了刚刚发生的险境，可内心的真实想法又有谁知道呢？反正罗海平心里想的就是珍惜每一个当下，无论是在天空中飞行，还是最终安全降落在停机坪上。

刚刚的欢庆让大家感觉有些口干舌燥，空姐也正好借提供饮品之机，以完美的服务来报答乘客对这场风波的谅解。其实此时谁又有心情去追究这起事件的真正原因呢？能够大难不死首先想到的不是投诉，而是坚定地立刻、马上去做自己还在犹豫却很早就想完成的事情。

此后几个小时的航程非常顺利，直到飞机平稳地降落在香港机场的停机坪上，罗海平随着人流出了飞机，大踏步地朝前方走去……

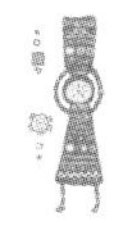

尾声

传说中有一种鸟，它一生只歌唱一次。

从离巢的那天开始，鸟儿生命的全部意义，就在于不停寻找一株最长、最尖的荆棘。当它如愿以偿，就会把自己娇小的身体扎进荆棘，同时放声歌唱，那凄美婉转的声音，能让人世间所有的音乐黯然失色。

那是真正的天籁，是生命的绝响。曲终而命竭。惨烈的悲壮塑造了永恒的美丽。

对于孤身去南非寻梦的人而言，大概也有着荆棘鸟般的梦想与决绝。生命像火焰般燃烧，尽情绽放的代价是九死一生，无数次命悬一线。

人生有各种选择，不论结局如何，走出去了，就请奋斗，珍惜，感恩。

后记

此书文稿早已完成，唯后记迟迟尚未动笔，不为字正腔圆，但求能使读者拨云见日，有所收获、感悟。

恰逢春节期间《西游降魔2》电影上映，借用观后感来表达一下《闯非洲：一个上海人在南非》这本“经书”的用意：玄奘需要放下的执念是牵挂，悟空需要放下的执念是暴戾，八戒需要放下的执念是欲望，沙僧需要放下的执念是嗔念，而罗海平需要放下的执念可能是四者兼而有之，而又不止于此。

修炼需要忘我，需要学会忘掉过去。放下自己虽然看似简单，却是世间最难做到的事情。说不出口的伤痛才是真痛，经历过生死的顿悟才是真悟，舍身取义的爱恋才是真爱。

修行的要义，在于见自己，见天地，见众生，而真正最有可能度化我们的还是我们自身。有过痛苦方知众生之痛苦，有过执念才能真正放下执念，有过牵挂才能了无牵挂……

每个人都想取一本度化自己的经书，朝拜一尊自己内心的佛祖。幼时读吴承恩先生的《西游记》，迷茫于唐僧师徒历尽劫难取回的经书居然是无字的经书，成年经历世事后才明白，真正的经书本来就是无字的，要取的不是结果，而是过程，是这一路走来的坎坷经历，并且能在经历中放弃自我，沉淀自我，超越自我，升华自我，这，才是真正成“佛”的修炼过程。常在影视剧中听到一句“放下屠刀立地成佛”的台词，其实这个“屠刀”不是指真正的刀，而是指我们的执念。

多少风起云涌，多少沧海桑田，不过是浩瀚宇宙的一刹那，不过是一己执念的贪嗔妄痴，执念生，怨恨生；执念灭，心魔灭。人生最难取的经是曾经，世间最难驱的魔是心魔，放下执念，生活终将是一片云淡风轻。

曾经有一份执着的梦想摆在我的面前，为了这个虚无缥缈的目标我一直在奔波流浪，当无情岁月让我意识到这个梦想遥远到永远触不可及的时候，我没有彷徨和失望，因为追逐梦想的过程本身就是一种实现。

本书得到了汤曼莉老师和相关编辑等工作人员的大力协助，中青出版社相关老师的指导，袁卫锋博士的协助，Perfect travel 韩骏先生图片方面的友情赞助，是你们的辛勤劳动使得此书能如期付印，使得读者有机会通过本书了解非洲的一些人文地理，以及华人华侨在异国他乡奋斗打拼的不易，再次对所有工作人员和读者的支持表示感谢。

刘祖昂

2017 年 2 月 14 日于珠海

作者介绍

刘祖昂，男，70 年代末生于黑龙江齐齐哈尔市，大学毕业后闯荡非洲。非铝品牌的创始人，现主要从事非洲版罗克迪系统铝门窗工作。是一个融合中国传统文化兼用欧洲思维来解决问题的生活在非洲的中国人，是把法国和意大利铝门窗文化技术更经济适用惠及到非洲客户的中国开拓者，也是用老子的道家思想把欧洲的 DIY 转化成非洲 DIY 的开拓和实践者。

E-mail: 542661343@qq.com hedylza@hotmail.com

菩提本无树，明镜亦非台。

本来无一物，何处惹尘埃。